제2한강

권혁일 장편소설

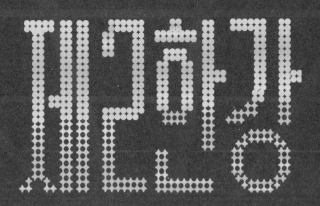

제2한강

권혁일 장편소설

orangeD

내 친구 M을

기억하며

작가의 말

왜 그랬을까?

2020년 여름, 친구 M이 스스로 생을 마감했다는 소식을 들었을 때, 머릿속은 그런 질문으로 가득 찼습니다. 왜? 도대체 왜? 네가 왜?

M이 정신과 진료를 받고 있다는 사실은 알았지만, 그것이 자살로 이어질 만큼 심각한 상황이라고는 생각하지 못했습니다. 세상을 떠나기 몇 시간 전까지도 친구들과 메신저로 쓰잘머리 없는 이야기를 주고받았으니까요.

그리고 2년 반이 지난 지금까지도 M이 세상을 떠난 이유를 알지 못합니다. 아마 제가 죽을 때까지도 알 수 없을 것입니다. M은 더 이상 제게 목소리를 들려주지 않거든요.

한강 변을 따라 자전거로 출퇴근을 하면서, 유독 M의 생각이 많이 났습니다. 햇살이 따사롭고 바람이 선선할 때는 더더욱이요.

'이렇게 세상이 아름다운데, 도대체 무엇 때문에 떠나야만 했을까?'

도무지 그의 마음을 알 수 없었던 저는 메모장을 켜고 이야기를 적어 내려갔습니다. M의 영혼이 어딘가에 존재한다면 지금 어떤 생각을 하고 있을지, 자신의 삶을 어떻게 돌아보고 있을지….

결말 부분의 마침표를 찍고, 지금 이 문장을 쓰는 순간에도 M은 여전히 먼 곳에 있습니다. 그곳이 제가 상상한 세계와 어떻게 다를지 모르겠지만, 부디 아무런 걱정 없이 편히 쉬고 있기만을 바랍니다. 이 세상에서 겪었던 고통과 아픔은 모두 뒤로 한 채로.

그리고 또 바랍니다. 여러분이 제 친구 M이 있는 곳으로 떠나지 않으시기를.

2023년 1월
권혁일

목차

2019년 4월 17일 - 홍형록 사망 당일

나, 15:58

죽는 기분은 아무도 모르지. 죽을 것 같은 기분에 대해서만 떠들어댈 뿐. 진짜 죽으려는 사람은 망설이지 않아. 그러니까 이런 도움의 전화니 뭐니 하는 건 장난감에 불과하다는 거지.

나는 나선형으로 꼬인 선이 거의 직선이 될 만큼 수화기를 길게 낚아챘다가 있는 힘껏 땅으로 내리꽂았다. 콱- 하는 외마디 비명과 함께 플라스틱 수화기는 박살이 났다. 곧 있으면 저 딱딱하고 날카로운 한강 물결에 부딪혀 산산이 부서질 내 삶과 닮은 것 같아 불쾌감이 일었지만, 죽으려는 자에겐 그 불쾌감마저 사치 같아 수화기 잔해와 함께 발로 걷어차 버렸다.

죽음은 지금 내가 잡을 수 있는 어떤 기회보다도 가까이 있었다. 단 몇 발자국, 출근길 지하철에 오르는 그 최소한의 힘만 발휘해도 달콤한 안식을 얻을 수 있었다. 나는 세 걸음쯤 뒷걸음하여 도움닫기를 한 후, 세상만사 귀찮게 여기는 비둘기처럼 딱 필요한 만큼의 높이만 뛰어올라 난간 밖으로 몸을 던졌다.

풍-덩, 촤아아아-

드넓은 한강에 인간의 작은 몸을 던지면, 고작 '퐁당'하는 귀여운 소리나 귀를 간신히 간지럽힐 만큼 시시한 소리가 날 것이라 예상하겠지만, 그 작은 몸은 실로 큰 진동과 파장을 만들어 낸다. 아주 잠깐뿐일지라도, 그건 평범한 인간이 이 커다란 세상에 남길 수 있는 가장 큰 흔적일 것이다. 한평생 먼지만큼의 존재감도 없이 살아왔던 내가 세상을 상대로 처음이자 마지막으로 갈겨 보는 묵직한 펀치 한방!

숨이 끊어질수록 내 얼굴은 한없이 못나게 구겨졌지만, 육신의 껍데기 안쪽 마음이란 곳에는 희미한 승리감의 스파크가 튀었다.

그리고 아주 잠깐, 다시 살아 보는 건 어떨까 하는 쓰잘머리 없는 생각이 스쳤다. 그건 정말이지 1그램의 가치도 없는 생각이었다. 이제 더 이상 내가 잡을 수 없는 선택지였으므로.

이슬, 16:12

이슬은 여느 때와 다름없이 푸르뎅뎅한 햇빛을 왼 얼굴에 두고 한강을 따라 걸었다. 그녀가 이곳에 온 지도 어느덧 10년이 흘렀다.

'기념 파티라도 해야 하나?'

멍청한 생각을 했다는 민망함에 괜히 길에 웅크리고 있는 돌멩이를 강 쪽으로 툭 차 버렸다. 퐁- 하는 소리와 함께 돌멩이는 가라앉았다. 물방울이 얕게 솟구쳤고, 물무늬가 하찮게 퍼지더니 곧 사그라들었다. 이제 돌멩이가 강물에 빠졌다는 증거는 어디서도 찾을 수 없었다. 돌멩이는 분명 강물 아래에 누워 있겠지만, 사실상 그건 소멸과 다름없었다.

이슬은 고개를 들어 푸르뎅뎅한 철근으로 만들어진 푸르뎅뎅한 다리와 그 뒤에 걸린 푸르레한 하늘을 쳐다보았다.

'아무래도 저 다리가 낫겠지? 아니다, 아니야. 아침대

교가 좀 더 나을 것 같아.'

그녀는 10년째 결단하지 못한 그 문제를 두고 자기 자신과 실랑이를 벌였다. 제2한강에는 이러한 고민으로 수년째 떠나지 못하고 머뭇거리는 사람들이 제법 많았다.

"처음이 어렵지 두 번째부터 쉽다"는 말은 이곳에서는 적용되지 않았다. 이슬은 집요한 시도 끝에 첫 자살을 쟁취했지만, 두 번째 자살은 충동조차 일지 않았다. 죽기 전 3년 동안 쉼 없이 몰아쳤던 그 충동이 뻔뻔하게도 식어 버린 것이다.

그건 마치 결승선을 착각한 마라토너의 기분과도 같았다. 끝인 줄 알고 마지막 힘을 쥐어짰는데 사실은 1킬로미터쯤 더 가야 한다고. 몸에서 힘이 쭉 빠져나간 마라토너에게 남은 1킬로미터는 지나온 41킬로미터보다 멀게 느껴진다. 그녀는 주저앉는다. 그녀의 세상은 거기서 멈춘다. 이슬에게 **다시 자살**은 그 1킬로미터만큼이나 먼 곳에 있었다.

이슬은 대교를 향해 치켜든 시선을 거둔다. 왼발, 오른발을 번갈아 내밀며 목적지 없이 걷기 시작한다. 걷는다기보다는, 뇌의 명령 없이 다리의 독자적인 결정으로 시작된 이동에 가까웠다. 결승선 대신 출발선을 향해 41킬로미터를 되돌아가는 것만큼 무겁고 부질없는 걸음으로.

"…기요."

누군가의 음성이 들렸다.

"저기…."

그것은 확실히 인간의 목소리였다.

"저기요, 괜찮아요?"

그리고 분명히 나를 부르고 있었다. 나는 아주 깊은 잠에서 깨어나듯 멍한 느낌으로 눈을 떴다. 잠깐, 눈을 떴다니? 나는 죽었다. 죽은 사람에게 죽음은 과거가 될 수 없다. 죽음이 발생한 시점은 과거겠지만, 한번 죽고 나면 그것은 현재이자 미래가 된다. 하지만 난 꼭 살아 있는 사람처럼 눈을 떴다.

"방금 왔어요? 그런 거죠?"

단어 하나하나는 정확히 이해할 수 있었지만, 그 단어로 이뤄진 문장의 뜻은 파악할 수 없었다. 왔다, 방금? 내가? 어디서? 그럼 여긴 어디?

"대답할 정신은 아니시겠죠. 다들 그래요. 아마 나도 그랬던 것 같고. 그래도 우선 정신은 차리셔야 해요. 여기 계속 자빠져 있을 순 없으니까요."

나를 불쌍해하면서도 거추장스럽게 여기는 말투였다. 흐릿한 데다가 푸르스름한 빛까지 돌아서 정확히 알아볼 수는 없었지만, 그녀는 크지 않은 체구의 어린 학생 같았다.

"저기… 혹시…."

"네, 네, 네. 아저씨 죽은 것 맞아요. 죽었어요. 지금 죽었나 살았나 싶겠지만 분.명.히 죽었어요. 일단 일어나서 정신부터 차리자고요. 다 말해 줄게요."

내가 하려던 질문에 대한 답은 아니었지만, 사실 무엇을 먼저 물어야 할지조차 몰랐다. 어쨌든 언젠가 한 번쯤은 물어봤어야 할 질문이었으므로, 난 그녀의 말에 고개를 아무 방향으로나 끄덕였다. 게다가 마지막에 덧붙인 "다 말해 줄게요"라는 말에는 한 치의 망설임도 묻어 있지 않아 꽤나 믿음직스러웠다. 그 말은 내게 어떻게든 일어나야만 한다는 강력한 사명감을 심어 주었다.

나는 다시 한번 눈을 껌뻑였다. 눈은 확실히 작동했다. 눈꺼풀을 열고 닫을 수 있었으며, 좌우부터 위아래까지 원하는 곳으로 초점을 옮길 수 있었다(몇 번이고 눈을 비벼도 온 세상이 푸르스름하게 보인다는 문제는 있었지만). 이어서 손과 발끝에 힘을 주어 보았다. 분.명.히 죽은 상태여서 그런지 마디마디가 뻑뻑했지만, 손과 발은 내가 명령한 그대로 움직여 주었다.

오른 어깨를 둥글게 말아 오른손으로 땅을 짚는다. 손바닥에 수직으로 힘을 쏟아 왼 어깨와 머리를 지면으로부터 들어 올린다. 동시에 왼팔도 직각으로 접어 팔꿈치를 펴며 상체를 밀어 올린다. 그리고, 그리고 나서는… 나는 더 이상 움직일 수 없었다. 어떻게 해야 몸을 완전히 일으킬 수 있는지 당최 다음 단계가 떠오르지 않았다.

"어… 아…."

입에서 한심한 소리가 새어 나왔다. 애써 힘을 주고 있던 상체의 힘마저 조금씩 풀리고 있었는데, 나는 내 몸이 서서히 미끄러지는 것을 지켜볼 수밖에 없었다.

"아, 진짜!"

짜증 섞인 목소리가 내 귓구멍을 허락 없이 통과해 뇌의 어느 부분을 찌르듯이 때렸다. 그제서야 온 신경이 제 역할을 하기 시작했는지, 난 어느덧 상체를 다 일으킨 채 바닥에 니은 자로 앉아 있었다. 허나 목소리의 주인공은 그 속도로는 턱없이 부족하다는 듯, 있는 힘껏 나를 낚아채 반쯤 일으켜 세웠다. 발바닥이 땅에 닿자 내 몸은 적당한 움직임을 기억해 냈고, 나는 마침내 두 발로 설 수 있었다. 짧은 시간 내에 단세포 생물에서 오스트랄로피테쿠스로의 진화를 모두 겪어 낸 기분이었다.

"하, 진짜. 아저씨 같은 사람 안 만나려면 내가 하루빨리 여길 뜨든가 해야지. 누굴 탓해, 다 내가 못난 탓이지. 내가 뒈진 탓이야. 아저씨가 뒈진 탓이기도 하고."

"미안해요… 내가 아직 정신이 없어서…."

진화라는 선물을 모두 포기하고 다시 단세포 생물로 돌아가고픈 기분이었지만, 동시에 이 상황을 어떻게든 이해하고 싶은 지성 생물체로서의 욕구도 솟아올랐다.

"근데 여기가 어디예요? 아니, 그러니까… 날 아세요? 제 이름은 홍형록이라고 하는데, 지금이 몇 시죠? 그러니까 당신은, 당신은 누구시죠?"

나는 그녀에게 천사나 저승사자 둘 중에 뭐냐고까지 묻고 싶었지만, 후자일 확률이 50퍼센트나 된다는 사실을 떠올리며 꾹 참았다. 뒤이은 그녀의 반응을 보니, 그 질문을 하지 않은 것은 사망 이후 첫 번째로 잘한 선택임이 확실했다.

"아니, 아저씨. 그렇게 궁금한 게 많은데 어떻게 죽었어요? 아저씨 술 마시고 죽은 거예요? 가끔 그런 사람들은 죽어서까지 취해 있더라고요. 진짜 웃기다니까."

그녀는 오랜만에 재미있는 광경을 봤다는 듯이 깔깔 웃었다. 30초는 족히 깔깔대고 나서는, 이쯤 하면 됐다는 듯이 표정을 가다듬었다. 푸르스름한 모습에 퍽 잘 어울리는 표정이었다. 그런 그녀는 유령 같은 느낌을 풍기면서도, 영혼 그 자체 같기도 했다.

"음, 어디서부터 말해야 하나. 아, 참. 말했었죠? 아저씨는 분.명.히 죽은 거라고. 맞아요, 아저씨는 죽어서 여기 온 거예요. 사후 세계라고까지 말하기에는 왠지 낯간지럽고… 그냥 다들 **제2한강**이라고 부르죠. 말 그대로 우리가 죽기 전에 지겹도록 봤던 한강이랑 똑같이 생겼거든요. 어쨌든 여기는 따지자면 사후 세계 비슷한 곳이에요. 재밌는 사실이 하나 있는데, 제2한강은 착한 사람만 오는 천국도 아니고 악질 새끼들만 오는 지옥도 아니에요. 그냥 아저씨처럼, 또 나처럼 자살한 연놈들만 오는 웃긴 곳이죠. 음… 아, 맞다. 그냥 다 푸르뎅뎅하게 보이죠? 쓰레기봉투를 뒤집어쓰고 있는 것처럼. 나도 그래요. 난 여기 십 년 있었는데 언제나 변함없이 푸르뎅뎅해요. 삼십 년 있었던 할머니도 똑같대요. 누군지 몰라도 참 고약하지 않아요? 이딴 식으로라도 우리가 죽은 사람이라는 걸 꼭 알려 주고 싶어 하는 것 같거든요. 지겨워. 어떨 때는 눈알을 확 뽑아 버리고 싶어. 물에 빠져 뒈진 것도 아닌데 눈에 꼭 물이라도 찬 것마냥… 아, 그쪽은 물에 빠져 죽었을 수도 있겠구나. 그럼 방금 한 말 취소. 히."

"그러면 내가, 내가 지금부터 뭘 해야 하는 거죠?"

그녀의 말은 대부분 이해할 수 없었다. 다만 나에게 어떤 종류의 강한 두려움과 불안감만을 심어 줬을 뿐이다. 죽고 나면 적어도 그런 감정들로부터는 자유로워지리라 믿었다. 모든 것이 끝나고, 난생처음 아무것도 하지 않아도 괜찮은 곳에 닿을 것이라 믿었다. 하지만 여전히 나는 살아 있을 때와 똑같은 공기를 마시고 있었다.

공기는 지옥이다. 공기를 마시고 뱉는 자들은 크든 작든 자신에게 주어진 의무를 이행해야만 한다. 죽음이 그 끔찍한 굴레로부터 떨어져 나갈 수 있는 유일한 출구라 생각했는데, 지독한 공기는 기어이 죽음마저 뚫고 들어와 나에게 계속적인 의무 이행을 요구하고 있었다. 분.명.히 죽은 상태인 나는 가능하다면 지금보다 더 죽은 상태가 될 수 있길 빌었다.

내 손을 내려다보았다. 푸르죽죽한 것이 파르르 떨렸다. 버젓이 붙어 있는 두 손이 원망스러웠다. 손도 공기와 마찬가지다. 손이 달린 인간은 반드시 무언가를 해야만 한다. 발도, 폐도, 뇌도, 눈도 마찬가지다. 인체를 구성하고 있는 모든 기관은 우리가 끊임없이 무언가를 해야만 한다는 끔찍한 사실을 상기시키고야 마는 족쇄에 불과하다.

내 앞에 서 있는 이 학생, 유령 혹은 영혼도 마찬가지다. 그녀 또한 죽어서도 죽지 못하고 나 같은 한심한 인간을 상대하고 있지 않은가. 어쩔 수 없이 달고 있는 다리가 그녀를 여기로 옮겼을 것이고, 어쩔 수 없이 달고 있는 눈이 날 발견하게 했을 것이다. 하지만 그녀는 그 모든 것이 별문제 아니라는 듯이 지루한 표정만 짓고 있을 뿐이었다.

"일단 하루 종일 그러고 서 있을 순 없잖아요. 좀비도 최소한 움직일 줄은 안다고요. 아까 좀 생각 없이 말했는데, 여기 온 첫날부터 듣기 좋은 말은 아니었던 것 같아요. 사과할게요. 사과의 의미로 오늘 하루 동안 내가 아저씨를 도와주고요. 그럼 됐죠?"

나는 그저 고개를 끄덕였다. 하라는 대로 하고 끌어 주는 대로 끌려가는 건 내게 익숙한 방식이다. 그것은 나를 구속하는 동시에 자유를 주었다. 그녀의 가이드에 토를 달 생각은 전혀 없었지만, 적어도 이름만은 알아야겠다 싶어서 물어보았다. 이름을 알아야 언제든 '이제 무얼 하면 되겠냐'고 물을 수 있을 테니까.

그녀는 자신을 '류이슬'이라고 소개했다. 특히 '유'가 아닌 '류'라고 두어 번 더 강조해서 얘기했다. 유 씨나 류 씨나 같은 게 아닌가 싶었지만, 귀찮은 훈계를 듣고 싶진 않아 꼭 류.이.슬이라 부르겠다고 대답했다.

이슬은 내가 묻지도 않은 나이까지 알려 줬다. 죽었을 때를 기준으로는 열아홉 살이고, 여기서 보낸 시간까지 합산하면 스물아홉 살이라고. 이곳에선 몇 년을 지내든 자살할 당시의 모습으로 남기 때문에 여전히 '이 꼬락서니'라고 했다. 나는 그 말에 덜컥 우울이 치밀었다. 내 생애 가장 초라한 모습으로 쭉 남아야 한다니. 제2한강이라는 세계가 점점 잔인하게만 느껴졌다.

"잠깐만, 아저씨도 얼추 그 정도 나이 아니에요? 스물아홉이나 뭐 서른 근처쯤. 그럼 내가 꼬박꼬박 존댓말을 쓰기는 너무 억울하다. 내가 죽지 않고 살았으면 딱 아저씨 나이야. 말을 좀 더 편하게 하는 게 맞는 것 같아. 그렇게 할게요. 아니, 그렇게 할게."

아무렴 상관없었다. 동생보다는 친구인 편이 훨씬 나았다. 나이로 책임져야 할 사람과 보살핌을 받아야 할 사람을 나누는 세상의 규칙이 나로서는 여간 불편했던 것이 아니다. 단지 나이가 많다는 이유로 나보다 어린 누군가를 책임져야 할 때마다 나는 숨이 버거웠다. 대다수의 상황에서 나는 책임질 능력이 있는 사람이라기보다는 쓸데없이 나이만 먹은 사람에 가까웠다. 나 자신도 책임지기 어려운 내가 누군가를 책임져야만 한다는 것은 거의 형벌이었던 셈이다. 그런 맥락에서 이슬과 동등한 지위를 갖는다는 것은 나에게 일종의 안락함을 선사했다(그녀의 외형이 나보다 한참 앳되어 보이는 것은 중요치 않다).

이슬은 몇 발자국 앞으로 나아가더니, 따라오라는 듯 고갯짓을 했다. 나는 쫄래쫄래 그녀를 따라 걷기 시작했다. 이슬이 몇 날 며칠을 걷는대도 나는 아무런 불평 없이 따라갈 수 있을 것 같았다.

"우리는 지금 관리사무소에 가고 있는 거예요. 아니, 가고 있는 거야."

"관리사무소?"

"그래, 관리사무소. 여기 일을 다 맡아서 하고 있는 곳이야. 참 고마운 사람들이지. 근데 그 사람들도 우리랑 다를 거 없어. 어디 하늘에서 보낸 천사나 저승사자 같은 게 아니라, 우리랑 똑같이 자살해서 여기에 처박힌 사람들이야."

죽어서도 일을 하고 있다는 그 사람들이 어딘가 측은하게 느껴졌다.

"그 사람들은 왜 그런 일을 하는 거죠? 누가 시켰나요?"

"아니, 아무도 안 시켜. 다 자원한 거야. 여기선 일이라도 안 하면 정말 할 게 없거든."

10분쯤 걸었을까, 우리는 '제2한강 북부 관리사무소'라는 간판이 걸린 건물 앞에 도착했다. 규모는 어림잡아 서울 여느 자치구의 구청쯤 되는 것 같았다. 이슬은 첫날엔 사망 확인과 거주지 배정 정도만 받으면 된다고 했다.

"별거 아닌 것 같아도 하루에 삼사십 명씩 이사를 오니까, 관리사무소도 그렇게 한가하지만은 않아. 들어오는 시간도 제각각이고 말이야. 아, '이사 온다'는 건 자살했다는 뜻이야. 그래도 오후 네시면 그렇게 사람이 몰릴 시간은 아니네. 아저씨는 뭐 이런 대낮에 죽었대? 내 알 바는 아니지만. 오늘은 처리할 것만 후딱 처리하고, 얼른 들어가서 쉬어. 원래 이사하고 나면 되게 피곤하잖아."

삑, 삑, 삑, 삑, 삑, 삑. 띠리릭.

관리사무소에서 알려 준 비밀번호를 누르자 1204호의 문이 열렸다. 문 안쪽으로 제법 쾌적한 공간이 펼쳐졌다. 원룸이지만 8평쯤 된다고 했으니, 혼자 지내기엔 전혀 부족함이 없을 터였다(죽기 전 나는 6평짜리 원룸에 살았다).

"저는, 아니 나는 이제 갈게. 안에 들어가면 잘되어 있을 거야. 얼마나 좋아, 이렇게 번듯한 집도 주고 말이야. 그래서 내가 십 년째 이러고 있나 봐. 아무튼 푹 쉬고. 언제 또 볼지 모르겠지만, 이 동네가 그렇게 넓은 것도 아니니까 뭐. 진짜 갈게. 안녕."

이슬은 무덤덤한 인삿말을 남기고는 자리를 떴다. 나는 그녀의 뒷모습에 대고 인사와 혼잣말의 중간쯤 되는 어색한 말을 중얼거렸다.

든든한 이슬이 사라지자마자 잊고 있었던 불안감이 스멀스멀 올라오기 시작했다. 나는 불안감이 방 안까지 들이닥칠까 후다닥 문을 닫고 이중 잠금장치를 걸었다.

후-우. 눈을 감고 숨을 내쉰다. 조금 빠르게 뛰는 심장이 느껴진다. 어쩌면 그냥 그렇게 느끼는 것일 수도 있고.

현관 센서 등이 켜졌다. 빨리 눈을 뜨라는 무언의 압박처럼. 눈을 뜨자 방의 구조가 훤히 보였다. 원룸은 언제 봐도 반전이 없는 공간이다. 정사각형이냐 직사각형이냐 조금의 차이만 있을 뿐, 그저 커다란 박스일 뿐이니까. 방은 전체적으로 아주 깔끔하게 정리되어 있었다. 가구는 책상과 침대, 옷장, 작은 서랍장 그리고 전신 거울 하나가 전부인 것 같았다.

천천히 방으로 들어간다. 침대 밑이든 옷장 안이든 누군가가 숨어 있을 수도 있다는 의심을 절대 놓지 않은 채, 한 걸음 한 걸음 조심스럽게 뗀다.

"저기요, 저기요⋯."

괜히 입 밖으로 소리를 내 본다. 아무 소리가 없다는 것은 평화인 동시에 공포다.

"저, 저는 홍형록입니다. 관리사무소라는 곳에서 여기로 보냈어요. 아무도 없죠? 아무도 없는 것 맞죠오오오오?"

입 밖을 벗어난 목소리가 사방에 튕겨 다시 내 귀로 들어왔다. 나는 박쥐만큼의 예민한 감각으로 그 파동을 읽어 내려 노력했다. 역시 어떠한 생명체도 느껴지지 않았다. 나는 그제서야 이 방이 정말 빈 방이라는 결론을 내릴 수 있었다.

현관문을 한번 돌아본다. 내가 서 있는 곳에서 약 2미터 정도 떨어져 있다. 단언컨대 내가 방금 지나온 2미터는 내 인생에서 가장 긴 2미터였다. 20킬로미터쯤 된다고 해도 믿을 수 있을 정도로.

나는 다시 나아가기로 결심한다. 눈앞에 놓인 책상은 군더더기 없이 매끈했다. 그 위에는 얇은 책자 하나와 USB로 보이는 물건이 올려져 있었는데, 나는 먼저 책자를 향해 조심스럽게 손을 뻗었다. 3류까지는 아니고 2류쯤 되는 디자인의 책자는 '제2한강 안내서'라는 건조한 제목을 달고 있었다. 나는 긴장을 풀지 않은 채 엄지손가락을 조심스럽게 튕겨 책자를 열었다.

안녕하십니까, 제2한강 관리사무소입니다.

귀하께서는 스스로 목숨을 끊으려 시도하였고, 그 시도는 성공적으로 마무리되었습니다. 정확한 사망 원인은 방금 전 안내해 드린 대로 익사이며, 사망 시각은 2019년 4월 17일 16시 03분입니다.

제2한강은 사망 직전의 경제 여건이나 사회적 지위와 무관하게 내부 추첨 시스템을 통해 주거 공간을 배정해 드리고 있습니다. 이에 따라 귀하께서는 북부 다 구역 7단지 704동 1204호를 배정받으셨습니다. 임대 비용 및 관리 비용은 일체 무료이며, '다시 자살'을 통해 제2한강을 이탈하는 시점까지 정당한 거주 권리를 보호받게 됩니다. '다시 자살'과 관련된 내용은 다음 페이지에서 확인하실 수 있습니다.

더불어 제2한강 관리사무소는 홍형록 님께서 불편함 없이 생활하실 수 있도록 편의시설을 제공하고 있습니다. 모든 시설은 24시간 내내 운영되오니, 이용을 희망하실 때는 약도를 참고하셔서 내방해 주시길 바랍니다. 감사합니다.

다시 자살 안내서

제2한강 거주 권리는 유효기간 없이 무제한 보장되나, 귀하께서 제2한강을 떠나시는 경우 자동으로 만료됩니다. 제2한강을 떠나시는 방법은 오직 '다시 자살'뿐입니다. 그 외의 어떤 방법으로도 사망하시는 것은 불가하오니, 앞으로의 생활에 참고해 주십시오.

‣ '다시 자살'이란 제2한강에 존재하는 대교 3개 중 하나를 골라, 그곳에서 뛰어내리는 것이다. (*각 대교 인근에 설치된 다시 자살 센터에서 사전 접수 필요.)

‣ '다시 자살' 후에는 완전한 무(無)로 소멸하게 된다. 소멸은 수면에 닿는 순간 즉시 실행된다.

‣ 수면에 닿기까지 소요되는 2~3초의 시간 동안 자신이
느끼고픈 마지막 감정을 선택할 수 있다.

한 글자도 놓치지 않을 정도로 꼼꼼하게 읽었으나, 읽
기 전보다 더욱 혼란스러운 기분이었다. 누가 이렇게 친절
하게(혹은 쓸데없이) 내 이름이 새겨진 책자까지 준비했는
지 모를 노릇이었다. 게다가 '다시 자살'이란 허무맹랑한 제
도는 꽤나 당혹스러웠다. 죽은 사람한테 또 죽으라니.
　나는 책자를 내려놓고 그 옆에 놓인 USB를 집어 들었
다. 아주 일반적인 스틱형 USB였는데, 플라스틱 케이스에
'제2한강'이라고 적혀 있을 뿐 그 어떠한 설명도 첨부되어
있지 않았다. 주변을 둘러보니 협탁 위에 노트북이 놓여 있
었고, 나는 그 노트북을 가져와 책상 위에 펼쳤다. 바탕화면
역시 '제2한강'이라는 글자만 무심하게 새겨져 있을 뿐, 아
무런 아이콘도 찾아볼 수 없었다. 별수 없이 의문의 USB를
노트북에 꽂자, 즉시 팝업 경고창이 나타났다.

주의!

본 USB는 홍형록 귀하의 자살 당시 영상을 포함하고 있
습니다. 다소 충격적일 수 있사오니, 마음의 준비가 된
경우에만 '재생' 버튼을 눌러 주시길 바랍니다. 재생을 원

치 않으시는 경우, '닫기' 버튼을 눌러 주세요.

나는 서둘러 노트북을 덮어 버렸다. 심장이 또다시 빠르게 뛰기 시작한다. 내가 자살하는 장면을 볼 수 있다고? 눈을 감고 한강에 뛰어들던 나의 모습을 떠올려 본다. 몇 시간도 지나지 않은 따끈따끈한 과거임에도 불구하고 나는 좀처럼 그 모습을 그려 낼 수 없었다. '한강 다리에서 뛰어내렸다'는 사실까지는 또렷하게 기억이 났지만, 난간을 넘어 물에 닿는 그 순간까지의 기억은 전혀 없었다.

나는 눈을 뜨고 가능한 만큼 최대한 깊게 숨을 들이마신 뒤, 마신 것보다 더 많은 양의 숨을 뱉었다. 후우우우-. 살짝 떨리는 손으로 노트북을 연다. 재생과 닫기 버튼이 달린 그 팝업창이 여전히 같은 자리에 떠 있었다.

나는 결심한다. 딸깍, 재생 버튼을 누르자 잠깐의 로딩과 함께 화면이 나타났다. 화면은 총 4개로 분할되어 있었는데, 좌측에 가장 큰 화면이 약 60퍼센트 정도를 차지하고, 나머지 공간에 3개의 작은 화면이 배치된 형태였다. 각 화면에는 모두 나의 모습이 담겨 있었는데, 저마다 다른 각도로 촬영된 영상이었다. 순간 불안함을 느낀 나는 뒤를 돌아봤다. 좌우를 살피고, 방의 모든 구석구석을 의심스러운 눈초리로 재빠르게 훑었다.

'이게 다 누군가의 장난 아닐까? 마치 〈트루먼 쇼〉 같

은…'

그런 의심은 아주 필연적인 것이었다. 푸르뎅뎅한 빛으로 뒤덮인 제2한강이라는 세상이 존재한다는 것 자체부터, 유령 같은 모습을 한 소녀, 역시 유령 같은 모습을 한 관리사무소 직원, 그리고 이 방과 말도 안되는 불법촬영물까지.

하지만 나는 금세 깨달았다. 세상에 나처럼 하찮은 놈을 주인공 삼아 초대형 리얼리티 쇼를 찍을 사람은 없다는 것을. 지금 이 순간 가장 비현실적인 건 그러한 가정이라는 것을. 따분하기 그지없는 인생에다가 특별할 것도 없는 자살로 마감한 나의 삶은 재미있는 콘텐츠가 될 수 없었다. 그건 마치 유튜브에 무언가를 검색했을 때, 스크롤을 스무 번은 내려야 하는 위치에 간신히 걸려 있는 조회수 12회짜리 영상과도 같았다. 꽝 인생, 우습게도 내 인생은 그 세 글자로 요약할 수 있었다.

이 모든 사실이 머리에 차곡차곡 정리되자, 더럽게 공허한 허무만이 남았다. 나는 아무 표정 없이 재생 버튼을 클릭했다. 영상에서는 아무 소리도 나지 않았는데, 아무리 찾아도 오디오 조절 버튼은 보이지 않았다. 애초에 소리가 없는 영상이었던 것이다.

영상의 총 길이는 5분 14초였다. 나는 연거푸 세 번이나 영상을 돌려 봤다. 내가 난간 뒤에 서 있다가, 난간을 짚고 점프해 한강 물로 떨어진다. 그리고 허우적댄다. 화면 속

나는 아주 고통스러운 표정으로 무어라 외친다. 아마도 '살려 주세요' 같은 뻔한 말이겠지. 벌어진 입으로 계속해서 물이 들어차고, 그 물이 폐의 깊숙한 부분까지 침투했는지 표정은 점점 더 고통스러워진다. 그러다가 어느 순간 얼굴의 주름이 하나하나씩 풀리기 시작한다. 눈은 초점을 잃고, 몸은 점점 수면 아래로 빨려 들어간다. 물 속으로 완전히 사라진 뒤에도 영상은 약 15초간 재생되었다. 원형의 파동마저 희미해져 갈 때쯤 화면이 까맣게 뒤덮이고 그 위로 '다시 보기' 버튼이 나타났다.

마치 관객이 된 기분이었다. 그것은 어떤 의미를 지녔다기보다는, 한 사람이 물에 빠져 익사하는 장면을 단순 기록한 것에 불과했다. 어떻게 보면, 식견이 있는 사람만 의미를 발견할 수 있는 예술영화 같은 것이 아닐까도 싶었다. 다른 누구도 아닌 나의 죽음이었지만, 어쩐지 생판 알지도 못하는 행인1의 죽음처럼 멀게만 느껴졌다.

소리가 없었기 때문일 거야, 나는 그런 결론을 내렸다. 소리가 없는 영상은 반쪽짜리다. 많은 사람들이 영상은 시각적인 것이라 생각하지만, 소리가 결여된 영상은 의미를 전달하기 어렵다. 사람들은 무서우면 비명을 지르고, 즐거우면 깔깔 웃는다. 물론 소리가 없어도 행동을 읽을 수 있다. 하지만 직접 듣기 전까지 비명의 뉘앙스를 알 수 있을까? 웃음의 깊이를 알 수 있을까? 절대 모른다. 소리를 동반한 행동은 소리가 있어야만 완성된다.

한편으로는 소리가 없는 것이 다행이라는 생각이 들었다. 소리가 있었다면 영상 속 나는 더욱 못나고 비참했을 것이다. 차라리 이렇게 남의 죽음처럼 멀게 느낄 수 있는 편이 나았다.

나는 노트북을 덮고 멍하니 벽을 쳐다봤다. 벽은 여전히 푸르스름했고, 이미 영혼 상태일지도 모르는 내 몸에서 또 하나의 영혼이 빠져나가는 느낌이었다.

나무 의자 등받이에 등을 기대어 몸을 미끄러뜨리고는 눈을 감았다. 눈을 감으면 느껴지는 검은 암전도 이곳에서는 검푸르게 보였다. 무언가 다른 일을 떠올려 보려고 노력했지만, 내가 다른 일을 떠올리는 속도보다 더 빠른 속도로 불안감이 그 짙고 푸른 공간을 채웠다.

심장이 빠르게 뛰고, 손발의 힘은 점점 빠진다. 무섭다. 애써 끊어 냈던 삶의 불안이 새로운 공간에서 나를 괴롭히기 시작했다.

2019년 4월 18일 - 홍형록 사망 2일차

현진, 01:22

"안녕하세요! 눈보다 빠른 손으로 몬~생긴 얼굴을 감추는 화장 타짜, 화짜입니다. 우리 몽미들, 며칠 동안 잘 지냈어요? 진짜진짜 보고 싶었어요오오! 오.늘.은. 정말 많은 분들이 요청해 주셨던 거죠. 내 콧대가 두 배 날카로워 보이는 코 셰이딩. 제 비법을 완전 백 퍼센트 퍼 드릴 거예요. 작고 뭉툭한 코 때문에 매일매일 스트레스 받았던 분들, 하루에도 백번씩 코를 세울까 말까 고민했던 분들, 오늘 영상만 보셔도 돈 아끼시는 거예요. 여러분의 손은 타인의 눈보다 빠를 수 있습니다. 저를 믿고 하나씩 칠해 보자구요. 준비됐죠?"

형록의 방 바로 아래, 1104호에서 누군가 거울을 바라보며 혼잣말을 내뱉는다. 그녀는 '화짜'라는 닉네임으로 활동했던 뷰티 유튜버로, 8개월 전쯤 이곳으로 이사 왔다. 사인은 유독 가스 흡입.

"오늘 메이크업을 위해 몇 가지 제품이 필요한데요, 그 중에서도 가장 중요한 건 당연히 셰이딩이랑 브러시겠죠? 얘네들이 오늘 비결의 90퍼센트라고 보면 돼요. 맨날맨날 쓰는 화장품이지만, 어디에 어떻게 사용하냐에 따라서 그 효과가 너무너무 달라지는 아이들이에요."

제법 화려해 보이는 3단 메이크업 박스는 생전 그녀의 보물 1호였다. 유튜브 구독자 10만 명을 달성했을 때 큰맘 먹고 구매한 그 메이크업 박스는 60만 구독자의 자리에 오를 때까지 든든히 옆을 지켜 주었다. 화짜는 그 박스를 일종의 토템으로 여겼다.

"본격적으로 시작하기 전에, 구독, 좋아요, 알림 설정 팡팡! 잊지 마시구요…. 자, 먼저 셰이딩을 꺼내 주세요. 제가 사용하고 있는 제품은 바로 요 제품. 보이시나요? 돌로네르의 내추럴 셰이딩 제품 2호. 이번 여름 신상이고요, 블링뷰티에서 할인할 때 11,800원에 구매했습니다. 당연-쓰 내돈내산이고, 2주 정도 사용했는데 지금까지는 되게 만족스러워요. 저처럼 쿨톤이신 분들한테 잘 어울릴 것 같고, 웜톤이신 분들은 같은 라인 3호 쓰셔도 좋을 것 같아요. 아 근데, 딱 하나 단점이 있는데, 이게 바를 때 요렇게 요렇게…

아이씨, 이게 뭔 짓이야."

거울에 대고 열정적으로 말을 쏟아 내던 화짜는 손에
든 화장품을 메이크업 박스에 던져 넣고(결코 세게 던지진
않았다), 다시 거울을 바라보았다. 그녀는 고개를 오른쪽으
로 15도쯤 기울인 채 맘에 들지 않는다는 표정으로 말했다.

"참, 너도 너다. 어떻게 이렇게 한결같이 못생겼냐. 눈
은 쌍꺼풀도 없는데 짝짝이야, 볼은 뭘 처먹은 것도 아닌데
이십구 년째 빵빵해, 코는… 코는 진짜 노답이다, 노답. 누가
나 잘 때마다 얼굴에 냄비라도 올려놨나 봐 진짜."

화짜는 에휴- 하고 긴 한숨을 내쉬고는, 3단 메이크업
박스를 차곡차곡 정리했다. '예쁜 것'에 대한 기준이 싹트기
시작한 아홉 살때부터 그녀는 외모 콤플렉스 덩어리였다.
남이 보면 '그렇다고 아주 못생긴 편도 아닌데'라고 말할 외
모였지만, 화짜에게 그 정도는 최악과 다름없었다. 세상은
예쁘거나 못생긴 것 둘로만 이뤄져 있을 뿐이라고 확신했
다. 나쁘지 않은 정도로는 결코 예쁜 것이 될 수 없으며, 그
말은 곧 못생긴 것에 불과하다고.

그래도 그녀가 내심 기대하던 바가 있었는데, 바로 '대
학 가면 예뻐진다'는 흔해 빠진 거짓말이었다. 산타 할아버
지가 환상 속의 인물이라는 걸 여섯 살 때 깨우친 화짜지만,
'대학 가면 미녀설'만큼은 순진무구함이 젖살과 함께 쏙 빠

진 고등학교 시절까지도 굳게 믿었다. 산타가 진짜라는 증거는 세상 그 어디에도 없는 반면, 대학생이 된 후 몰라보게 예뻐진 언니들은 실존했기 때문이다.

자신과 함께 못난이 1, 2호(어른들 딴에는 애칭이었는지 몰라도 그녀에겐 치욕이었다)를 담당했던 사촌 언니부터 옆집 308호 언니, 은경이네 언니, 지연이네 둘째 언니까지. 죄다 예쁘다는 말을 붙이기엔 조금씩 부족한 언니들이었지만, 대학생이 된 이후로는 "언니 왜 이렇게 예뻐요" 같은 말을 진심 50퍼센트 이상 함량으로 전할 수 있을 만큼 예뻐졌다. 그 언니들뿐만이 아니었다. 어쩌다 대학가를 지나칠 때면, 예쁜 언니들이 무리 지어 쏟아져 나오는 모습도 수차례 목격하곤 했었다.

사실 그것은 믿음보다는 무어라도 잡고 싶은 간절함에 더 가까웠다. 화짜에게는 예뻐질 수 있는 기회가 필요했다. 그 기회가 아주 희박해도 상관없었다. 한 번만, 딱 한 번만 찾아와 주길 바랐다. 으깨질 대로 으깨진 단호박 같은 얼굴에 한 꼬집의 마법가루를 뿌릴 수 있는 기회마저 없다면 얼마나 불공평하단 말인가! 화짜는 자주 하늘에 대고 짜증 섞인 삿대질을 날렸다. 어떻게 생겨먹었든 신이란 존재가 있다면 신답게 행동하라고 일침을 가했다. 특히 아프로디테에게는 가운데 손가락으로 현란한 삿대질을 선사했다. 가끔은 미의 여신이 아닌 그냥 미친년이라거나, 쌍년이라는 말도 곁들여 주었다. 분노 표출의 끝은 언제나 공손한 사과였지만 말이다.

"죄송해요. 제가 잠깐 미쳤었나 봐요. 제발, 제발, 예뻐지게 해 주세요. 지금 당장이 아니라도 괜찮아요. 대학 가서 예뻐져도 좋아요. 이학년도 괜찮아요. 꼭이요. 욕은 좀 줄일게요."

물론 '대학 가면 예뻐진다'는 말은 대학생이 된 후 뻔뻔하기 그지없는 사기 예언으로 판명났다. 그 증거가 바로 자기 자신이었다. 입학 첫날, 그녀가 거울에서 목격한 것은 한 치의 변함도 없이 못생김을 뽐내고 있는 익숙한 자화상이었다. 일주일이 지나도, 한 달이 지나도 마법은 일어나지 않았다.

싱숭생숭한 벚꽃과 중간고사, 기억 없이 흘러간 MT와 쓰라린 기말고사를 거치며 화짜의 1학년 1학기는 막을 내렸다. 방학 첫날 외출 준비를 하며 거울 앞에 선 화짜는 이렇게 생각했다.

'여전히 나네. 난 여름에 피는 꽃도 아니었나 봐. 아니, 어쩌면 벌써 시들어 버린 풀때기일지도 몰라. 남들이랑 똑같이 술 마시고 돌아다녔는데, 내 곁엔 남자친구는커녕 두툼한 지방층만…. 됐다 그래.'

대학 생활의 설렘마저 사라진 1학년 2학기는 김빠진 맥주처럼 시시하게 지나갔고, 2학년은 단물이 쪽 빠진 껌처럼 질겅질겅한 고무 덩어리로 씹혀 갔다. 스물한 살이 되어서도 제대로 된 연애 한번 해 보지 못한 자신의 처지 — 2학년 여름, 소개팅으로 만난 남자와 한 달 반의 거지 같은 연애가 전부였다 — 가 저주스러웠다.

캠퍼스는 언제나처럼 꽃과 햇볕과 바람과 연인들로 가득했는데, 화짜는 자신을 그 아름다운 풍경화의 구석탱이쯤에 구질구질하게 덧칠된 쥐색 물감 같은 존재라고 여겼다. '예쁜 것들이 빛나려면 나 같은 어둠도 필요하지. 나는 소금 같은 어둠이라구!' 하는 자조도 빼놓지 않았다. 그녀는 이 모든 비극의 원흉은 자신의 외모에 있다고 확신했다. 스물한 살의 끝자락, 오랜만의 고등학교 친구들과의 모임이 있기 전까지 화짜는 그것이 절대 불변의 저주라고 여겼다.

*

"현진아! 이게 얼마만이냐, 너 진짜 하나도 안 변했다. 반갑네, 쫌?"

친구 서영 딴에서는 반가움의 표시였겠지만, 하나도 변하지 않았다는 말이 불에 달군 젓가락으로 심장을 후비는 것처럼 아팠다.

"겨우 쫌이야? 이서영, 넌 진짜 많이 변했다. 분위기가
왜 이렇게 바꼈어? 잠깐잠깐. 저기요, 이서영 씨 맞으시죠?"

본인과 달리 예쁜 대학생 언니가 된 서영의 겉모습은
화짜를 더욱 비참하게 만들었다. 학창 시절이었다면 서영
에게 '예쁘다'는 수식을 붙일 일은 죽어도 없었을 것이다.
서영은 그녀와 '같은 레벨'이었다. 어쩌면 그래서 좋은 친구
로 지냈는지도 모른다. 하지만 지금 화짜의 눈앞에 있는 서
영은 달라졌다. 친구 사이라고 하기엔 자신이 왠지 미안해
지는 그런.

화짜는 속이 울렁거리고 얼굴이 붉어지는 느낌이었다.
아직 소주 뚜껑도 따지 않았는데, 벌써 네다섯 병은 마신 듯
속에 있는 모든 것을 게우고 싶었다. 옆자리에 앉은 진아는
어디 아픈 데라도 있냐며 걱정스런 표정을 지었다.

"아니야, 배고파서 그래. 배고프니까 현기증 난다. 아직
도 안 시켰어? 나 오늘 점심부터 굶고 왔다. 다이어트 중인
데 오늘만 먹는 거야."

"뭐래 진짜, 헛소리하지 마. 너 이학년 때도 맨날 다이
어트한다면서 나랑 야자 끝나고 개처먹었잖아."

학교 앞 떡볶이 양념처럼 걸쭉하고 매운 표현이 몇 차
례 오고 가자, 살짝 어색했던 분위기는 금세 누그러졌다. 세
걸음만 떨어져서 보면 야간자율학습 후 떡볶이를 퍼먹던

열여덟 소녀들의 모습과 다를 바 없었다. 화짜도 억지로 기분을 끌어올려 대화의 흐름을 이어갔다. 주체할 수 없는 메스꺼움에서 벗어나려는 고육책이었지만, 사정 모르는 친구들은 가벼운 농담을 늘어놓으며 열여덟의 미소를 지었다.

어쨌거나 화짜의 오버액션은 스스로에게도 약효가 있었는지, 외모에 대한 자책을 잠시 내려놓고 대화에 몰입할 수 있었다. 그렇게 한 잔 두 잔 목구멍으로 술이 넘어가고, 빈병이 "이야~ 우리 진짜 많이 컸다"라고 깔깔댈 만큼 쌓이자, 화짜는 술기운을 빌려 서영에게 슬쩍 물었다.

"야 이서영, 근데 너 진짜 왜 이렇게 예뻐졌냐? 어? 나 진짜진짜 깜짝 놀랐잖아. 미친년 너무 예뻐졌어."

결코 으레 하는 인삿말이 아니었다. 어떻게든 예쁜 점을 찾아내서 칭찬해 주는 선한 마음 따위도 아니었다. 그것은 발가락 끝에서부터 끌어올린 부러움과 경외심 그 자체였다.

"야 오현진, 술 취했냐? 근데 나 예뻐? 흐흐흐흐."

"어 진짜, 진심. 존나 예뻐. 애들아 안 그래? 이서영 얘 분위기가 예전의 이서영이 아니야. 어떻게 하면 그럴 수 있냐? 알려 줘라 좀. 나도 사람답게 살아 보자. 얼굴을 못 들고 다닌다 내가."

"야야, 창피하다 창피해. 바람 그만 넣어. 이거 다 화장발이야. 집에 가서 씻으면 오크 찐따 이서영 그대로다, 그대로야. 어휴."

"화장? 나는 열심히 해도 별 차이 없던데…."

화짜는 의아한 표정으로 눈을 끔뻑이며 물었다.

"현진아, 네가 한 건 화장이 아니란다. 음, 그래. 백번 양보해서 기초화장쯤은 했다고 치자. 자고로 화장이란, 이 언니처럼 하는 거야. 쿠션질 한 번도 헛되지 않게 장인 정신으로. 우리 같은 사람들 얼굴은 가마에서 방금 나온 쇳덩이라고 보면 돼. 그대로는 가망이 없어. 울퉁불퉁하고 못생기고, 어쨌든 불쾌한 무언가야. 그런데 있잖아, 눈이 멀도록 아름다운 예술 작품도 바로 거기서 출발해. 그 해괴망측한 쇳덩이를 열 번 두드리면 열 번 두드린 만큼 예뻐지고, 천 번 두드리면 천 번 두드린 만큼 예뻐져. 대충 대여섯 번 두드린 쇳덩이인 채로 불평하는 건 죄다 한심한 것들이야. 아, 오해하지 말아라. 너 들으라고 하는 말 아니야. 그니까, 중요한 건, 노력하면 예뻐질 수 있어! 에이, 됐다. 술이나 마셔. 나 무슨 김태희라도 되는 줄. 옆 테이블에서 들으면 웃겠다. 모아이 석상끼리 위로해 준다고."

평소 주량을 가뿐히 넘기고 얼큰한 상태가 되어서야 술자리는 마무리되었다. 무리는 서로 집에 가기 싫다며, 맨날 맨날 보면 안 되냐며 갖은 형태의 포옹과 뽀뽀를 30분쯤 쏟아 낸 뒤에야 흩어졌다. 화짜는 주변이 핑핑 돌 만큼 어지러운 상태에서도 한 가지 생각만은 또렷하게 잡으며 걸었다.

'예뻐질 수 있다. 나도, 예뻐질 수 있어. 서영이가 그랬어. 예쁜 서영이가 그렇댔어. 예뻐질 수 있다. 예뻐지는 거야.'

딸꾹- 온몸을 들썩였다가 히죽 웃었다. 또다시 딸꾹, 히죽, 딸꾹, 히죽. 그러다가 갑자기 울컥한 감정이 솟았다.

'예뻐질 필요 없이, 그냥 처음부터 예쁘면 좋잖아. 나는 왜 그럴 수 없는 걸까. 예뻐지길 바라는 게 아니야, 예쁘고 싶은 건데… 이미 예쁜 사람….'

딸꾹, 히죽하던 화짜는 왈칵 눈물을 쏟았다. 도저히 서러움을 누를 수 없었다. 누구는 처음부터 예쁘게 태어나서 노력하지 않아도 행복하게 사는데, 누구는 쇳덩이를 두들기듯 노력해야 간신히 불행에서 벗어날까 말까 하다니! 그 서러움은 불공평한 세상에 대한 분노이자, 불공평의 피해자인 화짜 자신, 서영이, 그리고 모든 못생긴 이들에 대한 동정이었다.

"난 너무 불쌍해. 서영이도 너무 불쌍해. 못생긴 건 불쌍해…."

화짜는 서러움을 입 밖으로 쏟아 냈다. 지나가던 사람들이 딱한 표정을 짓거나 눈살을 찌푸렸지만, 짙은 어둠에 갇힌 화짜는 자신의 불행 말고는 어떤 것도 보이지 않았다. 그렇게 화짜는 눈총 속에 엉엉 울며 집으로 향했다.

눈이 떠졌다. 나는 바닥에 누워 있었다. 정확히 기억이 나진 않지만, 의자에 걸터앉아 불안감을 쫓으려 눈을 감은 사이에 잠이 든 것 같다. 다행이라 해야 할까, 방 안에선 여전히 어떠한 인기척도 느껴지지 않았다.

정신이 조금씩 들자 살갗에 스미는 바닥의 냉기가 느껴졌다. 추위 탓도 있겠지만 내 피부로 무언가를 느낄 수 있는 지금의 상황이 어딘가 징그러워 소름이 우둘투둘 돋았다.

몸을 일으켜 주변을 둘러본다. 방 안은 어두웠지만 한밤중처럼 새까맣지는 않았다. 벽에 걸린 전자시계를 보니 희푸른 빛으로 새벽 4시 49분을 표시하고 있었고, 나는 그제서야 방 안을 가득 채운 것이 새벽에 걸맞는 공기라는 것을 깨달았다. 딱 전자시계 불빛처럼 희푸른 색감이었다.

나는 발코니를 가리고 있는 커튼을 살짝 들춰 밖을 살폈다. 창 너머의 풍경도 역시 희푸른 공기로 가득 차 있다. 틀림없는 새벽녘이다. 나는 커튼을 마저 젖히고 창을 열어 방 안 공기와 바깥 공기가 섞이게 했다. 바깥 공기는 왜 이제 문을 열어 주었냐는 듯이 빠르게 방으로 들이닥쳤다. 얼음처럼 날카로웠고, 나의 표피를 뚫고 진피층까지 침투하는 듯했다. 갑작스런 찬바람에 본능적으로 옷장을 열어 걸칠 것을 찾았다.

허나 이내 손짓을 멈출 수밖에 없었다. 잠잠해졌던 소름은 다시 한번 우둘투둘 돋아났다. 우, 둘, 투, 둘 차례대로 돋는 정도가 아니라, 순서를 가리기 어려울 정도로 다급하게 돋아났다. 우투둘둘, 둘우둘투.

옷장에는 얼마 전까지, 그러니까 내가 살아 있을 적에 입었던 옷 몇 가지가 그대로 걸려 있었기 때문이다. 나는 황급히 옷장을 닫고, 유령이라도 가두는 듯 등으로 문을 눌렀다.

"누… 누구라도 있으면 빨리 나와, 나와 주세요. 저 이런 장난 진짜진짜 싫어하거든요? 5초만 셀게요. 5, 4, 3, 2, 1! 없죠? 안 나오죠?"

온몸이 바짝 굳은 상태에서 눈알만 CCTV처럼 사방으로 굴렸다. 허나 이번 스캔 결과도 역시 이상 무였다.

안도감 때문인지, 다리의 힘이 살짝 풀리기 시작했다. 나는 옷장에 등을 댄 채로 스르륵 주저앉았다. 문득 또 호들갑을 떨고 있는 자신이 한심스러워 폐 깊숙한 곳에서 숨 한 바가지를 길어 처량하게 쏟아 냈다.

"형록아, 잊지 말자. 넌 진짜 아무것도 아니야. 가진 거라곤 목숨밖에 없었는데, 넌 이제 그것도 없잖아. 넌 유령일지도 몰라. 유령 중에서도 너 같은 유령 따위랑 놀아 줄 사람은 제2한강이든 제8한강이든 어디에도 없을 거라고."

가끔은 자신을 한심한 존재로 몰아세우는 것이 도움이 되기도 한다. 처음 자신이 한심하다고 느꼈을 때는 우울한 마음뿐이었지만, 반복되다 보니 한심한 존재인 것이 편하게 느껴질 때도 많았다. 한심한 인간은 한심한 짓을 해도 괜찮으니까, 그래 봤자 한심한 인간일 뿐이니까.

그것은 자신에 대한 기대감을 낮추는 행위이기도 했다. 기대감은 인생에서 가장 거추장스러운 감정 중 하나다. 무엇을 기대한다는 것은 크든 작든 반드시 실망할 수 있는 가능성을 동반한다. 실망은 너무 아프다. 희망 고문이라는 말이 괜히 있는 게 아니다. 기대감을 버리면 인생이 따분해지지만, 적어도 안전은 지킬 수 있다. 특히 나처럼 실망 한 번에 우르르 무너지는 사람이라면, 그 편이 훨씬 나았다.

최면을 걸듯 한심함을 온몸에 칭칭 두르고 나니, 몸을 일으켜 나가야겠다는 생각이 들었다. 나는 옷장 손잡이를 잡고 천천히 일어났다. 옷장 문을 5초쯤 뚫어져라 쳐다보다가, 눈을 질끈 감고 문을 확 젖혔다.

눈을 감으니 코가 일을 하기 시작했다. 특유의 퀴퀴한 옷장 냄새와 함께 아주 익숙한 냄새들이 콧구멍을 통과해 뇌를 자극했다. 숨을 들이쉴 때마다 다른 기억들이 떠올랐다. 이 냄새는 분명 4년 전에 샀던 더플코트의 냄새다. 가장 좋아하는 옷 중 하나였기에 눈을 감고도 단박에 알아챌 수 있었다. 아주 짙은 남색의 울 소재, 처음 샀을 때보다 살짝 거뭇해진 갈색 토글 단추, 약간 거친 겉감과 다르게 보드라운 주머니 안감의 촉감까지. 나는 초겨울에 입기엔 살짝 얇은 그 코트를 기어이 초겨울에 걸치고는, 두 손을 주머니에 찔러 넣은 채 산책하곤 했다. 날씨보다 조금 춥게 입는 것은 잡념이 엉키기 시작할 때 좋은 진정제였다. '추워, 춥다, 춥네, 추운데' 같은 1차원적인 생각이 머리를 지배하면, 그만큼 다른 생각은 치고 들어올 자리를 잃었다.

이번에는 두꺼운 회색 후드 티의 냄새가 느껴진다. 안감이 기모 처리된 옷은 아니었지만, 옷감 자체가 두툼해 일교차가 큰 봄가을 아침저녁에 걸치기 좋았다. 장식이라고는 왼쪽 가슴팍에 작은 로고 자수가 전부라, 웬만한 옷차림에 무난하게 잘 어울렸다.

청바지와 셔츠, 정장 두 벌의 냄새도 살짝살짝 스쳤다. 반팔 티 몇 장과 운동복 바지도 있는 것 같았다. 눈을 떠 보니 내가 떠올린 옷들이 아주 익숙한 모습으로 걸려 있었다. 4월 중순이지만 새벽이라 날씨가 쌀쌀하니, 회색 후드 티를 걸치기로 결심했다.

어제 이슬과 함께 이곳까지 올라왔던 기억을 되짚어, 복도 가운데 엘리베이터를 타고 1층으로 내려갔다. 옷장을 구경하는 사이 시간이 좀 흘러, 바깥은 아까보다 약간 더 밝은 빛을 내고 있었다.

'나오긴 했는데, 어디로 가야 하지?'

순간 머리가 멍해진다. 이곳 지리를 하나도 모르면서

무턱대고 나갈 생각부터 했다니, 멍청했다. 나는 멍청이답게 머리를 긁적이며 좌우를 살폈다. 주변은 쥐 죽은 듯 조용했지만, 가로등이 적당한 간격으로 세워져 있어 그리 위험하게 느껴지진 않았다. 어차피 갈 곳도 없으니, 발 앞에 난 길을 따라 무작정 걸어 보기로 했다.

5분쯤 걸어 나가자 탁 트인 한강이 눈에 들어왔다. 한강을 따라서 길이 쫙 펼쳐져 있었는데, 천천히 살펴보니 가볍게 뛰거나 걷는 사람들의 형체가 하나둘씩 눈에 띄었다.

'죽어서도 새벽 운동을 하나? 저렇게 부지런한 사람이 왜 죽었지? 부지런해서 자살도 후딱 해치워 버린 건가…'

의아한 마음이었지만, 저들 눈에도 내가 그렇게 비춰질지도 모르는 일이었다. 어쨌거나 나도 새벽녘부터 기어 나와 이렇게 걷고 있으니 말이다. 나는 우선 오른쪽으로 몸을 틀어 한강을 따라 걷기 시작했다. 바람이 거의 불지 않아 물결은 아주 잔잔했다. 내가 뛰어내렸을 때는 분명 딱딱하고 뾰족한 느낌을 주었는데, 오늘 같은 물결에 몸을 던졌다면 왠지 죽지 않았을 수도 있겠다는 생각이 들었다. 저렇게 잔잔한 물결이라면 어떻게든 수면 위로 뱉어 내 둥둥 띄웠을 것 같달까.

쓰잘머리 없는 생각에 빠져 걷던 중, 강물에서 퐁- 소리와 함께 파장이 일어 흠칫 놀랐다. 비슷한 지점에 몇 차례 더 돌멩이가 날아와 퐁, 꼴록, 퐁, 꼴록 하고 가라앉았다. 그

돌멩이의 발사 지점을 찾기 위해 두리번거리던 나는 강물과 맞닿은 경사면에 앉아 돌을 던지고 있는 사람을 발견했다.

그 사람은 담요 같은 걸 두르고 있었는데, 체구가 작은 여자처럼 보였다. 고등학생쯤 되는 것 같은.

'아, 그 사람이잖아! 어제 나를 바래다준 류이슬 씨.'

이미 이슬도 나를 보고 있었다. 나만큼은 아니었지만 살짝 놀란 표정이었다.

"어, 아저씨 맞죠? 어제 오후쯤엔가 죽은 아저씨! 막, 술 취한 것처럼 말도 잘 못했는데, 이제 걸어다니네요?"

"어제도 걷긴 했는…"

"에이, 그건 제가 반쯤 부축해서 간신히 걸은 거고요. 오늘은 두 발로 잘 걷네요. 아, 아, 아 맞다. 반말하기로 했었지. 잘 걷네, 다행이야."

새벽에 어울리지 않는 쾌활함이었다. 이슬의 얼굴에는 딱히 졸린 기색이 없는 것을 보아, 일어난 지 벌써 두 시간쯤은 된 것 같았다.

"저기, 이렇게 이른…"

"아저씨, 어쩌다 이렇게 일찍 일어났어?"

내가 물으려던 말을 이슬이 가로챘다. 나는 어제 일찍 잠들어서 일찍 눈이 떠진 것 같다고만 답했다.

"배고프다. 아저씨는 배 안 고파?"

"배요? 글쎄요, 아직 잘 모르겠는데…"

"아니야, 아니야, 고플 거야. 지금은 모르겠어도 곧 고파질 거야. 죽고 난 뒤로 아무것도 못 먹었잖아? 이승에서 아저씨 가족들이 제사를 지내고 있을진 모르겠지만, 그렇다고 해도 그 밥이 아저씨 위장에 꽂히진 않거든. 산 사람들 배를 채울 뿐이지. 그러니까 우리는 알아서 밥을 챙겨 먹어야 하는 거야. 배고파 죽는 게 얼마나 힘든지 알아? 여기에 굶어서 자살했던 사람도 몇몇 있는데, 내가 봤을 때 그건 사람 할 짓이 아니야. 그리고 여기 밥 공짜야. 일 안 해도 줘. 내가 쏘는 거 아니니까 편한 마음으로 먹자구."

더 이상의 거절은 불가했으므로, 나는 어제처럼 이슬에게 끌려 식당으로 향했다. 이슬은 제2한강에 총 여섯 개의 식당이 있다고 알려 주었는데, 그중 내가 배정 받은 북부다 구역과 가장 가까운 곳은 '2식당'이며, 여기서 약 15분 거리에 있다고 했다. 걷는 동안 무슨 말을 해야 할지 몰랐지만, 아무 말 없이 걷는 것도 불편해 이슬에게 쓸데없는 것을 물었다.

"저기, 그 식당이라는 곳이요. 메… 뉴는 뭐예요?"

"거봐, 배고픈 것 맞네. 궁금하지? 궁금하네! 하여튼 아닌 척은. 내가 안 데려갔으면 어쩔 뻔했어."

"엄청 궁금하다기보다는…."

"메뉴는 맨날맨날 바뀌어. 식당에서 일하는 사람들이 만들고 싶은 걸 만드는 거거든. 식당 아줌마 아저씨들이랑 친해지면 가끔 내가 먹고 싶은 것도 만들어 달라고 할 수 있어. 인생은 인맥, 알지? 사망 후 시간까지 합치면 우리 나이가 얼추 비슷하겠지만, 어쨌든 나보다 이승에서 더 오래 굴러 본 건 아저씨잖아. 그럼 그 정도는 알겠지?"

물론 안다. 실천을 못 했을 뿐이지. 아무튼 배가 고픈 건 아니지만 궁금증이 일었다. 죽은 후에 먹는 밥은 무슨 맛일까.

"여기야, 2식당. 앞으로 자주 오게 될 곳이니까 익숙해지라구."

15분을 걸어 도착한 2식당은 일반 식당이라기보다는 학교 급식실 같은 인상을 풍겼다. 하나도 꾸미지 않은 투박한 시멘트 외벽 가운데 반투명 시트지를 바른 여닫이문이 나 있었고, 문 좌우로는 창문이 규칙적인 간격으로 나열되어 있었다. 이렇게 이른 시간에도 문이 열렸을까 걱정하자, 이슬은 제2한강의 모든 시설은 24시간 운영된다는 사실을 짚어 주었다. 방에 있는 안내문에 다 나와 있는데 한 글자도 읽지 않은 것이냐는 가벼운 핀잔과 함께.

문을 열고 들어가자 밖에서 예상한 것과 똑같은 풍경이 펼쳐졌다. 세로로 이어 붙여진 기다란 테이블들이 다섯 줄로 배치되어 있었고, 마주 앉아 식사할 수 있도록 의자들이 놓여 있었다. 겨우 다섯시 반쯤된 시간임에도 불구하고, 군데군데 식사를 하고 있는 사람들이 보였다. 무리를 지은 사람도 있고, 혼자 앉은 사람도 있었다. 이슬은 내가 구경할 시간을 충분히 줬다고 판단했는지, 이내 팔을 잡고 배식대 쪽으로 끌고 갔다.

"아줌마 안녕하세요! 잘 주무셨어요? 여기 따끈한 송장 하나 데려왔습니다. 오늘도 잘 부탁드립니다."

"이슬이가 또 새벽부터 왔구나. 맨날 비슷하지 뭐. 너야말로 잘 자야 할 텐데…. 네 걱정부터 해, 나는 튼튼하니까. 옆에 계신 분도 안녕하세요. 어쩌다 이사 왔는지 모르겠지만, 이렇게 된 거 앞으로 밥이라도 자주 먹으러 와요."

"아, 예, 예. 감사합니다. 잘 부탁드립니다."

식당 아주머니는 오늘의 메인 메뉴는 순두부찌개라며, 밥 한 공기와 찌개를 담은 작은 뚝배기, 반찬 몇 가지를 쟁반에 올려 주었다. 나는 다시 한번 꾸벅 인사했다. 말은 잘 먹겠다고 했지만, 별로 먹고 싶은 마음이 일지 않았다. 음식마저 푸르뎅뎅하게 보여 생길 뻔했던 식욕도 사그라들게 만들었기 때문이다.

"아저씨, 처음에는 퍼렇게 보여서 별로 먹고 싶진 않을 거야. 근데 어쩔 수 없이 익숙해져야 돼. 나는 여기 십 년이나 살았는데 퍼렇게 보이는 건 바뀌지 않았거든. 그래도 맛은 똑같아. 세상이 원래 퍼렇다 생각하고 먹으면, 밖에서 먹었던 거랑 별반 차이 없어."

이것이 10년 차의 연륜일까? 이슬은 내 머리 꼭대기에 있는 듯 나의 밥투정을 간파했다.

"오, 아저씨 우리 저기 앉자! 어제 아저씨 사망 확인해 주던 관리사무소 아저씨 기억해? 그 아저씨 저기 앉아 있다."

얼굴이 정확히 기억나진 않았지만, 체격이 크고 30대 후반처럼 보이는 것을 보아 얼추 맞는 것 같았다. 새벽부터 모르는 사람 둘이랑 어색하게 밥을 먹어야 한다니. 그것도 푸르뎅뎅한 순두부찌개를. 도망이라도 가고 싶은 마음이었지만 딱히 갈 곳도 없었으므로 순순히 이슬을 따랐다.

"과장님, 안녕하세요. 어제 뵙고 또 뵙네요."

"아, 이슬 씨. 안녕하세요. 일찍부터 나오셨네요. 옆에 계신 분은…?"

"기억 안 나세요? 하긴 업무가 많으시니까. 어제 오후쯤에 이사 온 아저씨예요. 과장님이 사망 확인하고 거주지 배정 처리해 주셨었어요."

"아아, 이제 기억나네요. 안녕하세요. 인사가 늦었습니다. 제2한강 북부 관리사무소에서 일하고 있는 오민철 과장입니다."

"아, 예, 예. 어제는 신세 많이 졌습니다. 감사합니다. 저는 홍형록입니다."

나와 오 과장이 인사를 마치자, 이슬은 오 과장과 이런저런 근황을 주고받았다. 나는 가만히 있기도 민망해 억지로 숟가락을 들어 국물을 한 숟갈 떠먹었다. 처음에는 영 이상한 맛이 나는 것 같았지만, 목구멍을 타고 넘어갈 때 느껴지는 뜨끈함은 생전의 그것과 똑같았다. 뜨끈한 국물 덕분에 피부에 스몄던 냉기도 조금씩 사라지는 기분이었다.

"홍형록 씨 방은 어떠세요?"

"네? 방… 이요?"

나는 하마터면 사레가 들릴 뻔했다.

"어제 배정 받으신 곳 있잖아요, 다 구역에 있는 방. 아주 넓거나 조망이 훌륭한 편은 아니지만, 그래도 중간쯤은 가는 곳이에요. 더 좋은 곳을 배정해드리고 싶어도 저한테 권한이 있는 게 아니라, 허허."

오 과장은 너털웃음을 지었다.

"아, 네. 괜찮습니다. 편합니다. 이렇게 한강 가까이 사는 건 처음인 걸요."

"그러니까 말이에요. 저도 그래요. 나는 언제쯤에나 한강이 쫙 보이는 집에서 떵떵거리며 사나 했는데, 죽으니까 공짜로 생기네요."

오 과장의 그런 말에 나는 가능한 가장 자연스러운 웃음을 지으려고 노력했다.

우리보다 먼저 식사를 시작했던 오 과장은 시계를 보더니 출근 시간이 다 되었다며 남은 찌개를 황급히 털어 넣었다. 다음에 또 밥 한 끼 하자는 말과 함께 오 과장은 먼저 자리를 떠났다.

"오 과장님은 회사 때문에 자살했대. 회사에서 사람들이 왕따시키고, 상사가 괴롭히고, 일도 엄청엄청 많이 시켰다나. 그런데 여기서도 이렇게 일하시는 모습을 보면, 나는 기분이 좀 그래."

"아, 그러시군요. 아이고, 어쩌다…"

나는 적당한 말로 얼버무렸다. 지금은 다른 누군가의 구구절절한 사연에 궁금증이나 동정심을 가질 만큼의 여유가 없었다.

식사를 마친 우리는 식당 앞에서 헤어지기로 했다. 이슬은 자신이 다 구역에서 멀지 않은 특별거주단지에 살고 있다며, 종종 마주치게 될 거라고 했다.

"근데 반말하면서 계속 아저씨라고 부르는 거 좀 그렇지? 뭔가 드라마에 나오는 설정 같잖아. 느끼해. 이름으로 부르는 게 낫겠어. 홍형록, 형록아, 이렇게."

"예, 뭐… 편하신 쪽으로 하시면 될 것 같아요."

"그리고, 너도 말 편하게 해. 나만 반말하면 싸가지 없어 보이잖아."

"예, 뭐… 그, 노력해 볼게요."

"그래. 다음에 만났을 때 존댓말하기만 해 봐. 발로 차 버릴 거야. 좀 심했나? 히, 농담."

발랄하게 손을 흔드는 이슬과 달리, 나는 손 인사와 허리 인사를 반쯤 섞어 어색하게 인사한 뒤 이슬과 반대 방향을 향해 걸었다. 목적지가 있는 것은 아니었지만, 일단 이 상황에서 벗어나고 싶어 무작정 이슬과 반대 방향으로 발걸음을 뗀 것이었다. 5미터쯤 떨어졌을 때 이슬이 다시 나를 불러 세웠다.

"형록아, 근데 너 갈 데도 없잖아. 지금 가는 그 방향으로 쭉 가면 유실물 센터 있거든? 거기나 한번 가 봐. 재밌을 거야."

유실물 센터? 얼핏 안내문에서 본 기억이 난다. 나는 딱히 잃어버린 게 없다고 대꾸할까 했지만, 괜스레 더 피곤해지기 싫어 대충 그러겠다고 얼버무리고는 빠른 발걸음으로 사라졌다.

나는 이슬이 안 보일 만큼 멀리 떨어지자 잠시 멈춰 숨을 골랐다. 갈 곳이 없을 거라는 이슬의 말은 명백한 사실이었다. 때마침 길에 놓인 표지판에 '북부 유실물 센터 3km →'라는 안내가 적혀 있었다.

나는 이번에도 '남이 시키는 대로 하기' 전략을 택하기로 한다.

"방금 설명 드렸던 내용은 서류에 모두 적혀 있으니까 천천히 읽어 보세요. 특별한 내용은 없으니까 너무 열심히 읽진 않으셔도 돼요. 다 읽으셨으면 여기 형광펜으로 표시한 곳에 성함을 정자로 써 주시면 됩니다."

배를 따끈하게 채운 오민철 과장이 오늘의 첫 번째 민원인을 상대했다. 상당히 마른 편인 스물세 살의 청년이었다. 사망 원인은 의사(縊死). 목을 매어 죽었다는 뜻이다. 오 과장은 목을 맨 민원인을 상대할 때마다 '독하구만, 참' 하고 속으로 되뇌었다. 숨이 끊기려면 5분 이상 아주 강한 강도로 목을 조여야 하는데, 그만큼의 시간을 버티는 것 자체가 엄청난 고통을 동반하는 일이기 때문이다. 오 과장의 피날레(이곳에서 자살 방법을 칭하는 은어)는 고층 빌딩 투신이었지만, 목을 두 번 매달아 봐서 그 고통을 익히 알고 있었다. 그는 두 번 모두 얼마 버티지 못했는데, 숨을 쉬고 싶다는 본능에 굴복해 스스로 줄을 벗고 내려왔던 것이다. 그런 오 과장에게 의사한 민원인들은 여간 독해 보일 수밖에 없었다.

"네, 확인되었습니다. 고생 많으셨습니다. 이제 배정된 방에 가셔서 푹 쉬시면 됩니다. 같이 오신 분이 없으시다면 주택관리과 쪽에 가셔서 안내 서비스를 신청해 보세요. 주택관리과는 8, 9번 창구에 있습니다. 감사합니다."

*

　오 과장이 관리사무소 업무에 지원한 것은 이곳에서
보내는 시간을 견딜 수 없었기 때문이었다. 제2한강에서
는 의식주 중 식(食)과 주(住)가 무상으로 제공되며, 의(衣)
는 살아생전 보유하고 있던 것들을 고스란히 활용할 수 있
었기 때문에 무료나 마찬가지였다. 생필품은 관리사무소
생활필수품지원과에 신청만 하면 언제든지 받을 수 있었
고, 그 외의 잡다한 물품들은 매주 금요일에 열리는 '유령
장터'(주민 누구나 자신의 물품을 나누거나 교환할 수 있는
곳)를 통해 구할 수 있었다. 다시 말해 돈을 벌기 위해 노동
할 필요가 없으니, 하루 중 대부분의 시간이 텅 비어 있다는
뜻이다.

　오 과장은 생전 일만 가득한 삶을 살았다. 스스로 좋아
서 떠안은 것은 아니었지만, 그렇게 살다 보니 그것이 삶의
방식이 되어 버렸다. 이곳에 왔을 때 처음 일주일 동안은 자
신을 자살로 이끌었던 기억들 때문에 괴로웠고, 그 이후부
터는 고통스런 기억을 복습하는 것 이외에는 아무것도 할
일이 없는 긴 시간 자체가 괴로웠다.

　그때 오 과장은 '다시 자살'하는 것을 심각하게 고려했

다. 심지어 '다시 자살'을 접수하기도 했지만, 다리 위에서 선뜻 발이 떨어지지 않았다. 뛰어내리지 못하고 다시 집으로 돌아온 날, 오 과장은 자살 시도 실패의 후폭풍에 밤새 오열했다. 그는 온몸의 힘과 수분이 쪽 빠지고 난 아침에야 잠에 들 수 있었는데, 두어 시간쯤 뒤에 누군가 문을 두드리는 바람에 그마저도 깊게 누릴 수 없었다.

문을 두드린 사람은 옆옆집 주민이었고, 본인보다 열 살쯤 많아 보이는 중년 남자였다. 그는 찾아올까 말까 열 번도 넘게 고민하다가, 어제 그 울음 소리가 아무래도 마음에 걸려 찾아올 수밖에 없었다고 했다.

"저기, 608호. 내가 참 오지랖 부리는 건가 싶기도 한데, 정 힘들면 어디 일이라도 시작해 봐요. 나는 여기 근처 식당에서 일하는데, 칼질하고 설거지하다 보면 딴 생각이 좀 사라지는 것 같아요. 어제 일이 시끄러워서 이러는 거 아니에요. 그냥 꼭 나를 보는 것 같아서 그래요."

"일… 이요?"

"네, 일이요. 돈을 받는 건 아닌데, 여기선 어차피 돈도 필요 없으니까 상관없죠. 그냥 시간 때운다고 생각해요. 머릿속도 정리할 겸. 관리사무소에 공공근로라고 있거든요? 시간 날 때 거기 한번 가 보세요."

"여기서도, 정말로 일을 할 수 있나요?"

"내가 뭣 하러 헛소리를 하겠어요. 608호, 저번에 '다시 자살'하러 갔었죠? 어쩌다 얘기 들었어요. 거기서 접수 받는 사람, 다리까지 안내하는 사람들 생각나죠? 다 일하는 거죠 그게. 하여튼, 꼭 가 봐요."

띵-동. 대기번호 17번 주민께서는 2번 창구로 와 주십시오.

구직 때문에 오셨냐는 직원의 물음에 오 과장은 다 기어들어 가는 목소리로 그렇다고 답했다. 직원은 가볍게 웃으며 서류 한 장을 내밀었다. 얼굴은 굳어 있는데 눈과 입만 억지로 구부린 그런 웃음과는 확연히 달랐다. 진작 오지 왜 이제 왔냐는 다정한 꾸짖음이 밴 웃음이었다. 오 과장은 처음 정신과에 갔던 날 이후로는 그런 웃음을 본 게 오랜만이라 살짝 당황스럽기까지 했다.

"오민철 씨, 본인 맞으시죠? 직무 배정을 위해 간단한 절차를 진행할 거예요. 제가 묻는 것에 편하게 답변해 주시면 됩니다. 자, 우선 사무직과 현장직 중 무엇을 선호하시나요?"

"음… 아무래도 사무직이 좋을 것 같아요. 평생 해 본 것도 그것뿐이고, 몸 쓰는 일에는 영 소질이 없어서요."

"그러시군요. 오히려 살아생전에 하던 일과 반대로 선택하시는 경우도 많은데, 사무직… 알겠습니다. 생전에 하시던 일은 구체적으로 무엇인가요?"

"앱 개발자로 구 년 일했습니다. 그게 스마트폰 어플리케이션 만드는…."

"정말요? 신기하네요! 저는 컴퓨터나 스마트폰이나 하여튼 기계 쪽이라면 젬병인데. 카카오톡이나 유튜브 같은 거죠?"

직원이 이번에는 감탄스러운 미소로 물었다.

"그 정도까진 아닌데…."

"앱이 다 똑같은 앱이죠. 저 같은 사람이 보면 다 대단한 걸요. 아무것도 없는 화면에서 뚝딱뚝딱 만들어 내는 거잖아요? 기술도 좋아 정말. 기술자시니까 컴퓨터 쓰시는 데는 전혀 문제 없으실 것 같고, 혹시 사람을 상대하는 데 트라우마가 있거나 어려움을 느끼는 편이실까요?"

일종의 면접인 셈인데, 오 과장이 평생 겪었던 면접 중에서 가장 특이했다. 그에게 면접이란 자신의 능력을 필사적으로 증명하고, 몇몇 부분은 거짓말까지 더해 자신이 회사에 딱 맞는 인재라는 점을 구구절절 설명하는 과정이었다. 허나 이 면접은 영 다른 모양새였다.

"그런 것에 딱히 어려움이 없으시다면, 민철 씨한테 권해드리고픈 자리는 관리사무소 사망확인과예요. 담당자 중 한 분이 지난주에 떠나가셔서 마침 자리가 하나 있고요. 주된 업무는 자살해서 이곳에 온 사람들을 전입 처리해 주고, 거주지를 배정해 주는 것이에요. 아마 전화기 앱 만드셨던 거에 비하면 일도 아닐 거예요. 사람을 상대하는 일이긴 해도, 자살한 직후기 때문에 다들 혼이 빠져서 진상 부릴 일도 거의 없고요. 어떻게, 이 자리로 연결해 드릴까요?"

직원이 과하지도 부족하지도 않은 웃음을 띤 채 서류를 가리켰다.

오 과장은 말없이 고개를 끄덕거렸다. 처음 그 미소를 봤을 때부터 계속 마음이 시큰하고 눈이 근질거렸다. 잠시라도 긴장을 풀면 눈물이 왈칵 쏟아질 것만 같았다. 그의 처지를 살펴 주는 누군가의 관심 어린 태도는 오 과장의 인생에서 아주 드문 것이었다. 특히 자살하기 전 몇 년 동안은 병원을 제외하면 어디서도 경험하지 못한 정도였다. 그 몇 년 치를 한꺼번에 받았으니 오 과장의 울컥 센서가 가만히 있을 리 없었다.

＊

오 과장은 182센티미터에 91킬로그램인 37세 남자다. 서울에서 중상위권 4년제 대학을 졸업했으며, 앱 개발 업계의 부흥 초기부터 종사하여 죽을 때까지 쭉 괜찮은 연봉을 받았다. 그리고 그는, 6년 동안 우울증을 앓았다.

우울증 얘기를 꺼내지만 않으면, 사람들은 대체로 그를 부러워했다. 아직 미혼이라는 점은 의아해했으나, '민철 씨처럼 건장하고 조건이 괜찮으면 마흔 넘어서도 언제든지 할 수 있을 것'이라며 바라지도 않은 덕담을 한 트럭 쏟아 주었다.

허나 오 과장이 우울증 얘기를 털어놓고 나면 모두 입을 꼭 닫은 채 당혹스러운 표정만 지어댔다. 그 표정을 옮겨 적는다면 정확하게 '당.신.이.왜.요?'였다. 사람들은 평균 이상의 건장한 체격에 평균 이상의 연봉을 받는 30대 남자의우울증을 쉽게 이해하지 못했다. 오히려 자기가 우울증이어야 할 이유가 열 가지도 넘는다고 푸념을 늘어놓기 일쑤였다.

'내가 오 과장님만큼 벌었으면 걱정이 없을 텐데…'

'형님 덩치면 우울증이 아니라 암세포도 때려잡아야죠.'

그런 말을 들을 때마다 오 과장은 입을 다물거나, 기어 들어 가는 목소리로 "제가 몸만 컸지 아직 애인가 봐요" 같은 말을 우물거릴 수밖에 없었다. 그리곤 집에 돌아와 무릎이 까진 아이보다 더 서럽게 눈물을 펑펑 쏟아 냈다.

해가 갈수록 오 과장은 점점 더 너덜너덜해졌다. 증상이 심해지는 간격은 더 짧아졌고, 어떨 때는 하루 종일 죽고 싶다는 생각 외에 다른 생각을 할 수 없었다. 오 과장은 그런 날이면 아무도 없는 방에서 이불을 뒤집어쓰고 흐느껴 울었다. 이불이 너무 자주 젖어, 코인 세탁방에 가는 횟수도 늘어났다.

빙글빙글 도는 세탁기를 바라보는 것은 오 과장이 우울하지 않을 수 있는 몇 안 되는 순간 중 하나였다. 세탁기에서 어떤 희망이나 기쁨이 피어나는 것은 아니었다. 그의 아픔이 씻겨 나가는 것도 아니었다. 그저 멍하니 바라보는 그 순간만큼은 감정을 멈출 수 있기 때문이었다. 오 과장은 감정의 일시 정지가 깨지는 것을 감당할 자신이 없어, 세탁이 끝난 이불을 한 번 더 돌리기도 했다.

자신만큼이나 지쳐 버린 이불을 안고 집으로 돌아가는 길에는, 빨래한 보람도 없이 항상 눈물이 흘러 이불을 다시 적셨다.

오 과장은 서른 살이 될 때까지 담배를 입에 대 본 적도 없었지만, 우울증 증상이 심해지고부터 조금씩 배우게 되었다. 다른 사람들처럼 담배 한 개비에 힘든 일을 다 털어 버릴 수 있을까 하는 기대감 때문이었다. 처음에는 담배를 피우면 우울이 조금이라도 연기에 섞여 날아가는 것 같았다. 그런 기분에 두세 개비를 연속으로 피우기도 했다.

담배에 대한 의존은 점점 심해졌고, 방 안에 가만히 앉아 삼십 분 동안 다섯 개비를 연달아 피운 날도 있었다. 그날 다섯 번째 꽁초를 재떨이에 짓이길 때쯤엔, 방에 가득 찬 매캐한 연기와 바싹 마른 목구멍 때문에 기침을 멈출 수 없었다. 캑캑댈 때마다 목구멍이 결결이 찢어지는 듯했고, 호흡도 점점 가빠졌다.

계속된 기침 때문에 고여 있던 눈물방울이 돌연 주르륵 흘러내리는 눈물 줄기가 되었다. 오 과장은 손에 잡히지도 않는 담배 연기 따위에 무너지고 있는 자신의 모습이 더없이 한심하고 원망스러웠다.

당장 투신하고픈 충동에 창을 확 열어젖힌 그는 굳건히 자리를 지키고 있는 방범용 철창살에 가로막힌다. 철창살은 오 과장의 몸을 반의 반으로 접는다고 해도 통과할 수 없을 만큼 촘촘했다. 답답한 마음에 양손으로 창살을 잡고 흔들어 봤지만, 창살은 양보할 마음이 없어 보였다.

오 과장은 계획을 바꿔 베란다로 나가 창을 열었다. 깔끔하게 쳐진 방충망이 외부로부터 날아오는 벌레를 막기 위함이 아니라, 벌레 같은 자신을 세상으로부터 차단하기 위한 것처럼 느껴졌다.

그는 방충망을 열어젖힌 뒤, 난간을 잡고 창틀에 올라섰다. 요즘 하늘이 어떤지도 모르고 살았는데, 지금 보니 완연한 하늘빛의 하늘이었다. 아래를 내려다보니 왕성하게 자란 연둣빛 잔디가 펼쳐져 있었다. 저곳에 몸을 던져 붉은 피를 뿌린다면, 손바닥에 짓이겨진 모기만큼이나 불쾌할 것만 같았다.

　오 과장은 결국 창틀에서 내려와 방충망과 창을 차례로 달았다.

　'괜찮아, 힘내. 다음 기회도 있잖아.'

　이름 모를 날벌레가 거슬리는 희잉희잉 소리를 내며 오 과장 주위를 배회했다.

＊

　오 과장의 삶은 대체로 그런 시간의 반복이었다. 바닥 모를 우울을 향해 잠수하다가, 죽고 싶다는 생각이 뾰족해질 때는 자살을 시도했다. 실로 대부분은 '자살 시도'라고 부를 단계까지 가지도 못했는데, '자살 시도'를 시도할 때마다 무언가가 오 과장을 끌어내렸기 때문이다.

　숱한 미완성의 시도 끝에 처음으로 자살에 근접했다고 평가할 만한 일이 벌어진 것은 전혀 죽을 마음이 없었던 어느 초가을날이었다.

　퇴근 후 지하철역으로 향한 오 과장은 사람으로 가득한 역사 안이 어딘가 거북해 잠시 멈춰 서서 숨을 고르고 있었다. 방금 하차한 승객들이 무더기로 쏟아져 나오며 혼잡

도는 극에 달했다. 오 과장은 좀비 떼라도 목격한 듯 두 다리가 굳어 그 자리에서 인파를 지켜볼 수밖에 없었다. 이렇게 복잡한 지하철역에서 오 과장처럼 큰 몸집은 거추장스러운 장애물이었다. 아니나 다를까, 때마침 누군가가 급히 개찰구를 빠져나가다가 오 과장과 충돌했다.

"아오 진짜, 가뜩이나 좁은데 여기 서서 뭐 하는 거야!"

20대 초중반쯤 되어 보이는 학생이었다. 그 옆엔 여자친구로 보이는 사람도 서 있었는데, 둘을 합쳐야 오 과장의 체구와 비슷할 정도로 왜소한 커플이었다. 둘은 오 과장을 아주 불쾌한 눈으로 훑었다. 아주 짧은 순간이었지만 오 과장은 발가벗겨진 채 돌과 채찍 세례를 맞는 기분이었다.

여자가 짜증 난다는 표정으로 남자의 옷소매를 끌어당기며 빨리 나가자는 사인을 보냈다. 남자는 어쩔 수 없이 이끌려 앞으로 몇 발자국 가다가, 다시 뒤를 돌아 오 과장에게 경멸에 가까운 눈빛을 보내고는 인파 속으로 사라졌다.

마음만 먹었다면 둘을 죽일 수도 있었다. 그건 객관적인 전력으로 충분히 가능한 일이었다. 하지만 먼저 죽임을 당한 것은 오 과장이 끌어안고 있던 자신에 대한 존중 한 톨이었다. 너무 작아 오 과장 자신조차도 잊고 지냈지만, 죽으려고 할 때마다 안간힘을 써서 오 과장을 눌러앉혔던 그 자기 존중. 그것이 완전히 빻아져 가루가 되었고, 인파에 휩쓸려 잔해조차 찾을 수 없게 되었다.

오 과장은 이전처럼 죽겠다 결심하지 않았다. 그저 그 커다란 체구로 인파를 밀치며 지하철역을 벗어나 택시를 잡고 집으로 향했다.

"연오동 휴먼시티 육 단지 가 주세요."

오 과장의 마음은 혼란스럽지도, 평화롭지도 않은 상태였다. 그냥, 아주 차가웠다. 택시 기사는 라디오에서 흘러나오는 정치 논평에 대해 구시렁대며 혼잣말인 듯 은근한 대화를 유도하고 있었는데, 평소 같으면 겸연쩍게 웃으며 맞장구를 쳤을 오 과장이 그 모든 것을 깨끗하게 무시했다.

그는 차창 밖 도로 위에 늘어선 차들의 불빛을 바라보았다. 빨갛고 노란 불빛은 지상 은하를 이루고 있었다. 무수한 불빛 사이에서 오 과장은 자신의 존재가 우주의 먼지에 지나지 않음을 실감했다.

집에 들어온 오 과장은 신발을 신은 채로 성큼성큼 옷장으로 가, 넥타이 하나를 꺼내 고리 모양으로 단단히 묶었다. 천장에 매달 곳도 없었을 뿐더러, 매단다고 해도 무게를 버티지 못해 금세 땅으로 떨어질 것 같았다. 그는 어느 영화에서 봤던 것처럼 문고리에 넥타이를 걸어 두고 등을 기댔다. 그리고 곧이어 자신의 목을 넥타이 안으로 밀어 넣었다. 온몸의 힘을 툭 빼서 미끄러뜨리자 체중이 목 쪽에 콱 실렸다. 질식의 고통은 즉각적으로 찾아왔다. 넥타이가 닿은 곳에 통증이 느껴지고 구역질이 날 만큼 목구멍이 쪼그라들었다.

캐엑 캐엑, 허억, 허억, 허억, 캐엑 캐엑, 허억.

오 과장의 첫 번째 '제대로 된 자살 시도'는 1분을 간신
히 채우고 실패로 끝나 버렸다. 몰려드는 고통에 본능적으
로 넥타이를 벗어 던졌던 것이다. 정신이 들자 어두운 방 곳
곳에서 쏟아지는 경멸의 눈빛을 느낄 수 있었다.

"죽지도 않을 거면서 죽는다고 호들갑을 떨어. 아이씨
진짜."

아까 그 지하철역 남자의 목소리였다. 오 과장은 눈을
질끈 감고 귀를 막았다. 몸이 떨리고 눈물이 터져 나왔다.
눈물을 막으려고 더 질끈 감았지만, 눈물은 어림도 없다는
듯이 틈새를 비집고 줄줄 새어 나왔다.

자살에 실패한 오 과장의 목에는 낙인처럼 뻘건 자국
이 뜨겁게 눌어붙어 있었다.

이슬, 06:32

속을 깨끗하게 게워 낸 이슬이 화장실 문을 짚으며 밖
으로 나왔다.

"어우, 죽을 뻔했네."

매년 이맘때가 되면 이슬은 뭉근한 순두부조차 잘 넘기지 못했다. 목이 콱 막혀 아주 작은 바늘구멍이 되어 버린 것 같았기 때문이다. 아무래도 기일통이 도진 것이겠거니, 이슬은 대수롭지 않게 생각했다.

제2한강에서 1년을 채우지 못하고 나간 사람들은 모르겠지만, 사망 날로부터 달력 열두 장을 넘긴 사람들은 1년에 며칠씩 기일통을 앓았다. 구토, 메스꺼움, 두통, 복통, 오한, 등 통증 등 그 증상은 저마다 다양했으며, 짧으면 하루부터 길면 일주일까지 고생하기도 했다. 이슬은 매년 목이 콱 막히면서 구역질이 나오곤 했는데, 목매어 죽어서 그런 것이라고 확신했다. 지금은 제2한강을 떠났지만 몇 년 동안 가까이 지냈던 또래 아이는 기일 즈음이 되면 온몸이 쑤신다고 얘기했었다. 그 애, 연지의 피날레는 10층 건물 투신이었다.

이슬은 뜨끈한 순두부찌개를 그대로 뱉어 낸 것이 억울한 동시에 경옥 아줌마에게 죄송스러웠다.

"아줌마, 다음에 올 땐 두 그릇 먹을게요. 꼭이요."

그렇게 혼잣말을 하고 나서 음수대에서 입을 헹궜다. 간밤에 차게 식은 그 물은 정신을 번쩍 들게 만들었다. 이슬의 제2한강 생활 10년 하고도 이틀째 아침은 그렇게 시작되었다.

이곳의 삶은 언제나 멈춰 있었는데, 물에 비유하자면 잔잔한 정도가 아니라 아주 고여 있는 수준이었다. 스스로 움직이지 않으면 화석처럼 굳어 버릴 것 같아, 이슬은 시간이 날 때마다 제2한강 곳곳을 싸돌아다녔다.

'오늘은 꼭 재수 없는 물줄기에 다녀와야지.'

구토 후의 오묘한 상쾌함 속에 이슬이 오늘의 일과를 정했다. 제2한강은 동서로 41.5킬로미터의 길이와 남북으로 3킬로미터 폭을 가지고 있는 공간인데, 마치 서울의 지도에서 한강 부분만 쏙 뽑아 낸 다음 남북으로 1킬로미터씩 덧붙인 모양새였다. 그 밖으로는 항상 뿌연 안개가 껴 있어 아무것도 보이지 않았다. 물론 제2한강의 시작을 알 수 없는 역사 내내 호기로운 탐험가들이 존재해 왔지만, '아무리 몸을 들이밀어도 안개 밖으로 나갈 수는 없었다' 같은 시시한 무용담만 남아 있을 뿐이었다.

'재수 없는 물줄기'는 그런 제2한강의 시작점인 동쪽 끝을 의미했는데, 별다른 정식 명칭이 없어 이슬이 마음대로 지어서 붙인 이름이었다.

이슬이 그런 이름을 붙인 것은 그곳을 싫어해서가 아니었다. 그곳은 물이 흐르는 곳이자 사람이 흐르는 곳이었다. 매일 30~40명의 자살 사망자들이 '재수 없는 물줄기'를 타고 제2한강으로 흘러들었는데, 이슬에겐 그들 모두가 끔찍이도 운이 없는 사람들로 보였다. 의식을 잃은 채 둥실둥실 떠내려오는 모습을 볼 때마다 이슬은 '어쩌다가! 재수도 없지…' 하고 혼잣말을 했다.

이슬은 제2한강 북부 중간 지점에 살고 있었으므로, '재수 없는 물줄기'에 닿으려면 약 20킬로미터를 가야 했다. 아무리 시간이 넘친다지만 걸어가기엔 까마득한 거리였다. 그녀는 '재수 없는 물줄기'에 갈 때면 주로 수상택시를 이용했다. 순환열차를 이용할 수도 있었지만, 대부분은 수상택시였다. 택시 승강장은 북부와 남부에 각각 8개씩 설치되어 있었다. 이슬의 거주지에서 가장 가까운 곳은 북부 3정류장이었다.

그곳에 가면 자주 영선 아줌마를 만날 수 있었다. 영선 아줌마는 수상택시 기사 중 한 명으로, 생전에도 15년 택시 운전 경력을 가진 베테랑이었다. 운전이 조금 거칠긴 해도 누구보다 손님의 마음을 세심하게 읽을 줄 아는 베스트 드라이버이기도 했다. 이슬은 그런 영선 아줌마가 좋았다.

하루는 이슬과 영선 아줌마가 이런 대화를 나누기도 했었다.

"아줌마, 맨날 비슷비슷한 구간을 왔다 갔다 하면 지루하지 않아요?"

"이슬아, 멀리서 보면 똑같은 구간을 왔다 갔다 하는 일일 뿐이지만, 가까이서 보면 매 1킬로미터, 1킬로미터가 아주 다른 길이야."

"달라요? 뭐가요?"

"난 혼자 다니는 게 아니라 손님을 태우고 다니잖니. 지겹도록 똑같은 풍경도 내가 어떤 손님을 태우고 있는지에 따라 정말 다르게 보이거든."

"음… 그럼 저를 태우고 다니실 때마다도 달라요?"

"그럼, 다르고말고. 너도 내가 태워 줄 때마다 기분이 다르지 않아? 운전대를 잡고 있으면 승객의 기분을 다 알 수 있어. 감정이 네 속에 꽁꽁 감춰진 것 같지만, 거울로 힐끗 보면 미묘한 차이가 다 드러나거든."

"진짜요? 그럼 맞춰 보세요. 오늘 제 기분은 어떤 것 같아요?"

"보자… 이슬이 기분이라. 이슬인 아무래도 오늘 외로움을 좀 타는 것 같네?"

"대박! 아줌마 어떻게 아셨어요?"

"나한테 이렇게 꼬치꼬치 캐묻는 걸 보면 알 수 있지."

"뭐예요, 거울 보고 맞춘 게 아니잖아요."

"맞췄으면 됐지, 그게 중요하니. 아줌마도 계속 외로웠는데, 이슬이가 이렇게 옆에서 재잘재잘 말동무해 주니까 좋네."

이슬은 일주일 만에 3정류장을 찾았다. 며칠간은 기일

통 때문인지 영 쏘다니고 싶다는 생각이 들지 않았기 때문
이다.

"아줌마, 잘 지내셨어요?"

"이슬이구나! 왜 이렇게 오랜만에 왔어? 아주 싸돌아
다닐 때는 하루에 세 번씩도 찾아와서 귀찮게 만들더니만,
안 오니까 또 궁금하잖아. 하여튼 못 당해. 어디 가려고?"

"아시잖아요."

영선 아줌마는 말없이 눈웃음을 짓고는 수상택시에 올
라타 시동을 걸었다. 뒤따라 이슬도 택시에 올랐다. 힘차고 기
분 좋은 엔진 소리가 오랜만에 온 이슬을 반겨 주는 듯했다.

이슬은 수상택시만의 출렁거림과 튀어오르는 물방울
을 사랑했다. 격렬한 움직임과 피부에 닿는 차가운 촉감은
이슬이 멈춰 있지 않다고 느끼게 해 주었다. 그녀는 10년
동안 제2한강에 살면서, 시간은 흐르지만 나이는 들지 않는
것이 괴로울 때가 많았다. 이곳에서 100년을 지낸다고 해
도 이슬은 열아홉 살일 것이며, 결코 대학생이나 직장인이
될 수 없었다(자살한 대학생이나 직장인을 보면 그게 무슨
소용인가 싶지만).

자살하기 전에는 죽는 것만이 답이라 생각했던 이슬
이지만, 요즘은 지난 10년을 죽지 않은 채로 살았다면 과연
지금보다 더 고통스러웠을지 무게를 재 보곤 했다.

"이슬아, 류이슬!"

"…네?"

"넌 젊은 애가 말소리를 왜 이리 못 들어. 무슨 생각을 그렇게 해 아침부터?"

"아, 부르셨었어요? 죄송해요. 그냥… 이런저런 잡생각이요."

"넌 잡생각을 참 심각하게도 한다. 재수탱이 물줄기랬나? 거긴 왜 또 가는 거야?"

"재수 없는 물줄기요."

이슬은 살포시 웃는다. 열 번을 넘게 '재수 없는 물줄기'라고 교정해 줘도 영선 아줌마는 매번 틀렸다.

"웃지만 말고. 왜 또 가는 거야? 그렇게 좋은 데면 나도 자주 가려고."

"친구 삼을 만한 사람 있나 찾으러 가요."

"친구?"

영선 아줌마가 의아한 표정으로 물었다.

"네, 저랑 동갑, 그니까 생전의 나이로요. 뭐, 열아홉 살짜리 애가 온대도 실제로 나보다 열 살이 어린 셈이겠지만, 그래도 같은 나이에 죽은 거잖아요."

"너 친구 많잖니. 나도 네 친구잖아."

"제가 영선 아줌마를 엄청 좋아하는 건 맞지만… 그래도 가끔 동갑내기도 필요한 법이잖아요."

"왜 아니겠니. 네 나이 때 밥보다 좋은 게 친구지. 친구

생기면 뭐 하게?"

"음… 밥도 같이 먹고 얘기도 하고, 산책도 하고요. 그렇게 친하게 지내다가 서로가 아주아주 좋아지면 같이 죽자고 하려고요."

그 말을 듣자 영선 아줌마가 속도를 급하게 줄였고, 하마터면 이슬은 앞 유리에 머리를 박을 뻔했다. 이슬이 반은 원망, 반은 놀란 눈빛으로 영선 아줌마를 바라보자, 그녀는 꾸지람을 놓았다.

"어린 애가 못하는 말이 없어. 네가 아무리 나보다 여기서 오래 살았어도, 늙은 아줌마 두고 먼저 가게? 그럼 이 택시는 누가 타니!"

순간 머쓱해진 이슬은 미안하다며 머리를 긁적이고 아줌마의 어깨를 몇 번 주물렀다.

'아줌마, 미안해도 어쩔 수 없어요. 나는 마음이 꼭 맞는 친구를 찾으면 여길 떠날 거예요.'

이슬, 07:01

이슬은 '재수 없는 물줄기'가 가장 잘 보이는 둔덕에 풀썩 앉았다. 그녀는 언제나 같은 자리에 앉았기 때문에 그 주변은 잔디가 살짝 패여 있었다.

언제 새 주민이 흘러 들어올지는 누구도 알 수 없었다. 그저 구름이 미끄러져 내려 수면에 닿은 것 같은 자욱한 안개를 바라보고 있으면, 곧이어 사람의 머리나 다리, 어깨가 보이기 시작한다. 때로는 두세 명씩 동시에 흘러오기도 한다. 꼭 물에 빠져 죽은 사람만 떠내려오는 것은 아니다. 어떤 방법으로든 자살한 사람이라면 누구나 '재수 없는 물줄기'를 통해 제2한강으로 유입'당했다'.

이슬은 망원경으로 새 주민이 남자인지 여자인지, 여자라면 자기 또래인지 아주 집중해서 보았다. 딱 봐도 남자인 몸이 보일 때면 아쉬움에 탄식을 뱉었다. 반대로 애타게 찾던 고등학생쯤 되는 여자애가 보일 때면 자리를 박차고 일어나 물가 가까이 다가갔다. 매일 30~40명의 새 주민이 흘러오지만, 그중에서 고등학생 여자애를 찾는 건 쉽지 않은 일이었다. 24시간 지켜볼 수도 없을 뿐더러, 자살한 고등학생 여자애는 그리 흔치 않기 때문이다.

세 시간쯤 지나자 이슬은 슬슬 배가 고팠다. 먹은 걸 다 게워 냈으니 빈속이었던 셈이다. 그녀는 딱 세 명만 더 보고 가기로 결심했다. 하지만 자살자가 적은 시간이라 기다림이 길어졌다.

포기할까 싶던 차에 안개에서 발이 하나 빼꼼 나왔다. 이슬의 눈이 잠시 동그래졌지만, 이내 수북한 다리털이 보이자 '그럼 그렇지' 하며 잔디를 한 움큼 뜯어 공중에 뿌렸다.

그 뒤로 여덟 시간이나 더 기다렸고, 결국 약속한 두 번째, 세 번째를 넘어 스물두 번째 입주민까지 물줄기를 타고 내려왔다. 역시 고등학생 여자애는 없었다.

이슬은 아쉬운 마음을 안은 채 순환열차 정류장으로 향했다. 재밌고 신나는 수상택시는 이런 기분에선 타고 싶지 않았다. 그때 물가에서 이슬을 부르는 소리가 들렸다.

"이슬이 인마, 오랜만이다. 며칠 뜸하더니 다시 왔네?"

자주 인사하고 지내는 수습대 경원 아저씨가 노를 저으며 다가왔다. 수습대는 새롭게 제2한강으로 흘러 들어온 입주민을 물에서 건져 뭍으로 올려 주거나, 여유가 있을 때는 관리사무소에까지 데려다 주는 역할을 했다. 수면에서 의식이 없는 몸을 끌어올리는 일이다 보니 보통 힘이 아니면 자원할 수 없는 자리였다.

"안녕하세요, 아저씨. 오랜만에 뵈어요."

"어라? 왜 또 기운이 없어. 밥 안 먹었어?"

"먹었는데 몸이 좀 안 좋아서요. 기분 전환할 겸 사람 구경 나왔는데, 제가 찾는 사람이 없네요."

이슬은 한껏 풀이 죽은 표정으로 말했다.

"찾는 사람? 누구 아는 사람 중에 자살할 만한 사람이라도 있니?"

"아저씨도 참. 저번에 말했잖아요, 또래 여자애가 들

어왔으면 좋겠다고."

"맞다, 내 정신 좀 봐. 이 일이 좀 바빠야지. 어제는 여섯 명을 건져 내느라 아직도 허리가 욱신거린다. 가만, 그중에 얼추 너만 해 보이는 여자애도 한 명 있었는데, 관리사무소에 잘 갔으려나…."

"뭐라고요!?"

갑자기 이슬이 소리를 지르는 통에 경원 아저씨는 중심을 잃을 뻔했다. 그는 왜 갑자기 소리를 지르냐고 툴툴대면서도, 어제만 해도 이슬에게 알려 주려고 기억해 뒀다가 감쪽같이 까먹었다며 미안해했다.

"희나 알지? 송희나였나, 박희나였나…. 어쨌든 너보다 네다섯 살 위인 언니 있잖냐, 라 구역에 사는. 어제 마침 걔가 근처에 지나가길래 여자애가 깨어나면 관리사무소에 데려다 달라고 부탁했다. 관리사무소에 가 봐. 오자마자 '다시 자살'한 게 아니라면 그 여자애도 어디 근처에 있을 거야."

이슬은 방금 소리를 질러서 미안하고, 알려 줘서 고맙다며 연신 인사를 해댔다. 축 처진 기색은 온데간데없이 배시시 웃는 얼굴이었다.

'어쩌면 그 애랑 친구가 될 수 있을지도 몰라. 진짜, 진짜 인생의 마지막을 함께할 수 있는 친구.'

"아니, 다른 건 다 되는데 왜 강아지는 안 되는 건데요? 이해가 안 되잖아요, 이해가."

"선생님, 죄송하지만 강아지는 유실물 센터에서 제공해 드릴 수 없어요. 규정상 그렇게 되어 있어서요. 제가 어떻게 할 수 있는 문제가 아니라…."

"진짜 답답하네. 제가 지금 찾고 싶은 건 옷, 전자기기 같은 게 아니라 제가 키우던 강아지라고요!"

"선생님, 저희도 어쩔 수가 없어요. 정 그러시면 강아지 사진 앨범 같은 걸 신청해 보시면 어떠실지…."

"사진이 어떻게 강아지랑 똑같아요 진짜. 아, 됐습니다."

유실물 센터에 들어서자마자 한 남자가 창구 직원과 실랑이를 벌이고 있는 것을 발견했다. 진상 손님은 이승이나 저승 그 어디에서나 존재하는구나 싶었다.

유실물 센터는 규모가 꽤 큰 단층 건물이었는데, 마치 공항 면세점 인도장이나 대규모 스키 장비 대여점 같은 모양새였다. 일자로 된 데스크에 직원들이 쭉 앉아 있고, 그 뒤로 번호 달린 바구니가 빼곡하게 들어찬 대형 선반이 몇 줄씩 자리하고 있었다. 꽤 깊은지 안쪽 끝은 어두워서 잘 보이지 않을 정도였다. 별수 없이 이곳에 오긴 했지만, 난 아직 여기가 무얼 하는 곳인지조차도 알지 못했다. 그런 얼떨

떨한 표정이 영 불쌍해 보였는지 — 혹은 거슬렸는지 — 한 직원이 멀리서 말을 걸었다.

"선생님, 선생님! 후드 티 입은 선생님!"

"아, 네? 저요?"

"네 선생님이요. 오른쪽에서 번호표 뽑고 이쪽 창구로 오세요."

시키는 대로 하는 것만큼은 자신 있었기에 후다닥 번호표를 뽑은 뒤, 6번 창구로 졸래졸래 달려갔다.

"안녕하세요, 선생님. 잘 오셨어요. 여기 온 지 얼마 안 되셨죠?"

"네, 네. 어제 왔어요."

역시 초보자는 티가 나나 보다. 반면 창구에 앉아 있는 여자는 이곳에서 태어나기라도 한 듯이 자연스러운 얼굴이었다. 문득 이질감이 느껴졌다. 이 직원뿐만이 아니다. 관리 사무소 오 과장, 식당 아주머니도 마찬가지였다. 그들은 아주 평범해 보였다. 자살할 만한 사연은 하나도 없어 보일 만큼.

"그럼 유실물 센터도 잘 모르시겠네요. 어떻게 오시게 됐어요?"

"누가 가 보라고 해서 왔는데… 사실 하나도 모르고 왔어요. 죄송해요."

"죄송하긴요. 처음부터 알고 오는 사람이 어디 있겠어

요. 특히 여기는 이상한 것들 투성이잖아요. 그렇죠?"

"예, 아직도 뭐가 뭔지 잘 모르겠네요. 꿈 꾸는 것 같기도 하고."

"저도 가끔은 꿈인가 싶어요. 그런데 꿈이라 하기엔 너무 생생하고 구체적이에요. 내가 이렇게 망상을 잘하는 편이 아닌데… 뭐 사실 꿈이 아니라는 증거도 없으니까 모를 일이죠. 어쨌든, 뜬구름 잡는 얘기는 접어 두고, 더 재미있는 유실물 얘기나 해볼까요?"

직원은 짝 소리가 나게 두 손을 모으고는 눈썹을 한 번 들썩였다.

"죄송하지만, 저는 유실물이랄 게 딱히 없는 것 같은데요…. 다리에서 뛰어내릴 때도 따로 소지품이 없었거든요. 그때 입었던 옷은 그대로 옷장에 걸려 있고요."

"제가 정작 필요한 설명은 빼먹었네요? 죄송해요. 여기서 말하는 유실물은 선생님께서 생전에 가지고 계셨던 물건을 의미해요. 사망하신 지 얼마 안 되셨으니 실제로 그 물건은 제자리에 잘 보관되어 있겠지만, 지금 선생님 입장에서 보면 전부 잃어버린 것들이잖아요. 죽음으로 잃어버린 셈이죠. 저희는 그걸 찾아드리는 거예요."

내가 가지고 있던 물건에 특별한 애착이 있는 것은 아니었지만, 그것들이 막상 '유실물'이 되었다고 생각하니 머릿속을 하나둘 스쳐 지나갔다. 4년 쓴 휴대폰, 중고로 산 노트북, 건조대, 행주, 볼펜, 책상, 물걸레… 개중에 값비싼 물건이 하나도 없다는 것이 조금 우스웠다. 잃어버렸대도 상관없고, 다시 찾을 가치가 있나 싶은 물건들이었다.

"어떻게 찾나요?"

하지만 이렇게 열심히 설명을 해 주었는데, '괜찮습니다' 하며 자리를 박차고 일어날 수도 없는 노릇이었다. 나는 생전에 지하철역 앞 전단지를 한 번도 거절하지 못한 그런 타입의 인간이었던 것이다.

"좀 우습게 들리시겠지만, 찾는 원리는 저희도 몰라요. 그냥 찾고 싶은 물건 신청을 받고, 잠시 후에 선반에서 찾아올 뿐이죠."

아침에 찾았던 식당 아주머니도 비슷한 말을 했다. 만들고 싶은 요리가 있으면 식자재 관리 프로그램에 입력만 하면 끝이라고. 그러면 다음 날 재료가 배송되어 있다고. 제2한강은 모두 그런 식인 것 같았다. 무언가를 요청하면 누군가가 가져다 준다. 하지만 주민 중 아무도 그 '누군가'를 본 적은 없다. 도대체 누가 이딴 걸 만들어 놓은 거지? 세상에 신이 실존하는 걸까? 그렇다면 제2한강의 신은 분명 신 중에서 가장 한가한 편일 것이다. 혹은 잔인에 가까울 만큼 장난기가 넘치거나.

"죄송하지만… 사실 무엇을 찾아야 할지 잘 모르겠어요. 찾고 싶은 게 없는 것 같기도 하고요."

"처음엔 다들 그래요. 굳이 억지로 찾을 필요는 없으니 천천히 고민하세요. 어떤 사람은 물건이 정말 필요해서 찾기도 하고, 어떤 사람은 그리워서 찾기도 해요. 그냥 심심해서 찾아가는 사람도 있고요. 안내문을 드릴 테니, 대기석에 앉아서 천천히 생각해 보세요. 다음에 오셔도 되고요."

직원이 종이 한 장을 내밀었다. 유실물 센터에 대한 짤막한 소개와 제공 불가 품목이 적혀 있었다. 자동차, 냉장고, TV 등의 커다란 물건은 찾을 수 없다고 한다. 꺼내 줄 수 없어서 그런가? 휴대폰 및 각종 자해 위험 도구 또한 제공 불가였으며, 반려동물도 ★절대 불가★로 표기되어 있었다. 나는 가볍게 목례를 하고 대기석으로 걸어갔다.

생각에 잠긴 척 멍하니 앉아서 시간을 흘려보내던 중, 내 또래쯤 되는 남자가 바구니에 야구 배트를 담아 나오는 모습이 보였다. 그는 내 옆에 앉더니 받아 온 물건을 요리조리 살피고, 이내 먼지를 살짝 털고 쓰다듬었다. 나도 모르게 그 모습을 빤히 쳐다보고 있었는데, 갑자기 남자가 시선을 돌리는 바람에 서로 눈이 마주치게 되었다. 화들짝 놀란 나는 고개를 팍 숙여 사과했다.

"아, 괜찮습니다. 그냥 야구 배트일 뿐인 걸요. 한번 구경해 보실래요?"

"아, 예… 감사합니다."

훔쳐본 걸 선뜻 용서해 준 남자의 호의에 보답하기 위해 나는 최대한 열심히 야구 배트를 살펴보았다.

"만져 봐도 되나요?"

딱히 관심은 없었지만 보답의 연장선으로 마음에도 없는 말을 뱉었다. 남자는 웃는 얼굴로 그러라고 했다. 생각해 보니 아주 어렸을 때 이후로 야구 배트를 만져 보는 건 처음이었다. 길고 곧게 뻗은 배트는 곳곳에 작은 홈집이 나 있지만, 전체적으로 매끄러웠다. 잘 깎여진 나뭇결을 쓰다듬고, 손바닥에 올려 무게를 느껴 보았다. 생각했던 것보다 제법 묵직했다. 배트를 한 바퀴 돌리자 매직으로 휘갈겨 쓴 글씨가 보였다.

"엄청나죠? 박선훈 선수가 한국에 와서 팬 사인회 할 때 직접 받은 거예요. 박선훈 선수 아시죠?"

남자가 의욕적인 자세로 물었다.

"어… 음… 죄송해요. 제가 야구를 잘 몰라서…."

"진짜 모르세요? 흠, 야구를 안 보시면 그러실수도. 그래도 메이저리그에서 뛰고 올림픽 금메달도 땄는데…."

10년 전인가 국가대표팀이 올림픽에서 금메달을 땄다던 뉴스는 기억난다. 하지만 그 수십 명의 선수 중에서 누가 박선훈인지는 알 길이 없었다.

"박선훈은 우리나라 타자의 전설이에요. 제가 보기엔 역대 일 위입니다. 작은 체구에서 어떻게 그런 괴력이 나오는지, J. C. 코너를 상대로 몇 번이나 홈런을 쳤을 정도죠. 아, J. C. 코너도 모르시겠구나…. 이것 참 주책이었네요. 제가 야구 얘기만 나오면 좀 시끄러워요."

나는 어색하게 웃으며 괜찮다는 말로 얼버무렸다. 내가 혹여나 J. C. 코너를 안다고 했다면, 야구의 철학까지 논할 기세였다.

"그나저나 그쪽은 뭘 찾으러 오셨어요?"

"그냥 가다가 들린 거라서요. 딱히 뭘 찾아야 할지 모르겠네요."

"혹시 그쪽의 찌질함을 담고 있는 물건이 있나요?"

"찌질함… 이요?"

나는 질문을 잘못 들은 것인가 싶어 남자에게 되물었다.

"네. 나의 아주 한심스럽고 형편없는 모습이요."

하지만 남자는 오히려 자신의 말을 더욱 자세히 풀어서 설명했다.

"그런 모습이야 많지만, 그걸 담고 있는 물건이 있는지는…."

"생각해 보시면 분명 있을 거예요."

"있다고 해도 굳이 그런 물건을 찾아야 하나 싶은데요."

내 말에 남자는 잠시 고민에 빠진 듯 턱을 괴고 야구

배트를 바라보았다. 5분 정도 그렇게 말없이 흘러갔다.

"저는 그런 물건들만 찾아가거든요. 이 배트도 그렇고요."

남자가 머쓱하게 말을 꺼냈다.

"이건 제가 스무 살 때 야구 동아리에 들어가서 처음 산 배트였는데, 실제로 야구장에서 휘둘러 본 적은 손에 꼽아요. 재능이 없어서 동아리를 금방 그만뒀거든요. 그래도 몇 년을 가지고 있었어요. 그러다 졸업할 즈음 우울증과 함께 감정 기복이 굉장히 심해졌는데, 아주 작은 일에도 갑자기 주체할 수 없을 정도로 분노하게 되더라고요. 어느 날은 방에 있는데 끓어오르는 분노 때문에 발가락에서 머리끝까지 열이 오르는 거예요. 과제가 잘 안 풀렸거든요. 그때 이 배트가 보였어요. 앞뒤 잴 것도 없이 낚아채서 책상 위에 열려 있던 노트북을 후려갈겼죠. 스위트 스폿에 정확히 맞은 타격이었어요. 두 동강이 나서 날아가는데 그게 슬로 모션으로 보이는 거 있죠? 야구를 잘하는 사람은 이 기분을 하루에도 몇 번씩 느낄 수 있겠구나 싶어 부럽더라고요."

"노트북이 아까우셨을 텐데…."

"몇 초 후에 바로 후회하긴 했습니다. 제가 해 놓고도 어안이 벙벙했어요. 그리고 나서 부서진 노트북 조각을 주워 담는데 헛웃음이 나더라고요. 미친놈, 미친놈 하는 소리를 입 밖으로 몇 번이나 내면서 치웠다니까요."

남자는 지금 생각해도 민망한지 괜히 모자챙을 매만졌다.

"찌질한 모습이라고 말씀하신 게 그런 일…?"

"네, 야구를 좋아하긴 해도 실력이 없어 주눅 든 채 동아리를 그만두었던 거, 분노를 참지 못했던 시기, 아까워하며 노트북을 치우던 멍청한 장면까지요. 이 배트를 보고 있으면 전부 떠올라요. 제가 유실물 센터에 처음 왔을 때, 그런 물건들을 싹 다 긁어모아서 강물에 던져 버리려고 했거든요? 마음이라도 후련하게요. 근데 다 받아 놓고 나니 그러질 못하겠더라고요. 아무리 한심하고 멍청한 모습이라도, 그 자체가 나였으니까요. 하나씩 버릴 때마다 나의 일부분이 잘려 나갈 것이고, 그러다 보면 결국 나라는 사람은 존재 자체가 사라지게 될 거란 생각이 들었죠. 저는 저를 지워 버리려고 자살한 게 아니거든요. 더 이상 고통받지 않게 나를 지키고 싶었던 것뿐이지."

나는 어떤 대답을 하는 대신 죽기로 했던 그날을 떠올렸다. 그때의 나도 세상에서 나를 지우고 싶었다기보다는, 내게서 세상을 지우고 싶었다. 세상이 나를 감당할 수 없던 게 아니라 내가 세상을 감당해 낼 자신이 없던 것이니까.

"그렇다고 제가 '나의 찌질한 모습까지 사랑해야겠다'고 생각하는 낭만파는 아니에요. 그게 가당키나 하겠습니까. 그냥, 이제라도 찌질한 모습을 있는 그대로 받아들이려고 연습하고 있는 거죠. 그런 모습을 자책하고, 벗어나기 위해 발버둥치는 건 이미 수도 없이 해 봤어요. 죽어서도 같은 일에 또 시간을 쏟고 싶지 않아요. 차라리 그럴 시간에 저한테 혹시 찌질하지 않은 모습도 있나 찾아보려 해요. 찌질함이 담긴 물건부터 다 찾아가고 나면, 남아 있는 물건들에는 뭔가 좀 다른 게 담겨 있지 않을까요?"

남자는 겸연쩍은 미소를 지으며 야구 배트를 몇 번 쓰다듬더니, 짐을 챙겨 자리에서 일어났다.

"이거 제가 너무 시간을 뺏은 건 아닌지 모르겠네요. 죄송합니다. 말이 길었어요. 실례지만 먼저 일어나 보겠습니다."

그는 주섬주섬 야구 배트를 챙기더니, 나를 향해 모자 챙을 잡고 목례를 한 뒤 유실물 센터 문을 나섰다.

멀어지는 남자의 뒷모습을 바라보며 내가 찾을 수 있는 물건을 헤아려 보았다. 여러 가지 후보가 스쳐 지나갔는데, 그중에서도 '가장 찌질한 모습'을 떠올리니 금세 가닥이 잡혔다. 나는 번호표를 뽑는 것도 잊은 채 처음 이야기를 나눴던 창구 직원에게 향했다.

"찾고 싶은 게 생겼어요."

"저쪽에서 현규 씨랑 얘기하더니, 좋은 물건이라도 생

각이 나셨나 보네요? 좋아요. 번호표를 뽑으셔야 하지만 지금은 아무도 없으니 눈감아 드릴게요. 자, 어떤 물건이죠? 이쪽에 써 주시면 됩니다."

나는 직원이 내민 유실물 요청서에 옷걸이 ─ 괄호 열고, 분홍색, 괄호 닫고 ─ 를 적어서 건넸다.

"분홍색 옷걸이라, 적어 주셔서 감사합니다. 의외로 핑크 좋아하시는구나. 잠시만 기다려 주세요. 찾는 데 오 분쯤 걸릴 거예요. 다녀올게요."

대단히 아끼는 물건도, 누군가에게 선물 받은 물건도 아니었다. 가격은 3천 원밖에 안 하는 싸구려였다. 하지만 생전의 찌질함을 떠올렸을 때 그 옷걸이만큼 적절한 물건도 없었다. 그것은 가장 나약해 빠진 모습이자, 내 자아의 대부분을 차지하는 '책임 회피 홍형록'의 상징물과도 같은 것이었기 때문이다.

*

책임 도망자의 삶이 시작된 건 지금으로부터 18년 전으로 거슬러 올라간다. 나는 열두 살 생일에 강아지 한 마리를 선물로 받았다. 수년간 생일, 어린이날, 크리스마스 때마다 부모님을 아득바득 괴롭혀 얻어 낸 성과였다. 옆집의 지인으로부터 분양받았다는 그 강아지는 아주 작은 푸들이었다. 밝은 회색빛의 곱슬곱슬한 털을 하고 땡그란 눈, 짧은 꼬리를 가진 그 아이는 첫 1초부터 내 모든 마음을 사로잡았다. 나는 그 아이에게 '먼지'라는 이름을 붙여 주었다. 꼬물거리는 회색 털 뭉치가 꼭 먼지 같았기 때문이다.

하지만 열두 살 남자애가 강아지에 대한 흥미를 잃는 속도는 지난 몇 년의 투쟁이 무색할 만큼 빨랐다. 피시방에 가는 것이 더 재밌고, 축구를 하는 것이 더 중요했다.

"형록아, 먼지가 심심해한다. 좀 놀아 주고 그래야지?"

"아, 엄마. 나 오늘 애들이랑 게임하기로 했단 말이야. 그거 끝나면 먼지랑 놀게. 그때까지 엄마가 놀아 줘."

먼지를 먹이고, 산책시키고, 돌보는 모든 행위는 결국 엄마의 일이 되었다. 게임을 하고 있는 중에 먼지가 의자 다리를 긁어대며 관심을 갈구할 때면, 나는 "나중에 놀아 줄게 지금은 안 돼" 하며 밀어내기 바빴다. 시간이 지날수록 먼지는 내게 점점 더 귀찮은 존재가 되어 갔다.

그렇게 몇 개월이 흘러 나는 열세 살이 되었다. 하루는 부모님이 외할머니 댁에 갔다 올 테니 저녁 때까지만 혼자 집을 잘 보고 있으라고 당부했다. 그날도 나는 게임을 하고 있었고, 얼굴도 보지 않은 채 "네, 다녀오세요"라고 답했다.

"먼지도 잘 보고, 알겠지?"

"아, 알았어요. 빨리 가세요. 알아서 할게요."

게임을 한바탕 끝내자 허기가 졌다. 집 안 곳곳을 살펴봤지만 그날따라 흔한 과자 한 봉지도 보이지 않았다. 나는 엄마가 식탁 위에 올려 둔 돈을 들고 나가기로 했다. 신발을 신으려는 찰나, 타닥타닥하는 발소리와 함께 먼지가 다가왔다. 먼지는 입에 목줄을 물고 나를 바라보았다.

"먼지야, 나 혼자 갔다 올게. 금방 올 거야."

그렇게 몇 번을 떼어 놓으려 해도 낑낑 소리를 내는 통에 데리고 나갈 수밖에 없었다. 언제가 마지막이었는지 기억나지도 않을 만큼 산책이 낯설게 느껴졌다. 먼지는 계속 냄새를 맡으려 이리저리 움직여댔는데, 열세 살의 내겐 그저 짜증스러운 행동일 뿐이었다. 나는 줄을 홱 낚아채면서 빨리 앞으로 가자고 보챘다. 갑작스런 조임에 화들짝 놀랐는지, 먼지는 아까보다 풀이 죽은 발걸음으로 내 뒤를 쫄래쫄래 따라왔다. 물론, 그때의 나는 먼지의 기분 따위는 신경 쓰지 않았다.

과자를 사고 집으로 돌아가는 길, 나는 문방구라는 피할 수 없는 유혹을 마주했다. 귀신에 홀린 듯 한 손에는 과자 봉지, 한 손에는 먼지 목줄을 잡은 채 문방구로 빨려 들어갔는데, 문방구 아저씨가 "개는 안 돼, 밖에 묶어 놔" 하고 으름장을 놓았다. 나는 주눅이 들어 괜히 먼지에게 큰소리로 말했다.

"먼지야, 너 때문에 못 들어가잖아! 진짜 짜증 나게. 밖에서 기다려. 금방 나올게."

나는 그렇게 먼지를 혼자 두고 문방구에 들어갔다. 족히 15분은 이것저것 만져 보다가 기어이 캐릭터 카드 한 팩을 사고서야 구경을 마칠 수 있었다. 한 손에 과자 봉지, 한 손에 카드팩을 든 나는 세상 부러울 것이 없었다. 집에서 과자를 먹으며 카드팩을 뜯어 볼 생각에 가슴이 부풀어 오르는 것만 같았다.

그때 갑자기 어딘가 허전함이 느껴졌다.

"아, 맞다! 먼지!"

그제서야 내가 먼지를 묶어 두지 않고 그냥 세워 두었다는 사실이 떠올랐다. 없어졌으면 어떡하지, 나는 혼자 떨고 있을 먼지보다 엄마에게 혼날 내가 더 걱정되었다. 그 자리에 있어야 하는데, 있어야 하는데… 등을 타고 땀줄기가 주륵 흘렀다. 뇌가 흔들리고 치아가 진동할 만큼 헐레벌떡 뛰어갔지만 먼지는 없었다. 먼지를 닮은 진짜 먼지들만 쓰레기와 섞여 굴러다닐 뿐이었다.

"먼지야! 먼지야! 어디 있어? 빨리 나와!"

애타게 불러도 먼지는 나타나지 않았다. 주변 놀이터, 상가, 아파트 단지를 다 뒤져 보았지만 먼지는 보이지 않았다. 나는 엉엉 울며 집으로 돌아갔다. 말없이 사라져 버린 먼지가 지독하게 원망스러웠다.

집에 도착한 나는 귀와 심장만 작동하는 사람이 된 것 같았다. 현관 밖에서 새어 들어오는 미세한 발소리들이 스피커를 최대 볼륨으로 틀어 놓은 것처럼 두 귀에 쩌렁쩌렁하게 울렸고, 혈관 속에 경주마를 수백 마리 풀어놓은 듯 심장이 요란스럽게 뛰었다.

몇 시간 후, 현관 비밀번호를 누르는 소리가 났을 때는 고막이 찢어지고 모든 혈관이 쪼그라드는 느낌이었다.

"형록아 엄마 왔어."

"네…."

"대답이 왜 그래? 먼지는? 잘 놀아 줬어? 먼지는 대꾸도 없네. 벌써 뛰어나와서 난리를 쳤어야 하는데. 형록아 먼지 어딨니? 자나? 먼지야!"

엄마는 집 안 곳곳을 살폈지만 이미 사라져 버린 먼지를 찾을 순 없었다.

"이상하네. 형록아, 먼지 어디 갔니?"

"그게, 내가 분명히, 그니까…."

나는 먼지를 잃어버린 일을 이실직고했다. 그리고선 등짝에 손바닥이 날아올까 눈을 질끈 감았다. 10초가 흐를 때까지 손바닥은 날아오지 않았다. 30초가 지나도 아무 일이 없자 예상보다 한참 더 잘못됐다는 것을 깨달았다. 나는 조심히 눈을 떠서 엄마를 바라봤다.

나는 내가 마주친 눈이 우리 엄마의 눈인지 확신할 수 없어서 눈을 비볐다. 겉모습은 분명 엄마였지만, 그 눈빛은 너무나 낯설었다. 분노, 원망, 슬픔, 절망이 모두 섞여 있었는데, 그 밑바닥엔 짙은 한심함이 깔려 있었다. 다른 건 차치하더라도 그 한심하다는 눈빛은 정말이지 견딜 수 없었다. 너무나도 차갑고 무서웠다. 다시는 예전의 엄마를 만날 수 없을 것만 같았다.

"형록아, 강아지 하나 챙기지 못하고 뭐 했어? 그게 그렇게 어렵디?"

"엄마, 죄송해요…."

"지금 먼지는 얼마나 무섭겠니? 이 과자랑 카드는 뭐야? 이거 사느라 정신이 팔려서 먼지도 못 챙기고…. 정신을 어따 두고 다니는 거야?"

"여보, 그만해. 괜찮다 형록아. 개를 키우다 보면 잃어버릴 수도 있지, 알아서 잘 살 거야, 잊어. 다시는 개 키우자는 말 꺼내지 말고."

아빠의 말은 이글이글 타오르기 시작한 엄마의 울분에 기름을 끼얹었다. 엄마는 먼지가 불쌍하지도 않냐, 어떻게 물건처럼 말하냐며 더 심하게 역정을 냈다. 먼지 실종 사건은 결국 부모님의 싸움으로 번졌고, 나는 방으로 도망쳤다. 귀를 꽉 막았지만 한 마디 한 마디가 곡괭이가 되어 가슴을 내리찍었다. 눈물이 주르륵 흐르고 몸이 떨렸다.

"당신 닮아서 저렇게 칠칠치 못하지, 어떻게 먼지를 잃어버리고 와?"

"그러니까 내가 개 키우지 말자고 했잖아. 쟤가 잘 돌볼 수 있을 거라고 생각한 게 바보 같은 거 아니야?"

"아빠씩이나 되어 가지고 그게 할 말이야? 난 형록이 그런 식으로는 못 키워. 조그마한 강아지 하나도 돌보지 못하면, 도대체 커서 뭐가 되겠어?"

"아니, 쟤를 나 혼자 키웠니? 당신이 제대로 교육을 못 시켰으니까 저러는 거 아니야!"

"뭐가 어째? 그럼 당신 혼자 키워!"

내 가슴은 계속된 곡괭이질을 견디지 못하고 너덜너덜해졌다. 싸움은 두 시간 동안 계속되었고, 2주간의 냉전으로 이어졌다.

그날 이후, 나는 엄마의 한심함이 서린 눈빛을 다시는 보지 말아야겠다고 다짐했다. 엄마가 그 눈빛을 다시 꺼내는 날에는 분명 나를 버릴 것만 같았으니까.

나는 근본적인 원인을 제거하기로 했다. 그 방법이 바로 어떠한 책임도 떠맡지 않는 것이었다. 애초에 책임을 지지 않으면 엄마를 실망시킬 일도 없을 터였다. 나는 두부를 사오라는 작은 심부름조차 피하기 시작했다. 내가 고른 두부가 맛이 없을까 봐, 두부를 들고 오다가 넘어져서 뭉그러뜨릴까 봐.

책임 회피의 노력은 학교생활로 이어졌다. 잘못 나섰다가 괜히 한심한 인간으로 낙인 찍히고 싶지 않았다. 나는 눈에 띄지 않을 수 있는 방법을 연구하고, 매끄럽게 빠져나갈 수 있는 핑계를 개발했다. 대학생이 되어서도 동아리 활동 같은 건 쳐다보지도 않았다. 조별 과제가 있는 수업은 최대한 피했으며, 피할 수 없을 때는 무조건 자료 조사를 맡았다. 자료 조사는 조금 번거로울지라도 그나마 책임의 무게가 덜한 포지션이었다. 어떻게든 모아서 주기만 하면 최종적인 책임은 PPT 제작자와 발표자에게 넘어가니까.

이런 인생이다 보니 인간관계도 아주 제한적이었다. 친구를 세노라면 손가락 한 개 혹은 두 개면 충분했는데, 그마저도 혼자만의 착각인가 싶을 정도였다. 내가 별 볼 일 없는 탓도 있었지만, 친구를 사귀지 않으려고 부단히 노력한 결과이기도 했다. 나 같은 사람이 친구를 두어 봤자 언젠가 실망만 안길 것이 뻔했다. 결국 그들은 나를 떠나갈 테고, 난 그런 상실을 견뎌 낼 자신이 없었다. 버려질 바엔 시작하지 않는 편이 낫다는 게 나의 인생 1원칙이었다. 외로움이 넘실넘실 차오를 때면, 나는 처참히 버려진 내 모습을 상상하며 꾹꾹 눌러 삼켰다.

그런 와중에 연애를 시작한 것은 지금 돌이켜 보면 나

에게도, 선주에게도 크나큰 실수였다. 같은 과 후배였던 선주는 내게 어떤 호기심이 생겼는지, 어느 날 대뜸 같이 밥을 먹자고 했다. 수업에서 잠시 같은 조로 엮였던 것 외에는 특별한 교류가 없었기에 적잖이 당황스러웠다. 거절하지 못해 먹었던 그 밥 한 끼는 다음 약속을 낳았고, 그다음 약속은 또 다음 약속을 낳았다.

그래 연애 한 번쯤은, 하는 어설픈 마음으로 나는 인생 1원칙을 깼다. 그건 불가항력이었을지도 모르겠다. 나는 첫 식사 이후 이미 선주에게 빠져든 상태였다. 그런 게 혹시 사랑의 힘이었을까. 나는 서툴렀지만 선주에게만큼은 실망감을 주지 않기 위해 안간힘을 썼다.

1년이 흘러 우리 둘은 대학 졸업반이자 취업준비생이 되었다. 나는 최대한 전통 깊고 규모가 큰 회사를 찾아 지원했다. 구인 구직 사이트와 취업 정보 카페를 샅샅이 뒤져 조직 문화가 수직적인지도 꼼꼼하게 확인했다. 수평적인 조직을 선호하는 선주와는 정반대였다. 수직적인 조직은 자유가 제한될지언정 짊어져야 할 책임은 더 가벼울 것이라 생각했기 때문이다. 그런 회사에 들어가 없어져도 눈치채지 못할 부품이 된다 → 정해진 일을 기계처럼 한다 → 상사가 시키면 그대로 한다 → 월급을 받는다. 이런 쳇바퀴야말로 내가 생각하는 가장 이상적인 직장 생활이었다.

정신없는 직장 생활 속에 또다시 1년이 흘렀고, 우리는 어느덧 3년 차 커플이 되었다. 그때 나는 스물아홉 살, 선주는 스물여덟 살이었다. 덮밥집에서 끼니를 때우고 내 자취방으로 걸어가고 있던 어느 날, 선주는 내게 이렇게 물었다.

"형록아, 우리 결혼할까?"

"어?"

"뭘 그렇게 놀란 표정이냐? 섭섭하게."

선주가 자리에 멈춰 서서 나를 흘겨봤다.

"아, 아니… 생각해 본 적이 없어서."

"삼 년이나 만났는데 생각해 본 적이 없다고? 그동안 내가 농담 반 진담 반으로 몇 번 얘기도 했었는데?"

"그렇지, 근데… 제대로 생각해 본 적은 없다는 뜻이었어."

"됐어. 나도 너랑 결혼 별로 안 하고 싶어. 오늘은 여기서 헤어지자. 나 집에 간다. 잘 가."

"선주야…."

솔직히 말해서 끔찍했다. 선주 말대로 결혼 얘기가 나온 것이 그때가 처음은 아니었지만, '진짜 결혼' 같은 느낌을 풍기는 말투는 분명 그때가 처음이었다. 나는 그날 쓰라린 위장을 부여잡고 밤을 지새웠다.

그 이후에도 비슷한 위기가 몇 번 더 찾아왔으나, 나는 매번 화제를 돌리며 상황을 무마시켰다. 하지만 4주년 기념 일이 되던 날, 결혼 문제는 잡을 수 없는 산불처럼 활활 타올랐다.

　"형록아, 오늘은 진짜 진지하게 얘기하자. 너, 나랑 결혼하고 싶은 마음이 요만큼이라도 있긴 해?"

　선주는 엄지와 검지 사이에 1센티미터 남짓한 틈을 만들어 내 눈앞에 들이밀었다.

　"···."

　"왜 대답을 못 해? 그럼 하기 싫어?"

　"···."

　"도대체 무슨 생각이야? 난 결혼해서 가정을 꾸리고, 여유가 되면 아이도 낳아 키우고 그렇게 살고 싶어. 그 상대가 너였으면 좋겠어."

　"난, 솔직히 잘 모르겠어. 내가 결혼하고 살아갈 모습을 상상해 보면··· 아직 준비가 안 된 것 같아."

　"뭐가 그렇게 준비가 필요한데? 우리 여건이 좋은 건 아니지만, 우리보다 힘든 사람들도 결혼해서 다 어찌어찌 살아가. 있는 형편대로 맞춰 살면 되는 거야."

　선주는 답답한 마음을 꾹꾹 눌러 가며 내게 말했다.

　"그런 돈 얘기만은 아니야."

　"그럼 뭔데?"

　"나는, 준비가 되지 않았어."

나는 선주의 눈을 바라보지 못했다.

"자꾸 뭐가 준비되지 않았다는 거야? 구체적으로 말을 해 줘야 알지."

"미안, 설명하긴 어렵지만 그런 게 있어."

"됐다, 오늘은 그만두자. 나중에 다시 얘기해."

더 이상 참을 수 없었던 선주는 그렇게 자리를 박차고 나갔다. 나는 결혼이 내게 지울 책임을 도저히 버텨 낼 자신이 없었고, 그걸 선주에게 털어놓을 자신은 더더욱 없었다. 지금까지는 어찌저찌 잘 버텨 왔지만 결혼은 다른 문제였다. 선주는 결국 내 모습에 실망할 것이고, 나는 처참하게 버려질 것이 뻔했다.

우리가 다시 만난 것은 꼬박 한 달 후였다. 선주는 나를 설득하려 끝까지 노력했지만, 나는 아직 준비가 되질 않았다는 말만 반복할 뿐이었다. 그러자 선주가 결론을 내렸다. 결혼도 하지 않고, 더 이상 만나지도 않기로.

"여기까지인 것 같아. 덕분에 즐거운 추억도 많았어. 잘 살아."

그렇게 말하는 선주의 눈빛은 먼지를 잃어버렸던 날 엄마의 눈빛과 같았다. 분노, 원망, 슬픔, 절망과 함께 한심함이 짙게 깔려 있는 그 눈빛에 나는 몸을 부들부들 떨었다.

나는 선주를 잡을 수 없었다. 그저 선주가 앉아 있었던 의자를 세 시간 동안 가만히 바라보았다. 버려지지 않기 위한 노력은 결국 버려지는 이유가 되었다.

나는 그날 집에 돌아와 신발도 벗지 않은 채 바닥에 드러누웠다. 나를 제외한 지구의 모든 생명체들이 다른 행성으로 옮겨 가, 유일한 지구인이자 외계인이 된 기분이었다. 끔찍하게 외로웠다. 선주가 보고 싶었다. 갑자기 혼자 이 방에 있다가는 싱크홀에라도 빨려 들어가 죽을 것만 같은 불안감이 일었고, 나는 몸을 일으켜 거리로 뛰쳐나갔다.

날은 가을 저녁이라 그런지 제법 쌀쌀했다. 밖에 나와 지구인들의 존재를 확인하고 나면 불안감이 가실 줄 알았는데, 오히려 수많은 인파 속에서 나만 혼자라는 생각이 더욱 선명해지면서 호흡이 가빠지고 심장이 요동쳤다.

나는 결국 방향을 돌려 다시 집으로 향했다. 빠르게 발걸음을 옮기던 중, 생활용품점 외부 가판대에 걸린 옷걸이들이 눈에 들어왔다. 선주는 항상 문고리에 옷을 걸어 두는 나에게 '제발 옷걸이 좀 사서 걸어'라며 질책을 하곤 했었다. 나는 3천 원을 주고 분홍색 옷걸이 묶음을 샀다. 그리고 집에 도착하자마자 입고 있던 외투를 벗어 옷걸이에 걸려고 했다. 하지만 이제 더 이상 그 모습을 봐 줄 선주가 없다는 생각에 모든 것이 부질없게 느껴졌다.

나는 외투를 평소와 같이 문고리에 대충 걸어 두고는, 그 옷걸이를 서랍에 처박았다. 그리고는 평생 ― 그러니까 죽을 때까지 ─ 그것을 꺼내 보지 않았다.

*

"오래 기다리셨죠? 색깔 구별이 잘 되지 않아 찾는 데 애 좀 먹었네요. 여기 있습니다, 분홍색 옷걸이."

"제 것 맞네요. 감사합니다."

몇 년 만에 만난 그 옷걸이는 왠지 제대로 마주하기 어려웠다. 나는 옷걸이를 전체 모습이 아닌 부분 부분으로 끊어서 훑어봤다.

"어떤 사연인지는 모르겠지만, 현규 씨 표현을 빌리자면 선생님의 '찌질함이 담긴 물건'이겠지요? 저한테도 그 얘길 했었거든요. 이 물건, 그냥 일기장 같은 거라고 생각하세요."

"일기장이요?"

"네, 어른이 될 때까지 버리지 않고 가지고 있는 어린 시절 일기장이요. 딱히 꺼내 보지도 않지만, 그렇다고 없애지도 않잖아요. 좋은 일이건 창피한 일이건 전부 묵혀 둔 채로요. 그냥 거기에 있구나, 하고 살아가는 거예요. 부정하지도 않지만 신경 쓰지도 않은 채로. 전 그게 제일 편하더라고요."

"아… 네, 감사합니다. 수고하세요."

　　나는 옷걸이를 손가락에 대롱대롱 걸고 유실물 센터를 나섰다. 옷걸이에는 이별로 끝난 4년 연애, 자살로 끝난 30년 인생의 한심한 역사가 응축되어 있었다.

2019년 4월 19일 - 홍형록 사망 3일차

나, 00:05

새벽부터 깨서 돌아다녔던 탓인지, 유실물 센터에 다녀온 뒤 급격한 피로가 몰려와 이른 오후에 잠시 낮잠을 청했다. 저녁 7~8시쯤이면 깨겠거니 싶었는데, 눈을 떴을 땐 이미 날짜가 바뀌어 있었다.

"뭐야, 벌써 열두시가 넘었어? 완전 잠에 취했었네."

어제 있었던 모든 일들이 아주 먼 과거의 일처럼 느껴졌다.

나는 몸을 일으켜 침대에 걸터앉았다. 책상에는 유실물 센터에서 찾아온 분홍색 옷걸이가 그대로 올려져 있었는데, 불현듯 그 옷걸이를 보는 게 거북해져 옷장 밑 서랍에 넣어 버렸다.

찌질함을 있는 그대로 받아들인다느니, 일기장이니 하는 말들도 모두 장난처럼 느껴졌다. 한심한 모습은 그냥 한심한 모습에 불과하다. 저 옷걸이는 평생 버려질까 두려워 책임지는 것을 슬금슬금 피하다가, 결국에는 버려지는 것을 피하지 못한 나의 한심스러움을 증명하는 물건에 지나지 않았다.

나의 삶은 첫 번째 자살에서 깔끔하게 끝났어야 했다. 푸르죽죽한 몰골로 이곳에 머물러 봤자, 끝은 결국 또 다른 자살뿐이지 않은가? 자살한 사람들을 모아 놓고 또 자살을 시킬 거라면, 애초에 이딴 공간은 무엇을 위해 존재하는 거지?

어차피 결말이 정해져 있다면 질질 끌 필요는 없었다. 나는 망설임도 없이 창가로 다가가, 양쪽으로 창을 활짝 밀어 젖혔다. 제2한강의 야경은 진짜 한강에 비하면 심심한 편이었지만, 나름대로 운치가 있었다. 죽기에 너무 요란스럽지도 않고 초라하지도 않은 것이 딱 마음에 들었다.

12층 건물은 한강 다리보다 높았지만, 한 번 투신해 본 것이 경험이 되었는지 충분히 뛰어 볼 수 있겠다는 자신감을 주었다. 나는 난간 위로 올라서서 아래쪽을 한 번 내려다본 뒤, 온몸의 힘을 툭 뺐다. 발가락 끝이 난간에서 떨어지는 순간 저절로 눈이 질끈 감겼다.

1초, 2초, 3초.

나는 잡생각이 들지 않게 초를 셌다.

4초, 5초, 6초.
내 몸은 우주를 유영하듯 천천히 떨어지고 있었다.

7초, 8초, 9초.
속도는 점점 느려지더니 이내 세상이 멈춘 것처럼 공기의 저항도 사라져 버렸다.

10초, 11초, 12초.
무언가 이상했다. 이것은 결코 떨어지는 느낌이 아니었다. 나는 질끈 감았던 눈을 오른쪽부터 아주 조심스럽게 떴다.

'벌써 떨어졌나? 이렇게 아무런 고통 없이?'
왼쪽 눈까지 모두 뜨자, 내 몸이 1층 바닥이 아닌 1204호 방바닥에 붙어 있음을 깨닫게 되었다. 문득 어제 읽었던 [다시 자살 안내서]의 내용이 떠올랐다.

제2한강을 떠나는 방법은 오직 '다시 자살'뿐입니다. 그외에 어떤 방법으로도 사망하시는 것은 불가하오니, 앞으로의 생활에 참고해 주십시오.

나는 설마, 하는 마음으로 다시 한번 난간을 넘어 1층으로 뛰어내렸다. 방금 전과 같이 내 몸이 아래로 떨어지는 것 같다가도 어느 순간 1204호 방바닥에 누워 있었다. 마치 게임에서 캐릭터가 지도 밖으로 떨어졌을 때 직전 위치로 리셋되는 느낌이었다.

[다시 자살 안내서]에 써 있는 말은 허풍이 아니었다. 나는 건물에서 아무리 뛰어내려도 죽을 수 없었다. 목을 매어 보거나, 날카로운 물건으로 혈관을 찔러 보는 방법도 있었지만, 굳이 그런 방법까지 써서 테스트해 보고 싶진 않았다.

'이렇게 나오시겠다? 그래, 그럼 당신들이 원하는 방법대로 죽어 주지.'

나는 옷을 대충 껴입고 약도를 챙겨 밖으로 나갔다. '다시 자살'을 하기 위해서는 안내서에 명시된 대로 세 개의 대교 각각에 설치된 다시 자살 센터를 통해 접수해야만 했다. 대교마다 어떤 차이가 있는지 알 수 없었지만, 일단 거주지에서 가장 가까운 저녁대교로 향하기로 결정했다.

한강을 따라 한 시간쯤 걷자, 드디어 저녁대교가 시야에 들어왔다. 첫 번째 자살처럼 이번에도 한 치의 망설임 없이 마무리지으리라. 대교를 향해 성큼성큼 걸어가며, 꼭대기에서 뛰어내리는 내 모습을 반복적으로 시뮬레이션했다.

대교 위로 올라가는 계단 옆에 작은 경비실 같은 건물

이 하나 보였는데, 그 앞에는 '저녁대교 다시 자살 센터'라는 입간판이 세워져 있었다. 간판은 환한 빛을 내고 있었지만, 건물 내부에서는 희미한 불빛만 새어 나오고 있었다. 나는 발걸음에 속도를 붙여 뜀박질로 건물에 다가갔다. 창 안쪽으로 사람의 형상이 보였고, 나는 조심스럽게 창을 두드렸다.

"저, 안녕하세요. '다시 자살' 접수하러 왔는데요. 계세요?"

드르륵, 창이 열리고 직원으로 보이는 사람이 얼굴을 내밀었다.

"안녕하세요. 지금은 접수 시간이 끝났는데요."

"네? 접수 시간이 따로 있어요? 이십사 시간 운영 아니고요?"

"보시다시피 접수처는 이십사 시간 열려 있긴 한데, 각 대교마다 '다시 자살' 실행 시간이 정해져 있어요. 처음이시구나. 안내문 보면서 설명드릴게요. 제2한강에는 아침대교, 점심대교, 저녁대교 총 세 개의 대교가 있어요. 여기 보시면, 아침대교는 매일 아침 여덟시 삼십분, 점심대교는 매일 오후 세시, 저녁대교는 매일 저녁 아홉시에 '다시 자살'이 가능하세요. 접수는 한 시간 삼십 분 전까지 마쳐 주셔야 하고요. 오늘 저녁대교 접수는 한참 전에 마감되었어요."

나는 라스트 오더가 끝난 맛집에 뒤늦게 입장한 이처

럼 허탈한 표정을 지었다.

"죄송하지만 날 밝았을 때 다시 오셔서 접수하세요. 저 녁대교는 오후 세시부터 저녁 일곱시 삼십분까지 접수를 받으니까 참고해 주시고요."

"아, 네…. 감사합니다."

나는 센터 직원이 건네 준 안내문을 들고 돌아섰다. 문 득 날이 밝아도 똑같이 자살하고픈 마음이 들지 걱정되었다. 자살은 까다롭다. 감정이 태풍의 눈에 진입한 것처럼 차분해 지고, 죽는다는 것 외에 어떠한 옵션도 고려하지 않을 만큼 냉철해져야 한다. 혹은 통제할 수 없을 만큼 큰 충격에 빠지 거나. 자살 방법을 명확히 정하고, 그것을 한 치의 오차 없이 수행할 수 있는 기술과 컨디션도 갖춰야 한다.

하지만 그 모든 조건이 딱 맞아 떨어지는 타이밍이 쉽 사리 찾아오는 것이 아니기에, 대부분의 자살 시도는 실패 로 끝난다. '고통스럽다', '무섭다', '소중한 사람을 두고 차마 떠나지 못하겠다'와 같은 이유에 발목이 잡힐 수도 있고, 약 이나 유독 가스 같은 경우 어설픈 계산으로 응급실 신세만 지고 끝나기도 한다. 정말이지 자살에 실패한 대가로 지불하 는 응급실 비용만큼 비참하고 우스운 지출도 없을 것이다.

나는 몸을 돌려 저녁대교를 올려다봤다. 안내문에 따 르면 높이는 26미터쯤. 내가 뛰어내렸던 다리와 얼추 비슷한 높이인데, 새삼 그 높이에서 뛰어내렸던 내가 별종처럼 느껴졌다. 겁대가리를 상실한 그런 유형의 사람 말이다. 이런 생각이 드는 것을 보니 역시 자살 타이밍을 놓친 게 틀림없었다. 나는 별수 없이 1204호를 향해 다시 몸을 틀었다.

한강 물을 바라보며 걷자니, 내가 자살하던 날이 떠올랐다. 전날 잔뜩 술을 마셨음에도 불구하고, 그날 아침엔 이상하게 아무런 숙취도 없이 말끔한 정신으로 깨어났다.

✳

눈이 떠졌다. 시계를 보니 7시 28분이었다. 알람을 매일 7시 30분에 맞춰 뒀지만, 나는 언제나 2~3분 일찍 깨어났다. 그리고는 알람이 울릴 때까지 멍하니 기다리곤 했다.

띠딕, 띠딕, 띠딕, 띠딕, 띠딕, 띠딕-

알람 소리가 잽처럼 가볍고 경쾌한 리듬으로 귀를 때렸다. 1분 정도 알람에게 충분히 얻어맞고 난 뒤, 나는 알람을 끄고 물을 한 잔 마셨다. 차갑지도 뜨겁지도 않은 미지근한 물이 식도를 타고 흘러내렸다. 옷을 벗고 화장실로 들어가 샤워기를 틀자, 물줄기가 피부에 닿으며 온몸의 감각이 살아

났고, 정신은 더더욱 맑아졌다. 나는 그때 알아차렸다. 고민 끝에 결심한 것이 아니라, 본능적으로 알아차렸다.

'오늘까지만 살아야겠어.'

나는 몸을 대충 말리고 스킨과 로션을 발랐다. 출근할 때와 똑같은 바지와 셔츠, 재킷을 걸치고 넥타이를 맸다. 시계는 8시 31분을 가리켰다. 평소 출근해야 할 시간보다 1분이 더 지났다. 나는 구두를 신고 현관문을 나서는 대신 책상에 앉아 노트를 펼쳤다. 보잘것없는 인생을 끝내는 날일 뿐이지만, 유서는 한 장 남겨야겠다 싶었다. 유서가 있다면 부모님이나 경찰이 내 죽음에 대해 이런저런 추측을 하느라 시간을 낭비하는 일을 줄일 수 있을 터.

나는 종이 맨 위에 '유서'라는 제목을 적어 넣었다. 처음 쓰는 유서였지만 망설임은 없었다. 대단하게 남길 말도, 인생에 대한 특별한 소회도 없었기에, 있는 그대로의 사실만 적으면 되었으므로.

어머니, 아버지, 그리고 이 유서를 읽게 될 소수의 사람들에게.

안녕하세요, 저는 홍형록입니다. 2019년 4월 17일 저는 스스로 생을 마감하기로 결정했습니다. 특별한 이유는 없습니다. 누가 저를 죽을 만큼 고통스럽게 괴롭히지도 않았고, 도박이나 주식 투자로 감당 못할 빚을 떠안은 것도 아닙니다. 저는 그저 앞으로 주어진 시간을 감당할 자신이 없습니다. 아침에 눈을 뜨면 오늘 하루가 두렵고, 밤에 눈을 감으면 내일 하루가 두렵습니다. 그러다 문득 1년 후, 10년 후를 상상하면 몸이 떨리고 숨이 막혀 손가락 하나도 움직일 수 없게 됩니다.

삶으로써 얻는 기쁨보다 다가올 삶에 대한 걱정이 더 큽니다. 그렇게 매일 마이너스인 삶을 사는 것이 저에게는 크나큰 고통입니다.

더 멀쩡한 사람으로 살지 못해 죄송합니다.

유서는 A4 용지 한 장을 간신히 채웠다. 나는 그 유서를 책상에 반듯하게 펼쳐 놓고는, 집에 있는 물건들을 단정하게 정돈했다. 6평짜리 방인지라 짐도 별로 없다고 생각했는데, 치우다 보니 제법 시간이 걸렸다(몇 개월째 청소를 하지 않고 산 탓도 컸겠지만). 시계는 이제 11시 55분을 가리키고 있었다.

나는 유난스럽지 않으려고 노력하는 와중에 마지막 식사만큼은 내 손으로 만들어 먹고 싶었다. 과연 가스레인지에서 불이 나올까 싶을 만큼 집에서 요리를 한 지 오래되었으니, 그것은 꽤나 유난스러운 결정이었다. 벨브를 열고 가스레인지 레버를 살짝 눌러 비틀었다. 특특특특특, 하는 소리와 함께 푸른색 가스불이 후륵 하고 붙었다. 나는 새것처럼 깨끗한 프라이팬을 올리고, 작년 추석 때 받은 식용유를 뜯어 두어 바퀴 돌렸다. 별다른 재료도 없었고, 할 줄 아는 요리도 없었으므로 메뉴는 이미 계란 프라이로 정해졌다. 계란을 깨뜨리자 팬에 툭 하고 떨어져 사방으로 퍼져 나갔다.

'바닥에 떨어지면 이렇게 피가 튀겠지.'

나는 살짝 불쾌한 표정을 지으며 계란을 휘휘 저어 스크램블로 만들었다. 즉석밥과 스크램블 에그, 신 김치로 조촐한 점심상이 완성되었다. 나는 차분하게 밥 한 톨도 남기지 않고 모두 씹어 삼켰다. 설거지까지 마치고 나니 시계는 13시 20분을 가리키고 있었다.

이제 시간이 얼마 남지 않았다. 눈에 띄게 죽을 생각도 없었지만, 어둠 속으로 도망치듯 죽고 싶지도 않았다. 해가 떠 있을 때 죽으려면 이제 슬슬 준비를 해야 했다. 지금까지 두 차례 자살 시도는 모두 깨끗하게 실패했었기에, 이번만큼은 확실하게 숨통을 끊을 수 있는 방법이 필요했다.

나는 우선 집에서 죽는 것은 피했다. 전셋집인 마당에 여기서 시체로 실려 나가면, 부모님이 집주인에게 난처할 것이 뻔했다. 건물 옥상에서 뛰어내려 계란처럼 퍼져 버리는 것도 곤란했다. 그 역시 내 핏자국이 완전히 지워질 때까지 부모님이 어떤 책임을 져야 할지 모르는 일이었다. 다시는 보기 싫다며 헤어진 두 사람을 그런 일로 재회하게 만들고 싶진 않았다.

그래서 나는 한강을 택했다. 피도 튀기지 않을 뿐더러, 운이 좋으면 시신도 자연스럽게 유실될 수 있다는 점이 매력적으로 다가왔다.

그렇다면 남은 문제는 도대체 어떤 다리에서 뛰어내리냐는 것이었다. 서울 시내를 지나는 한강 다리는 25개나 되었는데, 그중 하나를 고르는 것은 그리 간단한 문제가 아니었다. 나는 인터넷 창을 열어 여러 가지 조건을 따져 보다가, 결국 구산대교를 택하기로 했다. 보행자가 적어 방해받을 확률이 낮은 동시에, 높이도 꽤 되는 편이라 자살 성공 가능성을 높일 수 있기 때문이었다.

'아직 전세 1년이나 남았는데.'

문을 나서며 드는 생각은 고작 그런 것이었다. 나는 되도록 문을 조심스럽게 닫고, 구산대교를 향해 출발했다. 구산대교까지는 버스로 약 1시간 10분 거리였는데, 서울 시내는 언제나처럼 차량으로 가득했다.

'이 많은 사람들은 도대체 어딜 그렇게 가는 걸까?'

꽉 막힌 도로 위에서는 항상 그런 생각을 하곤 했다. 출근을 하는 사람, 퇴근을 하는 사람, 미팅에 가는 사람, 배달을 하는 사람, 친구를 만나러 가는 사람 등등이 가득하겠지. 하지만 오늘만큼은 그 틈에 섞여 있을 '자살 이동자'들을 헤아려 보았다. 자살과 얽혀 이동하고 있을 사람들을.

우리나라에서는 하루에 30~40명이 자살한다는 통계를 접한 적이 있다. 그 정도 숫자라면 자살자 본인을 제외하더라도, '자살 이동자'들이 꽤 많을 것이다. 자살한 이를 후송하는 구급대원들, 자살 소식을 듣고 병원으로 향하는 가족과 친구들, 정확한 사망 원인을 진단하기 위해 출동하는 검시관과 경찰들, 장례식을 위해 이동하는 조문객들, 자살한 이들이 안치된 납골당과 묘지를 찾는 사람들…. 도로 위어딘가에선 분명 그런 사람들이 움직이고 있을 테지. 자살은 정말이지 손이 닿는 곳에 널브러진 죽음이었다.

구산대교 인근 정류장에 다다른 나는 생애 마지막 교통카드 태그를 마치고는, 더 이상 쓸모없어진 그 카드를 정류장 쓰레기통에 버렸다.

'아, 내가 죽고 나면 누군가는 카드 값을 갚아야겠지.'

불현듯 그런 생각이 들어 휴대폰을 열고 카드 앱을 실행했다. 이번 달 사용 금액을 모두 결제하고는 카드 앱도 삭제해 버렸다.

땀을 흘려 가며 다리 꼭대기에 오르자, 쌩쌩 지나는 차들이 일으키는 강풍에 등이 떠밀렸다. 바람도 귀찮은 존재의 자살을 재빨리 해치워 버리려는 것 같았다. 나는 그 손길을 거부하지 않고 저벅저벅 걸어 다리의 중간 지점으로 향했다. 뭍에 가까울수록 수심이 얕고 구조될 확률이 높았으므로, 다리 정가운데를 투신 지점으로 지정했다. 차 소음 때문에 발걸음 소리가 들리지 않아, 내가 걷고 있다는 사실조차 실감 나지 않았다.

강북도 강남도 아닌 정중앙 지점에 도착했을 때, 나는 좌우를 꼼꼼하게 살폈다. 다행히 지나가는 사람들이 보이지 않았다. 혹여 오지랖 넓은 행인이라도 마주친다면 일이 꼬이게 될 터였다. 나는 그런 일을 방지하기 위해 빠르게 자살 계획을 실천으로 옮겼다.

＊

그리고 난 지금 이렇게 제2한강 변을 걷고 있다. 수면에 닿자마자 한강 공원에 있던 사람들이 신고를 했을 텐데, 그럼에도 구조되지 않고 죽을 수 있었던 건 큰 행운이었다. 그날 나는 확실히 죽을 운명이었던 것이겠지.

서울 시내 한복판에서 뛰어내렸으니 내 죽음은 가족에게 금방 알려졌을 것이다. 혹시 선주도 소식을 들었을까? 그러지 않길 바란다.

발걸음은 어느덧 다 구역 7단지 704동에 닿았다. 단지

중앙 광장에 설치된 시계탑을 보니 3시 41분이었다. 또다시 희푸른 새벽이 들이닥치고 있었다.

현진, 10:47

화짜는 오랜만에 유령장터에 매대를 폈다. 유령장터는 제2한강 주민들끼리 각자의 물건을 나눔하거나 교환할 수 있는 시장으로, 매주 금요일 아침 9시부터 점심 12시까지 열렸다. 유령장터라는 우스꽝스러운 이름은 누가 지었는지 모르겠지만, 아침부터 나와 어슬렁어슬렁 물건을 구경하는 사람들의 파르무레한 모습을 보고 있으면 아주 생뚱맞은 이름이 아니란 걸 알 수 있었다.

화짜가 내놓는 물건은 언제나 대부분 화장품이었다. 뷰티 유튜버답게 생전에 화장품만 몇 박스씩 쌓아 놓고 살았기 때문에, 1년 내내 유령장터에 참석한대도 부족하지 않았다.

유령장터에 매대를 펴는 대다수의 사람들이 그렇듯, 화짜도 물건 자체보다는 그 물건을 매개로 이런저런 이야기를 나누는 맛에 참가했다. 속전속결 물건을 거래하는 일반적인 쇼핑몰과는 확실히 달랐다. 물건 하나를 두고 10분, 길게는 1~2시간까지도 이야기를 나누는 것이 이곳의 평범한 모습이었다. 유실물 센터는 유령장터에 가져갈 물건을 준비하는 사람들로 인해 목요일 저녁마다 북새통을 이뤘다.

"와, 언니 이거 포레다 블러셔 맞죠? 나 이거 진짜 많이 썼었는데!"

20대 초반으로 보이는 여자가 화짜의 매대에서 화장품을 집어 들더니 반가운 표정을 지었다.

"맞아요! 2014년에 출시돼서 쭉 나오다가 2018년에 단종됐는데, 이 썬라이즈 코랄이 블러셔 라인 중에 제가 제일 좋아하는 컬러였어요. 이거 제가 유튜브에서 엄청 영업했었는데 은근 아는 사람이 별로 없더라고요. 진짜 꿀템인데…. 죽어서라도 이렇게 알아봐 주시는 분을 만나니 반갑네요. 필요하면 가져가세요!"

화짜도 그녀 못지않게 반가운 기색이었다.

"유튜브요? 언니 혹시 유튜버셨어요? 어쩐지 얼굴이 눈에 익은 것 같아요!"

"네, 뷰티 채널 했었는데, 보셨으려나?"

여자의 눈은 동그래졌고, 화짜의 눈은 수줍으면서도 흐뭇한 반달 모양이 되었다.

"아, 채널명이 기억날 듯 말 듯 해요. 분명 몇 번 봤었는데! 예전에 <어벤져스> 캐릭터 메이크업 이런 거 진짜 기억나는데…."

"정말요? 2018년에 올렸던 건데, 잠깐 인기급상승에도 갔었던 영상이죠. 그때도 이 제품 썼었어요!"

"와, 언니 나중에 사인 받아갈래요! 다음 주에도 나오실 거죠?"

"그럼요. 꼭 나올게요. 여기서라도 시청자분 뵈니까 너무 반갑네."

"뷰티 채널 하시는 분들 진짜 멋있어요. 더 하셨으면 좋았을 텐데…. 주신 제품 잘 쓸게요. 나중에 '다시 자살'할 때 바를지도 몰라요."

"그때 바르면 얼굴 완전 살겠다. 꼭 발라 줘요. 나보다 먼저 '다시 자살'하면 꼭 가서 볼 테니까."

화짜는 익살스러운 말을 끝으로 익명의 시청자1과 작별했다. 댓글을 남기던 수많은 사람 중 한 명은 저렇게 생긴 사람이었겠구나, 싶었다. 그렇다면 혹시 악플을 남겼던 사람 중 하나도 이곳에서 만날 수 있을까? 화짜는 잠시 생각에 잠겼다.

'그런 악플을 단 사람이 여기는 왜 와? 남의 가슴을 다 들쑤셔 놓은 벌로 누군가에게 더 큰 상처를 받기라도 한 건가?'

화짜는 유령장터를 배회하는 주민들의 얼굴을 하나씩 뜯어보며, 그 사람들이 악플러라고 가정해 본다. 허나 쉽게 감정이 이입되지 않는다. 모두 너무 평범한 사람들이었다.

그런 사람들의 손가락에서 무자비한 칼날이 돋아나는 것이 쉽게 상상되지 않았다.

'악플러들도 자살을 할까? 만약 자살한다면, 제2한강에서 본인이 생전에 남겼던 악플들을 떠올리며 반성할까?'

그런 인간들은 절대 그럴 리 없다며 화짜는 허공에 대고 우웩 하고 구역질 제스처를 발사했다. 때마침 지나가던 주민과 눈이 마주쳤는데, 화짜는 그대로 눈웃음을 지으며 고개를 숙였다. 주민도 귀 뒤로 머리를 살짝 넘기며 겸연쩍은 웃음을 짓고는 인파 속으로 사라졌다.

*

화짜의 기억은 살아 생전 채연과 대화를 나눴던 때로 옮겨 갔다. 채연 역시 '메이크업채연'이라는 닉네임으로 활동하는 뷰티 유튜버로, 구독자 200만을 바라보는 이른바 '대기업 유튜버'였다. 둘은 나이도 두 살밖에 차이나지 않고, 유튜브를 시작한 시기도 비슷해 자주 이야기를 나눴다. 대부분의 경우 화짜가 고민을 털어놓고 조언을 듣는 입장이었지만, 성촌동 카페에서 만났던 그날은 채연이 먼저 하소연을 시작했다.

"요즘 어떤 악플러 새끼 때문에 진짜 미칠 것 같아. 가끔은 죽어 버릴까 하는 생각도 해."

"언니, 그게 무슨 말이에요! 왜, 왜? 어떤 새낀데?"

"몰라, 영상만 올리면 눈 깜빡할 사이에 찾아와서 악플을 단다니까. 지워도 또 달고…. 차단해도 소용 없어. 딱 봐도 그 새끼 같은 다른 아이디가 찾아와서 악플을 남겨."

채연이 인상을 구기며 고개를 절레절레 흔들었다.

"아니 왜 그렇게 끈질겨? 무슨 원수졌어요?"

화짜는 자기 일이라도 되는 양 주먹을 꽉 쥐었다.

"안 그래도 답답해서 얘기한 적이 있어. 그 새끼가 SNS로 메시지까지 보냈거든."

"오, 그래요? 이유가 뭐래요? 그렇게 계속 악플을 다는 게."

"이유야 많았어. 이유를 댈 때마다 내가 하나씩 해명했는데, 그다음 이유가 또 나오더라. 그 새끼한테 백 번을 물어봤자 끝나지 않을 것 같았지. 하다 하다 안 돼서 내가 도대체 어떻게 하면 악플을 안 달겠냐고 단도직입으로 물어봤어."

"그랬더니 뭐래요?"

"그런 건 없대. 내가 그냥 싫대. 보기만 해도 싫대. 그런 사람을 어떻게 이기겠어? 내가 그.냥. 싫다는데. 그 말을 들으니까 그게 제일 심한 악플 같더라. 어떻게 실제로 본 적도 없는 사람을 그렇게까지 싫어할 수 있을까?"

이유를 특정할 수 없는 증오가 가장 무서운 법이다. 그런 증오야말로 근본적인 증오다. 사실 이유 있는 증오는 별로 지독하지 않다. 그 이유만 해결되면 쉽게 사라진다. 하지만 이유가 없는 원초적인 증오는 상대방의 심장이 터질 때까지 짓이기는 불도저다. 그런 증오 앞에서는 아무리 단단한 심장도 결국에는 짓이겨질 수밖에 없다.

"화짜야, 너 그냥 유튜브 그만해라."

채연은 항상 화짜라는 닉네임을 꼭 이름이라도 되는 양 친근하게 불러 주었다.

"네? 왜요 언니, 저도 언니처럼 대기업 되어야죠."

"아니야, 힘들어. 힘든 것 같아. 너 구독자 나만큼 되지? 그럼 맹목적인 악플 숫자가 엄청나게 많아진다. 걔네들 말 무시하면 될 것 같지만, 쌓이다 보면 속수무책이야. 연예인들이 악플 때문에 자살한다는 말, 예전에는 뭘 그렇게까지 하냐고 생각했는데, 지금은 완전 공감하잖아. 한낱 유튜버도 이 정도야. 톱 연예인들은 얼마나 고통일지… 끔찍해."

"에이, 언니. 언니도 저도 그지 깽깽이 같은 악플 때문에 자살하는 일은 없을 거예요. 우리 그 사람들 열심히 무시하고 돈 많이 벌어서 떵떵거리면서 살아요. 사고 싶은 화장품 다 사고, 한 번씩만 바르고 버리는 거예요. 생각만 해도 멋있잖아 완전."

화짜는 두 눈을 감고 행복한 상상을 음미했다.

"너도 진짜…. 근데 나도 그 새끼처럼 누군가를 그렇게 이유 없이 미워하고 있나 되돌아봤거든? 참, 생각보다 많더라고."

"언니처럼 착한 사람도 이유 없이 싫어하는 사람이 있어요?"

화짜는 감은 눈을 뜨더니 의아한 표정으로 물었다.

"응, 정말 꼴 보기도 싫을 만큼 미운 사람들이 있어. 나한테 심각한 피해를 준 것도 아닌데 말이야. 왜일까, 한참을 고민했어."

채연은 앞에 놓인 커피를 빨대로 휘휘 저으며 말했다.

"그래서요? 어떤 결론이 났는데요?"

"나 때문인 것 같아."

채연은 빨대로 얼음을 쿡쿡 찔러댔다.

"그게 무슨 말이에요?"

"이유 없는 증오는 그 이유를 증오의 대상에게서 찾을 수 없다는 뜻인 것 같다고. 이유가 나한테 있는 거지. 증오의 대상이 과거의 내 기억을 자극했거나, 그날따라 내 기분이 나빴다거나, 혹은 질투가 났거나. 그게 아니고서야 나한테 잘못한 것도 없는 사람을 그렇게까지 미워할 수 없을 것 같더라고."

채연은 쓸쓸한 얼굴로 커피 한 모금을 들이켜고는, 한숨을 내쉰 뒤 다시 말을 이어갔다.

"나도 어쩌면 그 악플러 새끼랑 똑같은 인간일지도 몰라. 악플만 안 달았을 뿐이지. 아니, 내가 보냈던 증오의 눈빛을 누군가는 이미 지독한 악플과 똑같은 걸로 받아들였을지도 모르지. 이렇게 세상에는 증오가 많은데, 그 사슬이 끊어질 날이 올까? 아닐 것 같아. 유튜브를 하는 한 끝없이 고통받을 거야. 우릴 싫어하는 사람들은 우리의 약점만 골라 지독하게 들쑤셔댈 테니까. 200만이 되고, 300만이 되면 더 심해지겠지. 그때까지 우리가 버틸 수 있을라나."

"글쎄요…. 그러길 바라야죠, 지금까지 한 게 있는데. 언니, 우리 버텨요. 200만, 300만이 되면 우릴 좋아해 주는 사람도 훨씬 많아질 테니, 충분히 버틸 수 있지 않을까요?"

화짜는 그렇게 말하고는 채연의 오른손을 잡아 주었다. 그것은 채연을 향한 위로이기도 했지만, 동시에 스스로에게 거는 최면과도 같은 것이었다.

채연도 나머지 손을 올려 화짜의 손을 꼭 잡아 주었다.

"그래, 화짜야. 네 말이 맞다. 별 볼 일 없는 우리를 좋다고 해 주는 사람이 이렇게나 많은데, 그깟 증오가 뭐라고…. 버티자, 버텨 보자. 널 생각해서라도 꼭 그래 볼게."

"저도요, 언니."

＊

화짜는 자신의 푸르뎅뎅한 손을 바라보며 그날 채연이 전해 주었던 온기를 희미하게 느꼈다. 그렇게 버티자고 말해 놓고, 정작 약속을 지키지 못한 건 자신이라는 사실에 부끄러웠다. 지금쯤 채연이 자신을 원망하고 있진 않을까 두려워, 몸이 파르르 떨리고 눈물이 쏟아지기 시작했다. 손으로 눈물을 훔치자 채연의 온기가 눈가를 따끔하게 찌르는 것 같았다.

누군가 화짜의 우는 모습이 딱해 보였는지, 다가와서 괜찮냐고 물었다. 화짜는 괜찮지 않다며 이제 아예 소리를 내며 울기 시작했다.

"안 괜찮아도 괜찮아요, 괜찮아요. 그런데 어쩌나, 예쁘게 바르고 온 화장이 다 지워질 것 같아서…"

"화장은 괜찮아요. 끄윽. 저는 안 괜찮은데, 끄윽, 화장은 괜찮아요…. 이거 워터 프루프거든요. 끄윽."

"워터프… 그게 뭔데요?"

"방, 끄윽, 방수요. 막 울어도 괜찮아요. 끄윽."

갑작스런 방수 기능 설명이 황당했을 법도 하지만, 행인은 전혀 이상해하는 기색 없이 좋은 화장품 잘 골랐다며 마저 토닥여 주었다.

그녀는 아마도 제2한강에서 화짜처럼 우는 사람들을 백 명도 넘게 보았을 것이다. 길거리든 식당이든, 주저앉아서든 데굴데굴 구르면서든…. 운다는 것은 제2한강에서 전혀 이상한 행동이 아니었다. 제2한강에 온 사람들이라면 누구든 언제 울어도 이상할 것 없는 사연 하나쯤은 가지고 있었기 때문이다. 우스갯소리로 제2한강이 처음에는 바싹 마른 곳이었는데, 사람들이 하도 울어대서 이만큼 큰 물줄기가 흐르게 되었다고 말하는 이들도 있을 정도였다.

"누가 이렇게 슬프게 만든 거예요?"

화짜의 울음이 조금 잦아들자, 행인은 다정한 말투로 물었다.

"저예요. 저 때문에 제가 슬퍼요."

"왜요?

"약속을 못 지켰어요. 제가 어겼어요. 그게 너무 슬퍼요."

"어떤 약속인지 물어봐도 괜찮아요?"

"친한 언니랑 죽지 말자고 약속했어요. 근데 제가 지키질 못했어요."

"아이, 처음부터 지키지 못할 약속을 하셨네요. 세상에 그 약속을 지킬 수 있는 사람이 어디 있어요. 사람은 다 죽는데."

"그치만…."

"자살했으니까요? 처음부터 죽고 싶어서 자살을 선택한 사람은 없다는 거 잘 아시잖아요. 살기 너무 힘들어서, 살 방법이 없어서 그런 거잖아요. 아는 사람들끼리 왜 그래요. 그쪽한테 소중한 사람이었다면, 그 사람도 그쪽을 소중하게 생각했겠죠? 그럼 죽지 말자는 약속을 어긴 것보다, 약속을 어길 수밖에 없었던 그쪽의 사정을 더 안타까워할 거예요. 오늘만 울고 그 약속은 잊어요. 무효예요, 무효."

화짜는 난생처음 보는 행인의 팔을 붙들고 엉엉 울었다. 자신의 모습이 보기 흉하다고 자책하면서도, 엉겨 붙은 팔에서 떨어지고 싶지 않았다.

"감사합니다. 끄윽. 저… 화장 안 지워졌죠?"

한참을 울고 난 화짜가 눈물을 닦으며 행인에게 말했다.

"잠시만요. 음, 그렇네요. 눈이 좀 빨개져서 그렇지 화장은 거의 그대로예요."

행인은 다 울고 난 아이를 어르듯 부드러운 말투로 답했다. 사람은 울고 나면 잠시 동안 아이가 된다.

"이거 필요하시면 말씀하세요. 저 세 개 있거든요. 끄윽. 필요하면 드릴게요. 끄윽."

"아… 네. 필요하게 되면 꼭 가지러 올게요. 전 아무래도 옷이 젖어서 다른 매대에서 옷이나 좀 구해 봐야겠어요. 그럼 나머지 영업 잘 하시고요. "

"죄송해요. 안녕, 끄윽, 히 가세요."

행인이 손바닥으로 두드리고 떠난 왼쪽 어깨에서 희미한 온기가 퍼졌다.

　　화짜는 크게 심호흡을 한 뒤 매대를 정리했다. 유령장터는 참여하는 것도, 떠나는 것도 언제든 자유다. 펼쳐 놓았던 물건들을 작은 파우치 여러 개에 나눠 담고, 하나씩 조심스럽게 큰 가방에 집어넣었다. 그녀는 매사에 덤벙거리는 편이었지만, 화장품만큼은 한 번도 떨어뜨리거나 깨뜨린 적 없을 만큼 정성을 쏟았다.

　　화짜는 자신이 그렇게 좋아하는 것으로 콘텐츠를 만들 수 있다는 사실에 기뻤고, 유튜브 활동에 언제나 진심이었다. 하지만 3년간 열심히 쌓은 즐거움은 단 한 번의 논란으로 와장창 깨져 버렸다.

＊

　　화짜가 이틀 전에 올렸던 콘텐츠의 댓글 창이 뜨겁게 불타올랐다. 특정 브랜드의 사주를 받아 제품 콘텐츠를 제작해 놓고, 광고임을 밝히지 않아 구독자들을 기만하고 있다는 게 주된 내용이었다.

　　그것은 화짜 입장에서 반은 맞고 반은 틀린 말이었다. 브랜드로부터 제작비를 받은 것은 맞지만, 실제로 영상에 담은 제품은 화짜가 몇 년 동안 꾸준히 사용해 온 제품이었다. 처음 제의를 받았을 때도 가감 없는 리뷰 권리를 가장 먼저 확인했다. 수년간의 실사용 경험을 바탕으로 장단점을 꼼꼼하게 분석했고, 어떤 사람에게 추천하는지, 어떤 사람에게 추천하지 않는지 명확히 밝혔다. 물론 돈을 받았다는 걸 밝히지 않은 점은 분명 문제의 소지가 있었지만, 제품을 소개하는 유튜버의 입장으로서 시청자들을 기만하려는 의도는 없었다.

논란에 조금씩 불이 붙기 시작하자, 화짜는 그런 자신의 생각을 담아 사과 영상을 올렸다. 하지만 그 이후 논란은 더욱 뜨겁게 불타올랐다.

화짜를 비난하는 사람들은 대부분 '광고 기만 자체가 문제인데, 제품 소개에 기만 의도는 없었다는 게 말이 되냐'며 갈기갈기 찢어 버릴 기세로 화짜의 사지를 물어뜯었다. 화짜는 결국 2차 사과 영상을 올렸다. '생각이 짧았습니다. 광고인 점을 밝히지 않은 점 깊이 죄송합니다. 다시는 이런 일 없도록 하겠습니다'라고. 주변 유튜버와 지인들에게 조언을 물어물어 올린 영상이었지만, 한번 불타오른 여론에는 물도 기름이 되었다.

'사과하는 태도부터가 잘못됐다.'

'전혀 반성하지 않는 것 같다.'

'이러고 버젓이 또 광고할 것이다.'

'처음부터 이상하다고 생각했다.'

'다른 콘텐츠도 분명 광고였을 것이다.'

이런 댓글들을 기본으로, 갖가지 욕설이 가미된 댓글 창은 수백 그루가 뒤엉킨 가시나무가 되어 화짜의 심장을 찔렀다. SNS 계정에도 불에 달군 돌덩이 같은 욕설들이 날 아들었다.

그러던 중 한 댓글이 결정타를 날렸다. 유튜브 초기부 터 꾸준히 화짜를 괴롭혀 온 그 사람이었다.

역시 관상은 과학임. 이렇게 엉망진창으로 생긴 년이 도 덕적 개념이라는 게 있을 리 없지. 못생기면 착하기라도 해야 할 텐데, 못생긴 데다가 못돼 먹기까지 한 얘는 도대 체 무슨 이유로 살아 있는 거임? 얘 주변에 친구 하나도 없을 걸? 있어도 다 옆에서 맞춰 주는 척하는 거지. 좋다 고 실실대는 꼴 구경하는 게 재미있어서. 광고든 말든 상 관없는데, 무튼 논란 잘 터졌네. 다시는 보는 일 없길.

그는 화짜가 마지막으로 잡고 있던 얇은 끈을 발로 짓 이겨 끊어 버렸다. 화짜는 결국 댓글 창을 막고, 채널 커뮤 니티에 공지를 올린 후 유튜브와 SNS 운영을 잠정 중단할 수밖에 없었다.

화짜는 그날 이후 몸이 안 좋아졌다며 회사에 휴직계를 내고, 집 안에 틀어박혔다. 정말이지 아무것도 할 수 없었다. 눈을 감으면 수백 그루의 가시나무 댓글이 온몸을 휘감았고, 눈을 떴을 때는 분노, 원망, 무기력, 짜증, 슬픔 등 온갖 나쁜 감정들이 힘을 합쳐 목을 조였다. 펑펑 우는 횟수와 시간이 늘었고, 살아갈 방법이 막막해 밥 한 숟갈도 넘기지 못하는 날이 많아졌다. 친구들과 지인 유튜버들이 계속해서 연락을 남겼지만, 대꾸할 힘조차 없어 모두 무시했다.

그때 유일하게 의지가 되어 준 사람은 고등학교 친구인 서영이었다. 화짜가 화장의 세계에 빠지는 데 절대적인 역할을 한 서영은 그녀가 무명 유튜버일 때부터 한결같은 응원을 보내 주었다. 10만이 되고, 20만이 되었을 때 누구보다 축하해 준 사람도 바로 서영이었다.

다른 사람들이 전화나 문자로 안부를 물을 때, 서영은 불쑥 집으로 찾아왔다. 인터폰 화면에 서영의 얼굴이 비추자 화짜는 괴한이라도 마주친 것처럼 깜짝 놀랐다.

"오현진! 하도 연락이 안 된다길래 걱정했는데, 그래도 잘 있었네?"

"이서영, 무슨 일이야…. 오늘 출근 안 했어?"

"오늘 연차야."

서영은 화짜에게 이런저런 안부를 물었다. 화짜는 별일 없냐는 질문에 별일 없다고 답했지만, 방을 슬쩍 훑어만 봐도 그녀가 괜찮지 않다는 것을 알아차릴 수 있었다. 서영은 화짜에게 앉아서 잠깐 쉬라고 한 뒤, 방 이곳저곳을 청소하기 시작했다.

"내가 같이 해야 하는데…."

"뭐래. 그냥 가만히 쉬고나 있어."

말은 그렇게 했지만 실제로 같이 청소할 힘은 없었다. 두어 시간 동안 그저 바퀴 달린 가구처럼 이곳저곳 옮겨 다니며 서영이 청소하는 데 방해되지 않도록 최선을 다할 뿐이었다. 서영이 땀을 뻘뻘 흘릴 때도 물 한 잔 따라 줄 기력이 없어, 물병과 컵이 어디 있는지 작은 목소리와 힘없는 손짓으로 알려 주는 게 전부였다.

"하, 이제 좀 사람 사는 집 같다."

청소를 마친 서영이 바닥에 벌렁 드러누워 말했다.

"배고플 텐데, 뭐라도 해 줘야 하는데…."

"지금 내가 너한테 밥을 얻어먹으면, 그게 사람이겠니? 밥숟가락도 못 들게 생겨서 말이야. 됐어, 우리 시켜 먹자. 뭐 먹을래? 떡볶이?"

"미안해. 난 아무거나… 괜찮을 것 같아."

"뭘 자꾸 미안하대. 그럼 떡볶이 시킨다. 매운 거? 괜찮지?"

화짜는 말없이 고개를 끄덕였다. 50분 후 떡볶이가 도착하자, 서영은 떡을 두세 개씩 집어 맛깔나게 먹었다. 화짜에게도 먹으라고 권했지만, 가끔가다 하나씩 집어 한참을 씹은 다음에야 간신히 넘길 뿐이었다.

"오현진 왜 이렇게 못 먹냐, 안쓰럽게. 물에 씻어 줄까?"

"됐어, 내가 애냐."

화짜가 살짝 웃으며 답했다.

"이야, 그래도 처음 웃는다. 유튜브 난리난 거, 그거 때문에 힘든 거지?"

"응… 뭐, 그렇지. 예전에 다른 유튜버가 악플 때문에 힘들다고 말했을 때 남 일이라고 생각했는데, 이젠 조금 알 것 같아. 힘드네, 견디기."

고개 숙인 화짜는 플라스틱 포크로 앞접시를 긁어댔다.

"걔네들 도대체 왜 그런다니? 비싼 밥 처먹고. 지들 할 일이나 할 것이지. 뭐 하러 악플을 달어, 달긴. 무시해 버려."

"처음엔 무시하자 했는데, 생각보다 잘 안 되더라고. 삭제해도 생각나고, 눈을 감아도 생각나. 내가 그렇게까지 욕먹을 일을 했나 싶더라고."

"그거 아주 미친 새끼들이야. 씨발년들. 내가 만나기만 하면 그냥 주둥이를 쫙 찢고 손가락을 확 꺾어 놓을 거야. 잊어, 잊어. 입에 담기도 아깝다."

"이서영 욕 옛날이랑 어쩜 그렇게 똑같냐."

학창 시절 학주 선생, 대학 시절 집적대는 선배, 회사에서 재수 없는 상사까지. 화짜가 짜증 나는 사람에 대해 털어놓을 때마다 서영은 차진 욕으로 화짜의 기분을 풀어 주었다. 이번 일은 훨씬 더 무겁고 버거웠지만, 서영이 떡볶이 양념에 물든 빨간 입술로 내뱉어 준 욕 덕분에 잠시나마 마음이 가벼워지는 듯했다. 기운이 살짝 돌자 허기가 몰려왔고, 화짜는 떡볶이, 어묵, 튀김을 닥치는 대로 집어 입에 넣었다. 그 모습을 본 서영이 "이년 배고픈 거 오지게 참았네"라고 말하자, 둘은 웃음이 빵 터져 한참을 깔깔거렸다.

그 후로 서영은 한 달에 두세 번씩 화짜의 집을 찾았다. 세 달쯤 지나자 논란 이후 축 처져 있던 화짜는 차츰 기운을 차리기 시작했고, 다시 일어나 세상과 부딪힐 용기를 한 겹, 두 겹 차근차근 몸에 걸칠 수 있었다.

"현진아, 유튜브 다시 할 거야?"

"글쎄, 얼마 전까진 다시는 하지 말자고 생각했었는데, 요즘 같아선 다시 해 볼 수도 있을 것 같아. 사실은, 다시 하고 싶어. 그게 내가 제일 재밌어 하는 일이었거든. 담배, 마약 같은 걸 이래서 못 끊나?"

화짜가 서영을 보며 살짝 웃었다.

"뭐래. 너 영상 안 올린 지 두세 달쯤 됐지? 복귀하면 악플러들이 또 지랄하지 않으려나, 그게 걱정되네."

"그렇겠지. 돌아온 걸 보니 반성을 안 했네 어쩌고저쩌고할 거고, 너 같은 딸을 둔 애미가 불쌍하다, 나가 뒈져라…

그런 말들도 있겠지."

"너, 진짜 괜찮겠어?"

서영이 걱정된다는 얼굴로 물었다.

"모르겠어. 근데 막 억울해서 참을 수가 없어. 얼굴도 모르는 새끼들한테 받는 악플 때문에 내가 이렇게 축 처져서 아무것도 못하는 거 말야. 그 사람들은 오 초 시간 내서 악플 달아 놓고, 돌아서면 잊고 잘 살 거 아냐? 나는 그 악플 하나 때문에 다섯 시간, 닷새를 울어야 하는데…. 억울해, 불공평해, 짜증 나."

"응, 그래. 잘 생각했다. 그런 새끼들 무시하고 살자. 다 삭제하고 차단하고, 좋은 댓글들만 보자. 영상 당장 찍어!"

화짜는 고개를 끄덕이며 오른 주먹을 불끈 쥐었다. 서영의 말처럼 나쁜 댓글들은 깡그리 무시하리라 굳게 다짐하며 꿀꺽 침도 크게 삼켰다.

화짜와 서영은 각자 치킨 한 마리를 앞에 놓고, 전투적으로 뼈와 살을 분리해 가며 복귀 콘텐츠 아이디어를 짰다. 펑펑 울고 난 다음 날 부은 눈 커버하기, 말 한 마디 없이도 환불 받을 수 있는 센 언니 메이크업, 아파 보이는데 왠지 예쁜 병약한 여주 메이크업, <가디언즈 오브 갤럭시> 로켓 메이크업 등. 밑도 끝도 없는 아이디어가 난무했지만, 결국 화짜가 택한 것은 '초심으로 돌아간 기초 화장법'이었다.

논란 후폭풍을 최대한 피하기 위해 무난한 주제를 택

하기도 했지만, 가장 큰 이유는 처음 유튜브를 시작했을 때 조회수 하나하나에 웃음 지을 수 있었던 그 순수한 즐거움을 다시 찾고 싶기 때문이었다. 서영도 그게 너를 위해 제일 좋겠다며, 화짜의 등을 토닥여 주었다.

'이제 나를 무너뜨리려고 하는 사람들 때문에 무너지진 않을 거야. 단단하고 촘촘한 필터를 수십 겹 쌓아서, 나를 기쁘게 하는 것들만 마음에 닿게 할 거야.'

화짜는 다시 한번 오른 주먹을 힘껏 쥐며, 서영을 향해 결연한 미소와 힘찬 고갯짓을 했다.

민철, 14:59

오 과장은 크게 심호흡한 뒤 손목시계를 바라보았다. 14시 59분 54초, 55초, 56초, 57초, 58초, 59초. 그는 시침의 숫자가 14에서 15로 바뀌는 순간 컴퓨터 전원을 켰다. 오늘은 15시부터 근무인 오후조였는데, 그는 언제나 출근 시간에 딱 맞춰 컴퓨터를 켜는 습관이 있었다.

9년 동안 개발자로 일하며 잠들어 있는 시간을 빼면 내내 컴퓨터와 함께했던 그는, 놀랍게도 컴퓨터에 대한 트라우마가 있었다. 우웅- 하는 소리와 함께 컴퓨터가 작동하면, 그의 심장은 대장까지 내려앉았다가 뇌까지 솟구쳐 오르는 것만큼의 과격한 운동을 아주 빠르게 반복했다. 컴퓨터 앞에 있는 시간 내내 손이 떨리고 이따금씩 식은땀이 흘렀으며, 정신을 온전히 집중하기 어려웠다. 그 모든 증상은 컴퓨터를 끄고 한두 시간 뒤까지도 그를 괴롭혔다.

정확히 말하면 컴퓨터 자체보다는 직장 생활에 대한 트라우마였다. 컴퓨터를 켠다는 것은 곧 직장에서의 하루가 시작된다는 것을 의미했기 때문에, 오 과장은 되도록 뒤로 미루다가 최후의 1초에 맞춰 컴퓨터를 켰다.

*

오 과장이 다녔던 회사는 제법 큰 규모의 오픈마켓을 운영하고 있는 이커머스(e-commerce) 회사였다. 구매의 대다수가 모바일 앱에서 이뤄졌기 때문에, 오 과장이 속한 앱 개발팀의 일과는 항상 바쁘게 흘러갔다. 특히 앱이 크고 작게 업데이트 되는 날에는 부서 전체에 날카로운 긴장감이 감돌았다. 별문제 없이 지나가면 다행이겠지만, 언제나 예상 밖의 문제가 터져 고생하기 일쑤였다.

2016년, 그러니까 오 과장이 자살하기 2년 전, 두 달 넘게 준비해 온 대대적인 업데이트가 있었다. 배포를 코앞에 두고 부서 전체가 모여 며칠씩 밤을 새우며, 발생 가능한 문제에 대해 집요하게 점검했다. 개발 완성도를 위해 외주 디자인 스튜디오까지 동원한 만큼, 최대한 문제 없이 마무리하라는 상부의 특별 지시도 있었다.

"오 과장, 아까 서버에서 데이터 불러올 때 나는 오류 확실히 잡았어?"

"네, 그 부분은 제가 다시 한번 확인했습니다. 테스트 환경에선 이상 없더라고요…."

"확실하지? 그쪽은 오류 나면 진짜 답도 없어. 해결될 때까지 쇼핑몰 셔터 내리고 손가락 빠는 거야. 확실하게 봐야 돼."

"네, 확인했습니다. 문제 없을 거예요."

"오케이. 그럼 빨리 다른 쪽도 확인해 보자고. 내가 오전에 말했던 쪽도 더 디버깅해 보고."

최근 우울증이 심해진 오 과장은 잠도 거의 못 잔 데다가 항우울제까지 먹은 터라, 두개골 안에 물을 채워 넣고 일하는 느낌이었다. 움직일 때마다 머리가 철렁철렁대는 바람에 도저히 집중할 수가 없었다. 팀장이 말한 부분은 점검해서 수정하긴 했지만, 사실 제대로 마무리된 건지 확신할 수 없었다. 수정 작업 자체가 간단했던 만큼 그냥 별일 없겠거니, 하고 넘겨 버렸다.

하지만 큰 문제는 항상 아주 사소한 틈에서 생기고야만다. 업데이트가 배포되자 하나둘 문의가 접수되기 시작하더니, 이윽고 고객 지원 센터가 마비될 만큼 쌓였다. 전화, 메신저, 이메일 할 것 없이 과격한 말들이 쏟아졌고, 고객 지원팀은 빨리 문제를 해결해 달라며 앱 개발팀을 재촉했다.

주된 오류는 결제가 정상적으로 진행되지 않는다는 것이었다. 이커머스 업체에 그보다 심각한 문제는 없다. 문제 기간 동안 매출이 발생하지 않을 뿐더러, 이용자를 상당수 잃게 된다. 고객은 문제가 해결될 때까지 기다리지 않는다. 한껏 욕을 쏟아 낸 뒤에 '여기 이상하네, 다른 사이트에서 사야지' 하고 앱을 떠난다.

오픈마켓 특성상 문의는 판매자로부터도 접수되었다. 특히 기간 한정 핫딜을 진행하는 업체, 광고를 집행하는 업체에서 집중적인 항의가 쏟아졌다. 제휴팀 역시 빨리 문제를 해결해 달라며 앱 개발팀을 재촉했다.

오 과장은 정신을 잃고 쓰러질 것 같았다. 두 눈과 두 귀가 다 담아 내지 못할 만큼 많은 말들이 쏟아지고 있었다. 그 모든 것을 동시에 보고 들으려면 최소 서른여섯 쌍 이상의 눈과 귀가 필요할 정도였다.

오류는 네 시간만에 해결됐지만, 오 과장의 문제는 그때부터 시작이었다. 상부로부터 잔뜩 깨진 팀장이 오 과장을 회의실로 호출했다.

"오 과장, 민철아. 너 몇 년 차냐?"

"칠 년… 일했습니다. 연차로는 팔 년 차입니다."

"팔 년 차가 배포 전에 그거 하나 못 챙겨? 내가 배포 전 회의할 때 그 부분 확인하라고 말하지 않았나?"

팀장이 오 과장의 눈을 똑바로 노려보며 말했다.

"말씀하셨습니다."

"기억하네? 그럼 듣고 그냥 개무시한 거야? 내가 씨발 우스워?"

"아닙니다. 분명 확인을 했는데…."

공손하게 모은 오 과장의 두 손이 땀으로 축축하게 젖었다.

"이건 이삼 년 차 사원 앉혀 놔도 해. 아니, 개발 좀 해 본 대학 졸업생도 옆에서 좀만 봐 주면 잘할 걸? 팔 년 차 다, 팔 년 차. 부끄럽지도 않냐? 너 때문에 지금 생긴 손실이 얼만 줄 알아? 네 몇 달치, 아니 몇 년 치 월급을 꼬라박아도 모자를 거다, 아오. 그게 다겠냐, 씨발? 아, 이 새끼 얼굴만 봐도 좆같네 진짜. 고객 지원 쪽이랑 제휴 쪽 문제는 또 어떻게 할 건데? 하, 씨팔 진짜."

오 과장은 고개를 푹 숙인 채 최대한 발끝에 시선을 집중해, 기절하거나 심장이 멎지 않도록 안간힘을 썼다.

그가 회의실에서 한참을 깨지고 나오자 다른 직원들의 시선이 바늘처럼 날아들었다. 그들은 은근하게, 또는 대놓고 흘겨봄으로써 오 과장에 대한 원망을 표출했다. 그날은 오 과장에게 1초 1초가 지옥이었다.

퇴근 시간을 한참 넘겨 직원들이 하나둘 퇴근하고, 이제 사무실에는 사람이 별로 남지 않았다. 그 누구도 오 과장에게 이제 그만 들어가라고 말해 주지 않았다. 마지막까지 남아 있던 팀장은 오 과장이 아직 자리에 있다는 걸 알면서도 사무실을 나서며 전등을 전부 꺼 버렸다. 오 과장이 들어가세요, 라며 인사하는 순간 팀장의 눈은 질끈 감겼다. 그는 깊은 한숨을 토하고, 충분히 들릴 만큼 '씻팔, 진짜' 하는 혼잣말을 내뱉었다.

팀장은 머리를 한 번 쓸어 넘긴 뒤 오 과장을 똑바로 쳐다봤다. 그 눈빛은 어둠 속에서도 사냥감을 꿰뚫어 보는 포식자의 눈과 같았다. 그리고는 바닥에 침을 뱉더니, "한심하다, 진짜" 하는 말을 남기고 엘리베이터를 탔다.

엘리베이터 문이 닫히는 소리가 나자, 오 과장은 의자를 살짝 뒤로 뺀 뒤 책상에 그대로 엎드렸다. 사방에서 팀장의 목소리가 들렸다. 그 목소리는 어둠 속에서 오 과장을 나무랐다. 한심한 놈, 씻팔, 칵, 퉤. 한심한 놈, 씻팔, 칵, 퉤. 시계의 째깍째깍 소리에 맞춰 팀장의 목소리가 재생되었다. 목소리는 점점 더 선명해져, 마치 팀장이 귀에 대고 직접 속삭이는 것 같았다.

오 과장의 심장은 사방팔방으로 요동치며 미친 듯이 뛰었다. 그가 진정시키려 가슴팍을 꽉 쥐었을 때, 심장은 화들짝 놀란 것처럼 목구멍 쪽으로 팍 치솟아 올랐다. 허억, 허억. 숨을 쉬기 어려웠다. 그는 당장이라도 죽을 것 같아 책상을 더듬으며 휴대폰을 찾았다. 하지만 허겁지겁 찾던 손이 오히려 휴대폰을 쳐서 저 멀리로 날려 버렸다. 오 과장은 휴대폰을 향해 기어가려 했지만 도무지 앞으로 나아갈 수 없었다. 그대로 쓰러져 허억 허억 간신히 숨만 내뱉을 뿐이었다. 처음 겪는 공황 발작이 아니었지만, 겪을 때마다 언제나 처음처럼 두려웠다.

그렇게 죽을 것 같이 몰아치던 발작은 15분이 지나자 사그라들었다. 공황 발작으로는 절대 죽지 않는다는 의사의 말처럼 오 과장은 살아 있었다. 캄캄한 사무실에서 유일하게 빛을 내는 건 오 과장의 모니터였다.

오 과장은 모니터 빛 때문에 생긴 자신의 그림자를 바라보며 자신의 삶은 해결할 수 없는 오류라고 생각했다. 심각하고, 한심한.

＊

오 과장은 그날 이후 컴퓨터를 켤 때마다 그날의 어둠

과 목소리, 그림자가 떠올랐다. 제2한강에 온 뒤로는 빈도가 조금 줄어들긴 했지만, 그 기억은 여전히 오 과장의 숨을 가쁘게 만들었다.

"오 과장, 괜찮아? 안색이 또 어두워 보이네. 혹시 특별거주단지 거주자 명단이 어떤 폴더에 있는지 알아?"

이곳에 따로 직함이 있는 것은 아니었지만, 사망확인과 동료인 선희는 일터에선 직함이 제일 편하다며 그를 항상 '오 과장'이라고 불렀다. 오 과장 자신도 민원인들에게 '오민철입니다'라고 소개하기도 어딘가 어색해 '오민철 과장입니다'라고 말해 왔기 때문에, 그를 거쳐간 사람들 대부분도 그를 오 과장이라고 불렀다.

"선희 쌤, 거주구역 배정기록 폴더에 들어가 보세요. 그쪽에 있어요."

"오 과장은 모르는 게 없어. 역시 컴퓨터 전문가는 다르다니까."

"뭘요, 간단한 건데."

선희는 생전에 학원 강사로 일했다. 오 과장도 선희를 어떻게 부를지 고민하다가 그냥 '선희 쌤'으로 부르게 되었다.

"근데 오 과장, 특별거주단지는 왜 미성년자만 배정해 주는 거야?"

"글쎄요, 그건 저도 잘 모르죠. 예전부터 그렇게 해 왔다고 하니까요. 거기가 방도 제일 넓고, 경치도 제일 좋잖아요. 청소년 배려, 뭐 그런 거 아닐까요?"

"그러려나. 하긴, 그 어린 것들이 오죽했으면 자살까지 했겠어. 불쌍하지. 나도 학원에서 일할 때 원생 중 하나가 자살한 적이 있었어. 고1이었나 그랬을 거야. 내가 직접 가르친 애는 아니었는데, 그래도 오며 가며 몇 번 봤었거든. 나한테 꼬박꼬박 인사도 잘 했고. 고1이면 열일곱 살이야. 나도 지금 여기 있는 처지에 할 말은 아니지만, 열일곱이 죽기 얼마나 아까운 나이야. 안 그래?"

"그럼요. 저도 학생들이 이사 올 때마다 마음이 좀 그래요. 걔들이라고 태어날 때부터 자살하고 싶었던 건 아니잖아요. 열일곱 살 때 저는 자살이 뭔지도 모르고 그냥 뛰어놀기 바빴는데…. 우리가 서른 살도 넘어서 느낀 그 짐을 걔네들은 스무 살도 되기 전에 느꼈다는 거잖아요."

"내 말이, 아휴. 내가 관리사무소 일 처음 시작했을 때, 다른 직원분한테 부탁해서 그 아이 기록을 찾아본 적 있거든. 자살했다는 그 원생. 근데 여기 두 달쯤 살다가 떠났더라고. 생전의 삶과 합쳐도 열여덟 살이 채 안 돼. 살아 생전에 누가 옆에서 좀 잡아 줬으면, 해 보고 싶은 걸 조금이라도 더 해 볼 수 있었을 텐데… 아휴."

선희의 말에 오 과장은 어깨를 으쓱하고는 쓸쓸한 미소를 지어 보였다. 남부와 북부, 한강 조망이 가장 좋은 곳에 위치한 두 곳의 특별거주단지는 미성년자에게만 배정이 허용되었다. 오 과장은 그곳에 직접 들어가 본 적은 없지만, 한 호실당 40~50평에 이를 만큼 넓다는 말을 들었다. 그는 10대 청소년들에게 그렇게 넓은 방이 필요할까 싶으면서도, 큰 세상을 제대로 맛보지 못하고 떠나간 이들을 위해 마지막 거처라도 넓게 만들어 준 건 아닐까 하고 멋대로 추측했다.

"선희 쌤, 근데 이 아이들은 도대체 왜 자살했을까요?"

"음, 각자만의 사연이 있는 거니까 뭘 하나 콕 집어 말하기 어렵네."

"그런 거 말고, 공통적인 무언가가 있을 거 아니에요. 앞으로 더 살아 봤자 별다른 의미가 없을 거라고 일찍 체념해 버린 건 아닐까요?"

선희가 모르겠다는 표정을 지었지만, 오 과장은 눈을 가늘게 뜨며 자신의 가설을 들이밀었다.

"글쎄, 그랬을 수도 있고. 아니면 그 반대일 수도 있고."

"반대요?"

오 과장은 예상 외의 대답이라는 듯 선희를 쳐다보았다.

"응, 반대. 세상에 대해 일찌감치 체념한 게 아니라, 오히려 무게에 압도된 게 아닐까? 생각해 봐. 요즘 시대에 십대라면 앞으로 살 날이 적어도 칠십 년은 남은 거야. 우리처럼 삼십 줄에 자살한 사람은 오십 년쯤 남겨 둔 셈이지만, 걔네들은 칠십 년이 넘는다고. 자기가 지금 겪고 있는 고통을 칠십 년이나 더 짊어지고 살아야 한다고 생각하면, 진짜 막막하지 않아?"

"그렇게 생각하니 확실히 징그럽네요. 십 대 때 향후 칠십 년간의 고통을 미리 알아 버린다는 거. 모르는 게 약이란 말이 이래서 있나 봐요."

"다 그래. 인생은 모르는 게 약이야. 그나저나 오 과장, 저쪽에 민원인이 계속 오 과장만 쳐다보고 있는 것 같은데?"

"어, 누구지… 아, 이슬 씨구나. 이쪽으로 오세요!"

오 과장의 목소리를 듣고 이슬이 다급하게 오 과장 쪽으로 달려왔다. 오 과장의 업무는 신규 입주민을 대하는 것이었기 때문에, 이슬처럼 기존 주민, 특히 죽은 지 오래된 주민은 업무 시간에 마주치기 어려웠다.

"이슬 씨, 여긴 어쩐 일이세요? 전입신고 대리하러 오셨어요?"

"어유, 귀찮아서 그런 건 못해요. 제가 친한 사망확인과 직원이 오 과장님밖에 없잖아요. 뭐 좀 물어보려고요. 혹시 어제 고등학생쯤 되는 여자애가 이사 오지 않았어요?"

"아, 그렇다고 듣긴 했어요. 근데 고등학생쯤이었나….

잠시만요."

오 과장은 전입신고 기록을 살펴보았다.

"찾았어요. 열아홉 살이면 고등학생 나이 맞죠?"

"진짜요? 진짜 열아홉 살이에요?"

"예에, 이분이 2001년생이시고 올해가 2019년이니까, 열아홉 살 맞아요."

그 말을 들은 이슬은 잠시 눈을 감고 두 손을 꼭 모은 채 소리 죽인 환호성을 질렀다.

"그럼 오 과장님, 잠시 귀 좀…."

이슬이 무언가를 속삭였고, 오 과장은 난처하다는 표정을 지었다.

"이슬 씨, 그건 원칙에 어긋나는 일이라서요. 유가족이 아니면…."

"오 과장님, 진짜 한 번만 도와주세요. 옛말에 죽은 사람 소원도 들어 준다는데, 제가 바로 죽은 사람이잖아요. 한 번만요. 네?"

이슬이 요구한 것은 그 열아홉 살 여자 입주민의 거주지 정보였다.

"오 과장, 무슨 일인데?"

"아, 그게…"

"아주머니, 죄송하지만 어제 이사 온 여자애의 정보를 알고 싶어서요. 원래 안 된다는 건 알고 있는데, 제가 뭐 해

코지를 하려는 건 아니거든요. 그냥 친구를 사귀고 싶어서요. 그리고 그 친구가 적응하는 데도 도움이 될 거예요!"

오 과장은 계속해서 난처한 표정을 지었고, 선희는 잠시 고민에 잠겼다. 이슬은 간절한 표정으로 둘의 눈을 번갈아 봤다. 1분쯤 시간이 흘렀을 때, 선희가 먼저 침묵을 깼다. 그녀는 오 과장의 옆구리를 팔꿈치로 쿡 찌르며 말했다.

"오 과장, 학생이잖아. 저 나이 때는 친구가 제일 필요한 법이야. 우리 알려 줍시다. 원칙을 어긴다고 해서 뭐 어떻게 되기나 하겠어? 이미 죽은 마당에 더 걱정할 것도 없잖아."

"그래도 저는 한 번도 이런 거 알려 준 적이 없…."

"정말요? 진짜 감사해요! 제가 그 친구 제2한강에 적응할 수 있도록 진짜 열심히 도울게요. 약속해요. 감사합니다. 감사합니다!"

오 과장이 또 거절하기 전에 이슬이 선희 쪽을 바라보며 큰 소리로 인사를 했다. 선희는 그 아이의 배정 기록을 찾아 이슬에게 알려 주었고, 이슬은 다섯 번 정도 더 감사 인사를 한 뒤 관리사무소를 뛰쳐나갔다.

"오 과장, 내가 고집 피운 것 같아서 미안해. 그치만 눈빛이며 몸짓이며 하나같이 눈에 밟혀서 말이야. 혹시라도 무슨 일 생기면 내가 다 책임질게. 정보를 알려 준 것도 결국 나잖아. 오 과장은 너무 걱정하지 마."

"아니에요. 저렇게 좋아하는 모습을 보니 제가 쓸데없이 고집을 부렸나 싶어요. 원체 원칙 같은 걸 벗어나지 못하는 성격이라…. 죽어서도 잘 안 바뀌네요."

"에이, 죽는다고 바뀌나. 죽으면 뭐 새사람 돼?"

"그러게요."

오 과장은 선희와 가볍게 미소를 주고받은 뒤 다시 모니터로 시선을 돌렸다. 순간 모니터에 빼곡한 글씨가 좌우로 비틀리며 눈을 어지럽혔다. 속이 울렁거림을 느낀 오 과장은 잠시 눈을 감았다.

'선희 쌤 말이 맞아. 죽음은 삶의 초기화가 아니었어. 강제로 전원을 꺼 버렸던 것뿐이지. 이렇게 모든 것이 그대로 남아 있잖아.'

초기화되길 바랐던 37년의 삶은 오히려 마지막 모습 그대로 박제되었다. 좋은 소식이라면 더 이상 나빠질 일은 없다는 것쯤.

'만약 내가 살아 있는 동안 삶을 초기화할 수 있었고, 다시 코드를 짜 넣을 수 있었다면, 그 결괏값은 자살이 아닐 수 있을까?'

오 과장은 눈을 감은 채로 자신의 물음에 고개를 저었다. 몇 번을 초기화했대도 결괏값은 같았을 것이란 생각이 들었기 때문이다.

'초기화는 임시방편일 뿐이지. 내 코딩 언어와 방식은 똑같을 텐데, 무엇이 달라지겠어.'

오 과장의 눈앞에 펼쳐진 무한대의 검푸른 창에 그의 삶이 전부 코드로 출력되어 사방을 감쌌다. 조악하게 짜여진 그 코드는 읽어 내기조차 쉽지 않았다. 고통이라고 불리는 에러가 발생할 때마다 땜질하듯 억지로 틀어막았던 부분들이 눈에 거슬릴 만큼 덕지덕지 붙어 있었다.

'나한테 필요했던 건 초기화가 아니고, 진짜 문제가 해결될 때까지 물고 늘어질 수 있는 디버깅이었을 텐데.'

오 과장은 그럴 여유조차 주지 않았던 삶이 야속하게 느껴졌다.

딩-동.

새로운 민원의 접수를 알리는 벨이 울렸다. 오 과장은 다시 눈을 뜨고 민원인의 접수 번호를 호출했다. 민원인이 다른 직원의 부축을 받으며 오 과장 쪽으로 다가왔다. 모니터에 표시된 서류에는 나이와 이름, 사망 일자, 사망 원인이 적혀 있었다. 저 사람은 어떤 치명적인 오류를 겪었길래 스스로 삶을 강제 종료시킬 수밖에 없었을까, 오 과장은 그런 궁금증을 들키지 않기 위해 최대한 건조하게 민원인을 맞이했다.

"안녕하세요, 사망확인과 오민철 과장입니다. 본인 확인부터 진행하겠습니다."

2019년 4월 20일 - 홍형록 사망 4일차

이슬, 13:08

　동갑 여자애의 주소를 알아 낸 날, 이슬은 설레는 마음에 제대로 잠을 이루지 못했다. 당장에라도 찾아가고픈 마음이 굴뚝 같았지만, 전입한 지 이틀밖에 안 된 그 친구를 불쑥 놀래키고 싶지 않아, 하루만 더 있다 찾아가기로 한 것이다.

　이슬은 극도의 인내심으로 밤을 넘기고, 점심이 될 때까지도 이성의 끈을 꽉 잡았다. 사람은 점심을 먹고 나서야 비로소 온전한 정신 상태가 된다는 것이 이슬의 지론이었다. 이슬 본인도 온전한 정신으로 친구를 만나기 위해, 2식당을 찾아 밥을 한 그릇 반이나 해치웠다. 속이 든든해진 이슬은 무엇이든 해 낼 수 있을 것 같은 자신감까지 가득 챙겼다.

"이슬아, 오늘 뭐 좋은 일 있니?"

"그렇게 보여요? 좋은 일 있죠. 근데 비밀이에요. 좋은 일은 호들갑 떨면 사라지거든요. 제 두 눈으로 똑똑히 확인한 다음에, 진짜로 좋은 일이면 나중에 말씀해 드릴게요."

"그래. 무슨 일인지 모르겠지만, 이슬이가 그렇게 좋아하는 모습을 보니 나까지 기분이 좋네. 밥은 맛있었고?"

"그럼요! 제2한강에서 먹은 어떤 밥보다 맛있었어요. 특히 이 연근조림. 이건 진짜 쩔어요!"

"맛있다는 뜻 맞지? 이슬이가 연근 먹을 줄 아네. 이래 봬도 아줌마가 연근 선수야. 어설프게 하면 아삭아삭하게 되는데, 선수들은 아주 쫄깃하게 졸이거든."

경옥 아줌마가 엄지를 보이며 뿌듯한 표정으로 말했다.

"어쩐지. 학교 급식에서 나왔던 연근조림보다 백배는 맛있었어요. 이제 그 맛이 살짝 흐릿하긴 하지만."

이슬은 경옥 아줌마에게 꾸벅 인사한 뒤, 분주한 발걸음으로 식당 문을 나섰다. 오늘따라 제2한강의 공기가 더욱 산뜻하게 느껴졌다. 관리소 직원 선희에 따르면 동갑 여자애는 남부 특별거주단지에 배정받았다. 북부에 살고 있는 이슬이 그쪽까지 가려면 점심대교를 건너는 것이 가장 빠른 길이었다. 이슬은 거의 뛰는 것에 가까운 속도로 점심대교를 향해 걸어갔다.

점심대교에 가까워지자, 다시 자살 센터 앞에 몇몇이

줄을 서고 있는 모습이 보였다. 시계를 보니 점심대교의 '다시 자살' 접수 마감 시간인 13시 30분에 가까워져 있었다. 이슬이 지난 10년 동안 '다시 자살'을 접수한 것만 해도 거의 100회에 달했지만, 실행으로 옮긴 적은 한 번도 없었다. 게다가 최근 1년간은 접수도 거의 하지 않았는데, 해가 갈수록 자살 충동이 줄어드는 건 이슬의 가장 큰 고민 중 하나였다.

'이러다가 최장수 입주민이 되면 어쩌지.'

이슬은 늘어선 줄을 반쯤은 부러운 눈으로 바라보았다.

그때 누군가의 뒷모습이 이슬의 시선을 사로잡았다. 두툼한 회색 후드 티와 살짝 헐렁한 청바지, 길지만 적당히 가르마를 타 묘하게 깔끔한 머리 스타일. 그는 형록이었다. 이슬은 깜짝 놀라 다시 자살 센터 쪽으로 달려갔다.

"야, 홍형록! 너 뭐 하는 거야?"

"아, 이슬 씨. 안녕하세요."

"반말하라고 했잖아. 발로 찬다?"

이슬이 오른 다리를 들어 니킥 자세로 위협하자 형록은 움찔하며 뒤로 물러났다.

"네, 네. 알겠어요. 아니, 알… 았어. 반말할게."

"진작에 그럴 것이지. 팍 씨. 근데 너 여기서 뭐 하는 거야?"

"여기 '다시 자살' 접수하는 곳이라고 해서…."

"아니, 그건 나도 잘 알지. 여기서 십 년 살았다니까. 그니까 왜 '다시 자살'을 하려고 하냐고. 여기 온 지 삼 일? 사일? 그것밖에 안 됐으면서."

이슬은 어처구니없다는 듯 형록에게 따졌다.

"더 있어 봤자 달라질 것도 없고, 그냥 빨리 떠나는 게나을 것 같아서요. 아니, 같아가지고…."

"너 벌써 접수했어?"

"아니요, 아니. 아니 아직 접수는 안 했는데…."

"아무것도 모르면서 하려는 거지? 너 기다려 봐."

그러더니 이슬은 앞에 선 사람들에게 죄송하다고 고개를 숙이며 맨 앞으로 이동해, 창구 직원에게 신청서 한 장을받아 왔다.

"자, 봐 봐. 너 여기는 뭐라고 쓸 건데?"

이슬이 형록에게 내민 서류는 아주 간단한 형태로 구성되어 있었다. '다시 자살 신청서'라는 큼지막한 제목 아래,이름과 다시 자살 희망일을 적는 칸이 뚫려 있었고, 그 아래이슬이 손가락으로 가리키고 있는 쪽에는 '어떤 감정을 느끼고 싶나요?' 하는 주관식 답변란이 자리하고 있었다.

"이게 뭔데?"

"너 아직도 안내서 안 읽었어? 글 좀 읽어라, 글 좀. '다시 자살'할 때는 내가 마지막으로 느끼고 싶은 감정을 선택할 수 있거든. 신청할 때 그걸 꼭 써야 해. 다리에서 뛰어내려서 수면에 닿기까지 이삼 초쯤 걸리는데, 그 사이에 느낄 기분을 정하는 거야. 너 이거 뭐라고 쓸 건지 준비했어?"

"어… 딱히 고민해 본 적은 없는데…."

"있는지도 몰랐는데 고민이나 했겠어? 그럴 줄 알았지. 내가 왜 십 년 동안이나 '다시 자살' 못 하고 이 꼴락서니로 살고 있는 줄 알아? 여길 못 채워서 그래."

이슬은 다시 한번 '어떤 감정을 느끼고 싶나요?' 칸을 가리켰다.

"나 학교 다닐 때 공부를 그렇게 못하진 않았어. 시험지에 어떤 문제가 나오든 한 번도 빈칸으로 낸 적 없었다고. 찍어서라도 어떻게든 써서 냈지. 근데 이건 진짜 고민되더라. 첫 번째 자살할 때는 이딴 고민도 필요 없었는데, 괜히 물어보니까 고민되잖아. 아무거나 쓰자니 괜히 아깝고. 안 그래?"

"글쎄… 뭘 적어야 할지 감이 안 오긴 하네."

"그럼 넌 아직 '다시 자살'할 자격이 없는 거야. 아직 날이 아닌 거지."

이슬과 형록이 대화를 나누는 사이, 오늘 점심대교의 '다시 자살' 접수가 마감되었다는 안내 방송이 흘러나왔다. 형록이 난처한 표정을 짓자 이슬이 팔뚝을 툭 치며 말했다.

"야, 오늘만 날이야? 여기 십 년째 못 가고 있는 사람도 있어. 내가 너 관리사무소도 데려가고, 집도 바래다주고, 밥까지 먹였는데 이렇게 혼자 훌쩍 튈려고 해? 완전 싸가지 없는 거 아니야?"

"미안… 그러려고 했던 건 아닌데, 어쩌다 보니…"

"됐어. 어차피 너 오늘 여기서 죽는 건 글렀어. 죽으려고 했으면 뒤에 아무 일정도 없겠네. 오늘은 나랑 놀자. 마침 갈 데가 있어."

나, 13:35

이슬은 내 팔목을 잡고 계단 쪽으로 성큼성큼 걸어갔다. 계단 앞에는 '점심대교'라는 표지판이 세워져 있었다.

"형록아, 너 여기 올라가 본 적 없지?"

"그치. 오늘 처음 봤는 걸. 근데 올라가도 되는 거야?"

"그럼 당연하지. 다리를 건너가라고 만들었지, 뛰어내리라고 만들었겠어? 너 한강에서 좀 뛰어내려 봤다고 다리의 용도를 착각하나 보다."

이슬의 면박이 대부분 장난이라는 걸 알았지만, 그럼에도 나는 겸연쩍은 웃음을 지을 수밖에 없었다.

"웃기는. 빨리 올라가자."

이슬은 알아서 잘 따라오라는 듯이 앞장섰다.

"형록아, 너 서울 살았다고 했지? 그럼 강북에 살았어, 강남에 살았어?"

"강북에 살았어."

"부자는 아니었구나."

"강북에도 부자 많아."

"뭐야, 너 부자였어?"

"그럴 리가. 내가 부자였다면 자살을 했을까?"

이슬은 피- 하고 콧방귀를 뀌고는 마저 계단을 올랐다.

꼭대기에 다다르자 강물을 머금은 바람이 훅 하고 불어왔다. 죽기 전 구산대교에 올랐을 때 느꼈던 차들이 일으킨 바람과는 사뭇 달랐다. 등을 떠미는 바람이 아니라, 반갑게 맞아 주는 듯한 오묘한 느낌의 바람이었다. 그 바람 덕분에 계단을 오르느라 살짝 땀이 맺혔던 등가죽이 뽀송하게 건조되었다.

"하, 상쾌하다. 어때? 올라오길 잘했지?"

"응, 좋네. 진작에 올라와 볼 걸 그랬어."

"어! 관리인이다. 형록아, 뛰어!"

이슬이 내 등 뒤에서 무언가를 발견한 듯 화들짝 놀라더니, 남쪽 방향을 향해 냅다 뛰기 시작했다. 나는 뒤를 돌아볼 겨를도 없이 이슬을 따라 무작정 달렸다. 이렇게 전력 질주를 하는 것은 살아 있을 때를 포함해 참으로 오랜만이었다. 매일매일 허겁지겁 살았다고 생각했는데, 막상 숨이 턱에 찰 만큼 뛰어 본 일이 언제인지 기억도 나지 않았다.

그렇게 500미터쯤 달렸을 때, 이슬이 멈춰 섰다. 나도 제자리에 멈춰 서 허리를 숙이고 숨을 헐떡였다.

"헉, 허억. 무, 무슨 일이야? 관리인이라니? 여기 올라 와도 된다며?"

숨을 거칠게 내쉬느라 헐떡거리던 이슬의 등이 들썩들썩 하는 모양새로 바뀌더니, 이내 웃음 소리를 쏟아 냈다.

"크크크크크, 야, 속았지? 크크크크."

"뭐…?"

"멍청아, 다리에 올라왔다고 잡아갈 관리인이 어딨어? 다리는 원래 건너라고 있는 거라고 말했잖아. 정신 차려. 크크크크."

나는 허탈함에 다리가 풀려 그대로 주저앉았다. 아직도 헐떡헐떡 숨이 찼지만, 의도적으로 천천히 숨을 들이마 셨다가 후우우 길게 내뱉었다.

"그래도 나 덕분에 이렇게 운동하니까 쓸데없는 생각이 좀 사라지지 않아?"

"후우. 그건 그렇네. 나 오랜만에 뛰어 본 거야. 다 좋은데 무릎뼈가 삐거덕거리는 것 같아."

이슬은 노인네 납셨다며 나를 놀려댔다. 생각해 보니 나도 이슬처럼 자연스럽게 반말을 하고 있었다. 아마도 벌써 몇 번이나 멍청한 모습을 보여 준 탓인지, 어딘가 이슬이 편안하게 느껴졌다.

나와 이슬은 점심대교의 난간에 기대 아주 천천히 숨을 골랐다. 푸르무레한 하늘에서 내리쬐는 햇볕은 푸른빛을 띠었지만, 하얗고 노란 햇볕만큼이나 따스하게 느껴졌다.

"형록아, 네가 아까 부자였다면 자살하지 않았을 것 같다고 했잖아."

"응, 맞아. 돈이 많으면 뭐 하러 자살해. 걱정할 일이 확 줄어들 텐데. 전셋값 오를 걱정도 없어, 회사도 안 다녀도 돼, 사고 싶은 것도 다 살 수 있고. 내가 돈 문제로 자살한 건 아니지만, 돈이 있었으면 다른 선택을 했을지도 모르지."

"그래? 돈 많으면 걱정이 없다고 누가 그래?"

이슬이 천진한 표정으로 물었다.

"누가 그랬다기보다는, 그냥 당연하잖아."

"제대로 알지도 못하면서. 돈 많아도 걱정 많아."

"너, 혹시 부자였어?"

나는 철없는 소리를 해대는 이슬의 눈을 쳐다보며 물었다. 얘가 돈 많은 집 자식이었나? 나와 다른 삶을 살았던 건가? 하는 의문을 가득 머금은 채로.

"그랬으면 좋았겠다. 그냥, 여기 십 년 살면서 자살한 부자들을 많이 봤거든. 그래, 솔직히 돈이 없는 것보다 많은 게 낫지. 훨씬 낫지. 근데 네가 돈이 많았다고 해서 자살하지 않았을 것처럼 말하지 마. 어떤 사연이 있는지는 몰라도, 그게 돈으로 해결될 문제였으면 넌 자살하지 않았을 거야. 왜냐고? 내가 그렇거든, 히. 나는 돈이 엄청엄청 많았어도 똑같이 죽었을 거야. 돈으로 행복을 살 수 있더라도, 어딘가 구멍이 뚫린 사람한테는 부어도 부어도 빠져나갈 뿐이야. 너한테 첫 번째로 필요한 건 돈이 아니었을걸."

이슬의 그런 대답에 나는 조금 머쓱해졌다. 고등학생에게 제대로 한 대 맞은 기분이었다. 이슬의 말은 어딘가 불쾌했지만, 그렇다고 틀린 말도 아니었다. 이슬의 말대로 내게 첫 번째로 필요한 건 돈이 아니었으니까. 돈은 비 오듯 쏟아지는 자살 충동으로부터 나를 잠시 피신시켜 줄 우산은 되어 줬겠지만, 완벽하게 막아 줄 튼튼한 집이 되어 줄수는 없었을 것이다.

"그럼 나한테 필요한 게 뭔데?"

나는 중학생 조카가 된 것처럼 이슬에게 퉁명스러운 질문을 던졌다.

"너한테 필요한 걸 내가 어떻게 아나? 지도 모르면서."

이슬은 나를 논리적으로 제압할 생각도 하지 않고, 내가 했던 방법 그대로 나에게 돌려줬다.

"그럼 너한테 필요한 건 뭔데?"

아직 물러설 생각이 없는 나는 이슬에게 다시 한번 질문을 던졌다.

"나? 난 친구. 친구가 필요해."

그러더니 이슬은 자리에서 일어났다. 내게도 고갯짓을 하며 일어나라고 재촉했다.

"그래서 지금 친구를 찾으러 가는 길이야. 빨리 가자, 이러다 늦겠어."

나는 친구가 필요하다는 이슬의 눈을 멀뚱멀뚱 바라보았다. 죽은 마당에 친구가 왜 필요하지? 한 번 더 묻고 싶었다.

"아, 진짜! 빨리 일어나라고!"

하지만 이슬은 그런 여유를 주지 않았다. 처음 만났던 날처럼 내 팔을 잡고 있는 힘껏 나를 일으켰다. 일으킨 뒤에도 팔을 잡아끄는 통에 나는 엉덩이에 묻은 흙을 털 틈도 없이 다리 반대편으로 이끌려 갔다.

나, 14:21

띠잉-동, 띠잉-동.

"왜 아무런 반응도 없지? 외출했나?"

이슬이 벌써 다섯 번이나 초인종을 눌렀지만 남부 특별거주단지 702호의 문은 꼼짝도 하지 않았다. 이슬은 첫 번째 띠잉-동 소리가 울렸을 때는 기대감에 부풀어 몸이 커진 것 같더니, 지금은 수분이 쏙 빠져나간 듯 수척한 모습이 되었다. 머리카락을 연거푸 쓸어 넘기고, 뚝뚝 소리가 나게 손톱을 물어뜯었다.

"아, 뭐지. 왜 아무도 안 나오지?"

이슬이 벨을 여섯 번째 울렸다.

"야, 이거 망가진 거 아니야?"

"글쎄, 소리는 잘 나는 것 같은데."

"아니, 밖에서만 들리는 걸 수도 있잖아."

이슬이 벨을 일곱 번째 울렸다. 이번에도 아무런 반응이 없자, 이슬은 주먹으로 문을 쿵쿵 두드리기 시작했다.

"저기요, 계세요? 안녕하세요. 잠시 이야기만 좀 하려고요. 계시면 문 좀 열어 주세요."

쿵쿵쿵, 쿵쿵쿵쿵, 쿵쿵쿵.

그때 갑자기 끼익 하고 문이 열리는 소리가 들렸다. 나도 덩달아 긴장을 했는데, 문이 열린 곳은 702호가 아닌 703호였다.

"거기 무슨 일 있어요?"

703호의 문을 열고 나온 남자가 우리 둘의 모습을 의심스러운 눈초리로 훑었다. 나이는 얼추 이슬과 비슷해 보였다.

"안녕하세요. 시끄러우셨죠? 죄송해요. 제가 사람을 찾으러 왔는데, 아무리 초인종을 눌러도 대답이 없어서 문을 좀 두드렸어요. 죄송해요."

"죄송하실 것까진 없지만…. 아무튼 702호에 사람을 찾으러 오셨다고요?"

"네, 얼마 전에 이사 왔다는 열아홉 살짜리 여자애를 찾고 있거든요. 혹시 보신 적 있으세요?"

이슬은 703호 남자가 인류의 마지막 희망이라도 되는 듯이 간절한 눈빛으로 바라보았다. 남자는 조금 부담스러웠는지 한 발짝 물러서서 머리를 긁으며 답했다.

"아, 걔요. 옆집이니까 이사 올 때 봤죠. 근데 하루 만인가 하루 반 만인가 어딜 나가더라고요. 그리고는 다시 돌아오지 않길래 궁금했는데, 다른 층에서 얘기하는 걸 들으니 '다시 자살'해 버렸다고 하더라고요."

나는 곧바로 이슬을 쳐다봤다. 그녀의 표정은 예상한 것보다 조금 더 심각했다. 703호 남자를 바라보던 눈빛은 기대감에서 배신감으로 바뀌었고, 눈가가 빠르게 촉촉해져 갔다. 두 주먹은 어찌나 세게 쥐었는지 핏줄이 선명하게 솟았고, 그곳으로부터 시작된 진동이 팔을 타고 올라가 온몸으로 퍼지고 있었다. 703호 남자는 곧 터져 버릴 시한폭탄을 앞에 둔 듯 어쩔 줄 몰라하는 얼굴이었다. 내 표정 또한 그와 별반 다를 바 없었다.

이슬이 고개를 푹 숙이자, 바닥에 굵은소금 같은 눈물

이 투둑투둑 떨어졌다. 이슬은 이내 코를 크게 들이켜더니 나와 703호 남자가 보이지 않도록 뒤로 돌아 눈물과 콧물을 슥 닦아 냈다. 그리고는 고개를 뒤로 젖힌 채 눈물과 콧물이 완전히 멎을 수 있도록 잠시 시간을 가졌다.

"아, 진짜. 요즘 애들은 성질이 왜 이렇게 급한 거야."

이슬이 뒤로 돌아 있는 채로 입을 열었다.

"일주일이라도, 아니 삼 일만이라도 생각은 해 봐야 하는 거 아니냐고. 죽는 게 그렇게 쉬워?"

나와 703호 남자는 서로의 얼굴을 쳐다보며 대답을 해야 하는 건지, 듣고만 있어야 하는 건지 쉽사리 결정을 내리지 못하고 우물쭈물했다. 이대로는 안 되겠다 싶어 뭐라도 말을 건네려는 순간, 이슬이 한숨을 짧고 굵게 내뱉으면서 다시 뒤로 돌았다. 눈이 조금 붉었지만 얼굴은 전체적으로 안정을 찾은 모습이었다.

"703호 입주민님, 이 건물에 다른 열아홉 살짜리 여자애도 없는 것 맞죠?"

"아, 예예. 702호에 있던 애가 열아홉 살이었고, 그 외에는 전부 열여섯, 열일곱, 열여덟 살인 걸로 알고 있어요. 그마저도 몇 되지 않긴 해요."

이슬은 그럼 그렇지, 하는 표정으로 703호 남자에게 고맙다는 인사를 건넸다.

"형록아, 가자."

내가 대답을 하기도 전에 이슬은 엘리베이터 쪽으로 걸어갔다. 나는 703호 남자에게 우물쭈물 인사를 한 뒤, 이슬의 뒤를 따랐다.

건물 밖으로 나온 이슬은 가만히 서서 하늘을 올려다보았다. 나는 명령을 기다리는 병사처럼 서서, 힐끔힐끔 이슬의 뒤통수를 쳐다봤다.

3분쯤 멍하니 서 있던 이슬은 갑자기 아무런 말도 없이 저벅저벅 앞으로 걸어나가기 시작했다. 나는 이슬을 부르려다가 괜히 혼꾸멍만 날 것 같아 말없이 쫄래쫄래 따라갔다.

점심을 걸렀던 터라, 나는 내심 이슬이 식당 방향으로 향하길 바랐다. 허나 이슬은 곧장 길을 가로질러 강가와 맞닿아 있는 잔디밭에 가서 철푸덕 앉았다. 내가 머뭇거리자 이슬은 쳐다보지도 않고 바닥을 두드리며 말했다.

"여기 앉아. 잠시 좀 앉았다 가자. 지금은 도저히 저 다리를 건널 힘이 없다."

"그, 그래. 혹시 배는 안 고파?"

"딱히 밥 생각은 없는데. 너 배고프면 매점에서 뭐라도 받아 와."

매점? 나의 신체 기관은 그 맛있는 단어에 본능적으로 반응했다. 주변을 둘러보니 저 멀리 작은 건물이 하나 보였는데, 영락없는 매점이었다.

"혼자 다녀와도 괜찮을까?"

"나 여기 십 년 살았다니까. 네 걱정이나 해. 길 잃지 말고 얼른 다녀와."

나는 매점으로 가는 길에 이슬이 신경 쓰여 몇 번 뒤를 돌아봤지만, 이슬은 내게 시선도 주지 않고 강물만 뚫어져라 쳐다볼 뿐이었다.

매점에는 몇 가지 간식거리가 진열되어 있었고, 내부에 직원이 한 명 있었다.

"어서 오세요. 무얼 드릴까?"

70대쯤 되어 보이는 남자가 오랜만에 사람을 만난 듯 반가운 표정으로 맞이해 주었다.

"안녕하세요. 간단히 먹을 것 좀 사려고 왔는데, 무얼 파는지 잘 몰라서요."

"신규 입주민인가 보구만 그래. 제2한강 매점은 처음이신가?"

"예, 이런 곳이 있는 줄 지금 처음 알았어요. 여기 있는 물건이 전부인가요?"

"오늘은 얼추 그게 다야. 물건은 맨날 조금조금씩 바뀌어. 안쪽 보관함에도 물건이 좀 있으니, 일단 찾는 게 있으면 말해 보셔. 비슷한 거라도 찾아볼 테니까."

나는 진열대를 훑어보았다. 익숙한 상표의 초콜릿, 과

자, 껌, 음료수 등이 보이자, 제2한강에 온 이래 거의 처음으로 편안함을 느꼈다. 내 허기를 해결할 것도 필요했지만, 이슬의 기분을 풀어 줄 것도 필요했다. 나는 내가 먹을 과자한 봉지와 쥐포 한 팩, 이온음료 한 캔 외에도 초콜릿, 소시지, 껌, 과일주스를 집었다. 그리고는 아주 익숙한 동작으로 계산을 하기 위해 주머니를 더듬었지만, 카드 같은 게 있을리 만무했다.

"계산이라도 하게? 젊은 친구, 아직 한참 배우셔야겠네. 돈 쓸 일이 없다는 기본도 못 익히셨으니 말이야."

"아, 그랬었죠. 제가 온 지 얼마 안 돼서 아직까지 익숙지 않네요. 감사합니다. 근데 저 혹시… 술도 파나요? 아니, 있나요?"

"자네 술 꽤 좋아하나 봐?"

"아니요, 그건 아닌데… 그냥 그런 것도 있는지 궁금해서요."

"없어. 여기뿐만 아니라 제2한강 어딜 가도 술을 구할수 있는 곳은 없어."

"왜요?"

나도 모르게 질문이 튀어나왔다.

"그걸 내가 어떻게 알겠나. 그냥 그렇게 정해져 있는것을. 어쨌든 나는 좋아. 술까지 갖다 놨으면 이 매점 주변이 술 취한 놈들로 바글바글했을 거야. 공짜로 술을 준다는

데 누가 마다하겠나?"

"그렇겠네요."

나는 겸연쩍게 웃으며 머리를 긁었다. 술을 즐겨 마시는 편은 아니었지만 한강 바람을 맞으며 마시는 맥주는 종종 즐겼던 터라, 괜스레 입가에 아쉬움이 돌았다.

"자네 혹시 술 마시고 죽었나?"

"네? 아니요. 저는 그냥 맨정신에…."

"그래? 보기보다 간이 크구만, 자네. 나는 죽기 전에 소주를 네 병이나 마셨어. 평소 같으면 한 병만 마셔도 얼큰해지는데, 그날은 두 병을 들이켜도 정신이 말똥말똥한 거야. 적당히 마시고 빨리 세상 하직하려 했는데, 취하질 않으니 미치겠더라고. 근데 또 집에 술은 다 떨어졌고, 거참. 그래서 동네 슈퍼에 갔지, 술을 더 사러. 두 병을 집어서 계산을 하려는데, 슈퍼 주인이 그러는 거야. '어르신, 벌써 술 냄새가 진동하는데 얼마나 더 드시려고 그래요. 건강 챙기셔야지.' 그래서 나는 '건강은 무슨, 술 마시고 콱 죽어 버리려고 하오.' 했지. 그러니까 주인이 '아이고, 어르신. 그런 소린 취하셔도 하는 게 아니에요. 아직 한창이신데, 어딜 그렇게 바삐 가시려고. 다음부터 그러시면 술 안 팔아요, 예? 이천이백 원이에요.' 하더라고. 난 대꾸도 하지 않고 돈만 건넸어."

나는 뭐라고 반응을 해야 할지 단어를 고르고 있었는

데, 매점 노인은 이미 내가 아닌 강물을 바라보며 말을 이어

가고 있었다.

　"그렇게 소주 두 병을 담은 봉지를 들고 나오는데, 병

끼리 부딪히면서 맑은 소리가 나는 거야. 정신이 번쩍 들더

라고. 그래 요즘 세상에 일흔둘이면 아직 한창인데, 이렇게

죽으면 아깝지 않을까? 그런 생각이 들기 시작했지. 집에

와서 소주를 꺼내 농약 옆에 내려놨어. 마시고 죽으려고 산

농약이었지. 그렇게 한참을 소주와 농약을 번갈아 보면서

고민했다고. 소주를 마시고 잠에 드느냐, 농약을 마시고 평

생 자느냐. 서양에 그 죽느냐 사느냐 하는 양반 있잖나. 내

모습이 딱 그랬어."

　"그래서 어떻게 됐어요?"

　매점 노인은 시선을 여전히 강물에 둔 채 말했다.

　"한참을 고민하다가 둘 다 마셨어, 허허. 막상 살자니

살아야 할 이유가 없고, 그렇다고 죽자니 농약 마시기 무섭

고. 그래서 소주 두 병을 더 깐 뒤에 술기운을 빌려서 농약

을 들이켠 거지."

　"살아야 할 이유가 없으셨다니요?"

　"말 그대로야. 슈퍼 주인 말마따나 한창인 나이라지만,

앞으로 이루고 싶은 것도, 지켜야 할 것도 없었어. 마누라

는 십 년 전에 암으로 먼저 갔고, 애들은 벌써 다 커서 시집

장가 다 갔고. 내게 더 남아 있는 게 뭐였겠나? 입에 풀칠할

걱정이랑 언제 병이 들까 하는 걱정뿐이지."

　나는 매점 노인쯤의 나이가 된 나의 모습을 떠올려 보았다. 왠지 그의 삶은 내 인생의 스포일러 같은 느낌을 주었다. 서른 살의 내가 어떻게든 자살 충동을 이겨 내고 40년을 더 살았대도, 결국엔 매점 노인처럼 자살을 택했을 것 같았기 때문이다. 농약을 마셨다는 부분은 빼고.

　매점 노인은 드디어 시선을 강물에서 거둬 내 쪽으로 옮겼다. 그는 내 눈을 바라보며 물었다.

　"자네, 자살한 걸 후회하나?"

　"후회요? 글쎄요…."

　"난 후회하거든."

　"어떤 이유 때문이신지…?"

　"술 취한 채로 한 결정이잖나. 딴 건 몰라도 그게 후회돼. 술을 마시면 취중진담이네 뭐네 하지만, 술은 순 거짓말쟁이야. 내 마음속에 묻혀 있는 진실을 보여 주는 게 아니라, 내가 보고 싶은 것만 보여 주거든. 자네 백설공주에 나오는 마녀랑 거울 알지? 마녀가 거울에 대고 '거울아 거울아, 세상에서 누가 제일 예쁘오?' 하고 물으면 거울은 마녀의 모습을 보여 주지. 그건 거짓이잖나. 술도 그래. 술을 마시고 '내가 죽어야겠다' 생각하면, 그냥 그것만 보이는 거야. 결론적으로 내 목숨 내가 끊었지만, 어딘가 찜찜해…. 술을 안 마셨더라면 내가 여기 없을지도 모르지. 차라리 자네처럼 맨정신으로 죽었다면 이런 후회도 없을 텐데 말이야…. 허허, 참."

매점 노인은 젊은이를 잡아 두고 괜한 소리를 한 것 같다며 늙은이 잠소리는 한 귀로 흘리라고 했다. 그리고는 봉투를 꺼내 내가 집어 온 간식거리를 담아 주었다.

"맛있게 들게. '다시 자살'하는 거 아니라면 언젠가 또 보고. 잘 가게."

나는 꾸벅 인사를 하고 이슬이 있던 곳으로 걸음을 옮겼다. 방금 전 매점 노인이 했던 말은 걷는 내내 귀를 맴돌았다. 후회? 여전히 모르겠다. 누군가 시간을 되돌려 준다면 나는 다른 선택을 하게 될까? 글쎄… 죽지 않았다면 겪어야 했을 삶의 고통을 상상해 보니, 삶을 포기한 것이 후회된다고는 말하기 어려웠다.

'굳이 따지자면 후회가 적은 쪽이 아닐까.'

그런 데에는 삶 자체에 미련이 없었던 점도 한몫했다. 원래 후회는 잃을 게 많은 사람만이 누릴 수 있는 특권이다. 나는 내 삶에서 좋아하는 부분도, 아까워하는 부분도 없었다. 오히려 버리거나 잘라 내고 싶은 것으로 가득했다. 그런 것들을 하나하나 처리할 수 없으니 결국 삶 자체를 처리해 버리기로 결심한 것이고. 매점 노인은 단호하게 '후회한다'고 했으니, 어쩌면 제법 괜찮은 삶을 살았을지도 모른다.

나도 그런 삶을 살았더라면, 지금 후회를 누려 볼 수 있었을 텐데.

　어느덧 이슬이 시야에 들어왔고, 나는 잡생각의 스위치를 껐다. 30센티미터 거리까지 다가갔을 때도 이슬은 내게 알은체를 하지 않고, 여전히 강물만 멍하니 바라보았다.

　"이거라도 좀 먹어. 기분 좀 풀리게."

　"이딴 걸 먹어서 풀릴 기분이면 이러고 있지도 않았어."

　"그럼 이따 기분 풀리면 먹어."

　나는 이슬의 몫을 옆에 내려 두고, 내 몫의 이온음료를 마셨다. 이온음료는 시원하고 달콤했다.

　"근데 그 사람은 왜 찾으려는 거였어?"

　"아까 말했잖아. 친구를 찾으러 왔다고. 너 바보냐? 벌써 까먹게. 무튼 걔는 오랜만에 들어온 열아홉 살짜리 여자애였어. 나랑 동갑인 여자애를 찾는 게 은근히 쉽지 않아. 나는 그 애랑 꼭 친구가 되려고 했단 말이야."

　친구라. 아까 이슬이 다리 위에서 했던 말이 이제서야 기억났다. 그리고 내가 그 말에 보였던 반응도 선명하게 떠올랐다.

　'죽은 마당에 친구가 무슨 소용이란 말인가?'

　나는 여전히 이해하기 어려운 이슬의 마음을 뒤로 한 채, 과자 봉지를 뜯었다. 내가 좋아하던 홈런볼의 모습 그대로였다.

"야, 넌 아까 죽으려고 했던 애가 먹기도 참 잘 먹는다. 내 덕분에 이것도 먹는 줄 알어."

나는 순간 뜨끔한 마음에 손에 집은 과자를 내려놓았다.

"그만 먹으란 뜻 아니야."

이슬이 홈런볼 하나를 집어 입에 넣고 오물오물 씹었다.

"형록아, 너 살아 있을 때 친구 많았어?"

"별로."

"몇 명이나 있었는데?"

"한두 명쯤?"

"많았네. 난 한 명도 없었어."

나는 살짝 놀란 눈으로 이슬을 쳐다봤다. 며칠뿐이었지만 잠깐 겪은 이슬의 성격으로 보았을 때, 친구가 없을 만한 유형은 아닌 것 같았기 때문이다.

"불쌍하게 보지는 마. 평생 없었던 건 아니야. 그래도 초등학교, 중학교 때는 친구들이 좀 있었으니까. 죽을 때를 기준으로 보면 없었다는 거야. 고등학교 때 한 명도 사귀지 않았거든."

"친구가 귀찮기도 하지."

나는 홈런볼을 혀로 녹이며 말했다.

"귀찮다기보다는, 내가 누군가의 친구가 될 자격이 없

다고 생각했어. 난 중학교를 졸업할 때부터 자살하겠다고 결심했거든. 그런 음울한 년이 시도 때도 없이 꺄르륵 웃는 그 예쁜 소녀들이랑 무슨 자격으로 어울리나 싶었지. 근데 여기선 그딴 걱정할 필요 없으니까 맘껏 사귀어도 되잖아? 어차피 둘 다 자살한 처지니까. 그래서 눈에 불을 켜고 찾고 있는데… 어쩜 이렇게 친구 하나 사귀기 어렵냐?"

"그렇게 친구를 사귀고 싶어?"

"그럼, 나 원래 친구 엄청 좋아했어. 고등학교 삼 년 동안 그 마음을 억지로 눌러대며 산 것뿐이지. 그 어린 나이에 얼마나 외로웠겠냐? 학교에선 꾹 참았다가 집에 오자마자 눈물을 왈칵 쏟았어. 다른 애들은 둘씩, 셋넷씩 짝을 지어 꺄르르 웃으면서 어딘가를 가는데, 나만 혼자인 거야. 나는 가방끈을 꽉 잡고 땅만 바라보면서 집으로 도망쳤어. 혼자 가는 길이 너무 외로워서 발자국 숫자를 세면서. 지금 생각해도 내가 너무 불쌍하다."

나는 홈런볼을 세 개 더 집어 이슬에게 내밀었다. 이슬은 홈런볼을 가만히 바라보더니, 고개를 확 돌리며 말했다.

"얘네들도 셋이잖아."

나는 실수했다는 생각에 얼굴에 후끈 열이 올랐다. 이슬의 상처에 소금을 뿌린 것 같았다. 어떻게 할까 고민하다가 홈런볼 두 개를 재빨리 집어 먹은 뒤, 이슬의 어깨를 툭툭 치고는 나머지 한 개만 내밀었다.

"이게 뭐야, 너도 좀 이상하다."

이슬의 말투는 퉁명스러웠지만 입꼬리는 살짝 올라가 있었다. 내가 계속 손을 내밀고 있자, 이슬은 못 이기는 척 그 홈런볼을 집어 입에 넣었다.

"달콤하네. 근데 한 개만 먹으니까 감질난다. 한 개는 아쉬워. 부족하고."

우리는 한동안 말없이 강물을 바라보았다. 바람이 거의 불지 않아 강물은 아주 느리게 느리게 흘러갔다. 간혹 수상택시가 지나다니는 소리가 들렸지만, 그걸 고려해도 전체적으로 아주 조용한 수준이었다. 이렇게 고요한 곳에서 10년이나 버틴 이슬이 새삼 놀라웠다.

"야, 홍형록. 저기 봐 봐."

"어디?"

"다리 위에 말이야. 우리가 건너온 점심대교."

입을 꾹 닫고 있던 이슬이 갑자기 일어나서는 내 어깨를 툭툭 쳤다. 이슬의 손가락이 가리킨 곳을 보니, 다리 위에 열 명 남짓한 사람이 줄지어 서 있는 것이 보였다.

"저 사람들 뭐 하는 거야?"

"네가 아까 하려던 거. 지금 세 시가 됐거든."

"'다시 자살' 말하는 거야?"

"응, 그렇다니까. 너 이거 보는 거 처음이잖아. 잔말 말고 저 위에나 봐 봐. 곧 뛰어내린다고."

그때 점심대교 위에서 첫 번째 '다시 자살' 신청자가 뛰어내렸다. 그 사람은 '으아아아아' 하는 소리를 내면서 떨어졌다. 그리고는 수면에 닿자마자 온데간데없이 사라져 버렸다. 번쩍 하고 빛이 반짝인다거나, 뻥 하는 소리 같은 건 없었다. 말 그대로 그냥 사라져 버렸다. 나는 보고도 믿을 수 없는 그 광경에 당황해, 눈을 땡그랗게 뜨고 이슬을 쳐다보았다.

"그렇게 신기해? 하긴 나도 처음 봤을 때는 너 같은 표정이었겠다. 근데 너 진짜 방에 있는 안내서 안 읽은 거야? 거기 [다시 자살 안내서]에 보면 수면에…"

"수면에 닿는 순간 소멸된다고. 읽었어. 근데 그걸 실제로 보니까 너무 이상해. 방금 그 사람은 어디로 간 거야?"

"나야 모르지. [다시 자살 안내서]에 의하면 소멸이란 완전한…"

"완전한 무(無)의 상태가 되는 거라고."

"진짜 읽었구나. 근데 왜 얄밉지?"

이슬은 미간을 찌푸린 채 나를 흘겨보며 말했다.

"완전한 무라는 건 도대체 뭘까?"

나는 그 시선을 아랑곳하지 않고, 심오한 문제에 직면한 철학자마냥 진지하게 물었다.

"조용해. 다음 사람 또 뛰어내린다."

두 번째 사람이 난간을 넘어 수면을 향해 곤두박질쳤다. 그 사람 역시 수면에 닿자마자 흔적도 없이 사라졌다. '완전한 무'가 된다는 것은 어떤 의미일까? 나는 특정한 종교를 믿진 않았지만, 항상 어떤 형태로든 사후 세계가 존재할 것이라 믿어 왔다. 상상한 모습과 좀 다르긴 하지만, 제2 한강이 존재한다는 것으로 그 믿음은 증명되었다. 허나 그 이후까지 생각해 본 적은 한 번도 없었다. 사후 세계에서 또 한 번 죽는다. 그리고 완전한 무의 상태가 된다. 완전한 무라, 나는 그게 어떤 느낌인지 짐작조차 할 수 없었다.

뒤이어 세 번째, 네 번째 사람이 뛰어내렸다. 그 풍경은 마치 아주 형편없는 다이빙 대회를 보는 것 같았다. 누군가는 머리로, 누군가는 다리로 떨어졌다. '으아아아' 소리를 내는 사람도 있었고, 괴상하게도 '이예에에에' 하는 환호성을 내는 사람도 있었다.

"형록아, 저 사람들은 어떤 감정을 적어 냈을까?"

여섯 번째 사람이 떨어졌을 때 이슬이 내게 물었다.

"글쎄, 보통 무얼 써서 내지?"

"나도 정확히는 몰라. 평상시에 '다시 자살' 얘기를 할 때는 이렇다 저렇다 서로 말해 주긴 하는데, 마지막에 진짜로 무엇을 적어 냈는지 알 수는 없으니까. 너라면 뭘 쓸 것 같은데?"

"음… 그래도 좋은 걸 써서 내지 않을까? 슬픔, 분노 같은 걸 써서 낼 사람은 없겠지."

"그거 선입견이야. 슬픔이나 분노가 필요한 사람도 있다고. 예를 들어 한평생 제대로 화도 내 보지 못하고 자살한 사람이 있다고 치자. 그 사람은 마지막에라도 불같이 화를 내 보고 싶지 않을까?"

"듣고 보니 그렇긴 하네. 혹시 네 얘기야?"

"뭐라고? 그래, 내 얘기다. 널 보니까 아주 분노가 치밀어 올라. 확 오늘 홧김에 '다시 자살'해 버릴까 보다."

나는 가벼운 손짓으로 이슬을 진정시키고, 다시 점심 대교로 시선을 옮겼다. 일곱 번째는 앞의 여섯 명과는 달리 오랜 시간을 망설였다.

"저거 시간 제한 없어?"

"응, 없어. 죽는 마당에 '삼십 초 남았습니다', '십 초 남았습니다' 하면 얼마나 짜증 나겠어."

일곱 번째 사람은 약 10분 동안 전전긍긍하며 빙글빙글 돌았다. 그러더니 진행 요원으로 보이는 사람에게 무언가를 말하고 다시 다리 아래로 내려갔다.

"뭐야, 다시 내려가도 돼?"

"그럼. 신청해 놓고 포기하는 사람들도 꽤 많아. 아예 안 나오는 사람도 있고. 투신 유경험자가 아니라면 제법 고민이 될 법도 한 일이지. 너는 좀 편하겠다. 제대로 된 한강

투신 자살 유경험자잖아. 나는 높은 곳은 질색이라… 어휴,
어떡하냐.”

　그 뒤로 세 명이 더 뛰어내렸고, 오늘의 점심대교 ‘다시
자살’ 종료를 알리는 방송이 희미하게 들려왔다. 나와 이슬
은 자리에 앉았다. 나는 ‘완전한 무’의 상태를 이해하기 위
해 다시 머리를 굴렸다.

　‘아무것도 느낄 수 없는 상태가 되면, 진정한 평화를 얻
게 되는 것일까? 아니, 아무것도 느낄 수 없다는 건 평화로
움도 느낄 수 없는 거잖아. 그럼 그냥 아무 느낌이 없는 건
가? 아니야. 아무 느낌이 없다는 인식 자체도 있으면 안 되
지. 그럼 도대체 뭐지?’

　나는 머릿속이 복잡하게 꼬여 지끈거릴 정도였다. 완
전한 무를 이해할 수 없는 내 자신이 답답해 머리를 마구 헝
클어뜨리며 고개를 푹 숙였다. 그 모습을 본 이슬이 황당하
다는 듯이 말했다.

　“야, 뭐 하는 거야? 무슨 일인데?”

　“모르겠어. 완전한 무가 뭔지 모르겠어.”

　“그걸 네가 왜 고민해. 너 뭐 여기서 노벨상이라도 타
게?”

　“궁금하잖아. 넌 그걸 이해할 수 있어? 완전한 무가 어
떤 느낌인지?”

"몰라. 알고 싶지도 않아. 저기서 뛰어내리면 알게 되 겠지. 그걸 왜 미리 고민하는 거야?"

"앞으로 어떤 일이 펼쳐질지 미리 알아 두면 나중에 걱 정을 덜 할 수 있잖아."

나는 고개를 푹 숙인 상태에서 이슬을 돌려 올려다보 며 말했다.

"웃기네, 정말. 넌 그 걱정을 하느라 지금 머리를 쥐어 뜯고 있잖아. 그렇게 미리 걱정해 두면 진짜로 미래의 걱정 이 줄어들기라도 해? 생각해 봐. 너 대출 알지? 어른이니까 알겠지. 돈을 끌어다 쓰면 이자가 생기잖아. 걱정도 미리 당 겨 하면 이자만 쌓이는 거야. 미래에 갚아야 할 걱정 원금은 그대로 남아 있는데 말이야."

나는 이슬에게 또 한 대 얻어맞은 기분이었다. 오늘만 벌써 두 번째다. 나는 민망한 마음에 매점에서 받아 온 쥐포 를 뜯어 잘근잘근 씹었다.

"참 먹기는 잘 먹어. 일단 그거 봉지에 넣어, 슬슬 돌아 가야지."

이슬이 말을 마치자마자 일어나 버리는 바람에, 나는 아까 먹고 남은 쓰레기와 방금 뜯은 쥐포를 한곳에 허겁지 겁 때려 넣고 자리에서 일어날 수밖에 없었다.

그녀는 갈림길에서 오른쪽으로 방향을 틀었다.

"잠깐만, 다리는 반대쪽 아니야?"

"아, 순환열차 타고 가려고. 좀만 내려가면 정류장이 있어. 순환열차는 점심대교 안 건너가. 아침대교랑 저녁대교 쪽으로 돌아가지. 넌 한 번도 안 타 봤을 테니까 구경도 시켜 줄 겸, 느긋하게 돌아갈 겸 타고 가자."

내 눈에 이슬은 흡사 제2한강 가이드처럼 보였다. 나는 순환열차 정류장까지 걸어가며 생전에 지겹도록 탔던 지하철을 떠올렸다. 하지만 이슬이 데려간 정류장은 지하가 아닌 지상 정류장이었다. 정류장의 크기는 아담했고, 비를 피할 수 있는 지붕과 두 개의 낡은 벤치로 이뤄져 있었다. 정류장 앞쪽 바닥으로는 레일이 놓여 있었는데, 기차나 지하철의 철길처럼 땅 위로 돌출된 형태가 아니라, 오히려 음각으로 파여 있는 모양새였다. 나는 10년 만에 도시로 나온 자연인처럼 어리둥절한 표정으로 정류장과 레일을 차례로 훑었다.

"온다. 탈 준비해."

이슬의 말에 레일 끝 쪽을 보니 무언가가 천천히 접근하고 있었다. 지하철이랑 비슷하게 생긴 것 같으면서도 어딘가 낯설고, 크기도 지하철보다 조금 작아 보였다. 거리가 꽤 가까워졌을 때도 나는 그걸 뭐라고 불러야 할지 결론을 내리지 못했다.

"제2한강 순환열차는 버스랑 지하철의 중간쯤인 전차 같은 거라고 보면 돼. 유럽에서 오래 유학했던 언니가 이건 트램이라는 거랑 비슷하다고 말하기도 했었어. 무튼, 여기서 부르는 이름은 순환열차야. 아침대교 북부 다시 자살 센터에서 출발해서 북부 강변을 쭉 따라가다가, 저녁대교를 건너 남부 강변을 따라서 돌아. 그렇게 이십사 시간 내내 순환하는 거야. 느린 데다가 뺑뺑 돌아가지만, 지쳤을 때 아무 생각 없이 타기엔 좋아."

순환열차는 정확히 정류장 앞에 멈춰 섰다. 차량 두 대가 이어 붙여진 모습이었는데, 크기는 꼭 마을버스 두 대만 했다. 이슬이 순환열차에 오르자 누군가 인사를 건네는 소리가 들렸다.

"이슬이구나. 오랜만이네. 여기서 타는 걸 보니 남부 구경을 왔나 봐."

"안녕하세요, 아저씨. 오늘은 이쪽에 볼일이 좀 있었어요. 일이 잘 풀리진 않았지만요. 잘 부탁드리겠습니다."

이슬의 대화 상대는 순환열차 운전 기사였다. 이슬은 제2한강에서 모르는 사람이 없는 것 같았다. 저렇게 사람들과 잘 어울리는 성격인데, 죽기 전 3년 동안 친구 하나 없이 지냈다니….

나도 뒤이어 순환열차에 올라탔다. 열차 내부의 좌석 배열은 지하철보다는 버스와 비슷했다. 양옆으로 1인석이 줄줄이 배치되어 있고, 중간에 2인석이 하나씩, 맨 끝에는 4~5명이 앉을 수 있는 기다란 의자가 있었다. 버스와 다른 점이라면 서 있을 때 잡을 수 있는 손잡이가 없었고, 바깥을 볼 수 있는 창이 꽤 넓게 나 있다는 점이었다. 이슬과 나는 한강이 보이는 창가 쪽 1인석에 앞뒤로 앉았다.

"출발합니다. 아직 착석하지 않은 승객께서는 안전을 위해 자리에 꼭 착석해 주시길 바랍니다."

운전 기사의 육성 안내와 함께 순환열차가 정류장을 출발했다. 이슬의 말대로 속도는 느릿느릿했다. 자전거 속도와 별반 차이가 없는 느낌이었는데, 실제로 차창 밖으로 달리는 자전거와 한참을 나란히 갔다.

"여기 자전거도 있나 보네."

"응, 있어. 길에 세워져 있는 거 아무거나 집어서 타면 돼."

"하긴 여기선 훔쳐 갈 사람도 없겠구나."

"너 자전거 좋아해?"

"좋아한다고 해야 하나. 그냥 가끔 타곤 했었어."

"뭐야. 미적지근하게. 내가 그럼 다시 물어볼게. 자전거 탈 때 뭐라도 좋은 점이 있었어?"

"음… 자전거 탈 때 좋았던 점이라…. 있지. 자전거를 타면 생각을 안 할 수 있거든. 사람들은 머리가 복잡하면 산책을 한다고 하는데, 나는 그럴 때마다 자전거를 탔어. 걸을 때는 내가 움직이는 속도보다 생각이 차오르는 속도가 더 빨라서, 난 오히려 마음이 더 복잡해지더라고. 근데 자전거는 계속 일정한 속도를 유지하려면 페달을 바쁘게 밟아야 하니까 생각이 비집고 들어올 틈이 없어. 넘어지거나 어디 부딪히지 않을까 경계도 해야 하니, 딴생각할 여유가 없지."

"그래? 나도 자전거 타는 법이라도 좀 배워 둘 걸 그랬다. 산책하고 공기를 쐬어도 머릿속이 정리가 안 되더니, 그런 이유였네. 쳇."

나와 이슬은 서로를 쳐다보지 않고 차창 밖에 시선을 둔 채 이야기를 나눴다. 열차와 나란히 가던 자전거는 삼거리에서 우회전을 하더니 금세 시야에서 사라졌다.

"형록아, 넌 또 좋아하는 게 뭐였어?"

"자전거 탈 때?"

"아니, 자전거 말고. 좋아하는 게 또 없었냐고. 취미라든지 말이야."

"취미? 딱히 없었는데."

"그럼 평소에 시간 날 때 뭐 하면서 보냈는데?"

"그냥 자거나, 그러다 심심하면 넷플릭스 봤어."

"넷플릭스가 뭔데?"

"너 넷.플.릭.스. 몰라?"

나는 이슬이 잘못 알아들었나 하여, 조금 더 분명하게 발음해 주었다.

"새로 생긴 동영상 사이트 같은 거야? 나 2009년에 죽었잖아. 그 이후에 생긴 거면 어떻게 알겠냐."

나는 잠시 이슬의 시간을 잊고 있었다. 넷플릭스가 우리나라에 들어온 게 3년 전쯤이니까, 이슬은 구경조차 해봤을 리 없었다.

"뭐라고 설명해야 하나. 음, 매달 돈을 내고 영화나 드라마 같은 걸 볼 수 있는 사이트야. 몇 천 편은 있을 걸 아마. 잘못 빠져들면 밤새는 건 기본이지."

이슬은 자신이 죽은 이후에 생긴 신문물이 신기했는지, 열차에 탄 이후 처음으로 뒤를 돌아 내 얼굴을 쳐다보았다.

"몇 천 편이나? 그걸 누가 다 올리는데?"

"넷플릭스 회사에서 올렸겠지."

"우리나라 영화 말고 외국 영화도 있어?"

"넷플릭스, 외국 회사야."

이슬은 '아, 어쩐지 이름이 영어 같더라고' 하더니 히히 웃었다. 그리고는 다시 몸을 돌려 앞을 보고 앉았다.

"거기 그럼 <시계 테두리에 서서 너를 기다려>도 있겠네?"

"그게 뭔데?"

내가 금시초문이라는 반응을 보이자, 이슬은 다시 몸을 돌려 나를 쳐다봤다. 이번 표정은 나를 조금 한심하게 보는 쪽이었다.

"아니, 너 <시계 테두리에 서서 너를 기다려>도 몰라? 야만인이다 너. 완전 유명한 애니메이션인데, 이것도 안 본 사람이랑 내가 얘기를 하고 있었다니… 참."

"나는 만화 영화 별로야. 거의 안 봤어."

"난 네가 별로야."

이슬은 내게 눈을 흘기고는 다시 앞으로 돌아 앉았다.

한동안 말없이 가다가, 이슬이 다시 질문을 던졌다.

"야, 형록아. 그럼 너 좋아하는 음식은 뭐야?"

"글쎄…. 그냥 대부분 다 잘 먹어."

몇 가지가 떠올랐지만, 그중에 어느 하나를 콕 집어 좋아한다고 말할 정도는 아니었다.

"좋아하는 색깔은 뭔데?"

"딱히 없는데."

파란색이라고 말할까 하다가, 생각해 보니 그렇게 좋아하는 편도 아닌 것 같아서 말았다. 이슬은 30초쯤 턱을 괴고 고민하다가 또 다른 질문을 던졌다.

"좋아하는 가수는?"

나는 생전에 플레이리스트에 넣고 다녔던 노래를 헤아려 보았다. 이번에도 없다고 답했다간 한 소리 들을 것 같아 꽤나 진지하게 고민해 봤지만, 영 뽑을 만한 가수가 떠오르지 않았다.

"음… 없는 것 같은데."

아나나 다를까, 이슬이 이제 더 이상 못 참겠다는 듯이 뒤로 홱 돌아 나를 쳐다보며 말했다.

"야! 넌 무슨 좋아하는 게 한 개도 없냐. 바보야? 어? 네가 좋아하는 것도 몰라?"

"미안. 그치만 없는 걸 어떡해."

나는 어깨를 살짝 들어 올리며 답했다. 이슬은 답답해 죽겠다는 표정이었지만, 심호흡과 함께 소리치고 싶은 마음을 꾹 다스리려고 노력하는 것 같았다.

"그래서 내가 널 도와주고 있잖아. 너 나중에 '다시 자살'할 때도 지금처럼 너에 대해 아무것도 모르는 채로 죽을 거야? 그보다 불쌍한 게 어딨냐. 삼십 년이나 살았으면서, 적어도 자기가 좋아하는 가수나 색깔은 뭔지 알고 죽어야 지."

"꼭 알아야 해?"

나는 팔짱을 끼며 이슬에게 물었다.

"그런 걸 빼면 널 뭐라고 설명할 건데? 너 그냥 삼십 대 직장인에 키는 대충 170 몇이고, 고향은 대한민국 어디 중 하나인 남자 A야? 그런 사람 대한민국에 백만 명도 넘을 걸."

이슬은 얼굴이 살짝 붉어질 만큼 빠른 속도로 말을 쏘아댔다. 중간중간 살짝 침이 튀었지만, 차마 닦아 낼 분위기가 아니라 가만히 앉아 이야기를 들었다. 하지만 이슬이 아무리 나를 들볶아도 내가 내놓을 수 있는 대답은 없었다. 여러 번을 반복해 생각해 봐도, 내가 좋아하는 가수나 색깔, 영화, 음식 따위는 떠오르지 않았으니까.

나에 대한 설명은 방금 전 이슬이 한 말에서 깔끔하게 끝난 셈이다. 삼십 대, 직장인, 남자, 키 174cm, 고향은 경기도 남영. 좀 더 설명하자면 어떤 회사에 다니는지, 남영시무슨 동에서 태어났는지 정도는 덧붙일 수야 있겠지만, 그게 무슨 소용인가 싶었다.

"형록아, 너도 잘 생각해 보면 기억날 거야. 난 그렇게 믿어."

"그러려나…. 그럼 너는 좋아하는 게 뭔데? 좋아하는 색깔이 뭐야?"

따분한 내 얘기를 파고드는 것보다 이슬의 이야기를 듣는 게 낫겠다 싶었다.

"나는 주황색. 주황색 중에서도 빨간빛이 도는 거 말고 약간 노란빛이 도는 따뜻한 주황색. 빛이 아주 살짝 바랜 느낌이랄까."

"좋아하는 영화는?"

"아까 말했잖아. 〈시계 테두리에 서서 너를 기다려〉라고. 음, 또 있긴 하지. 난 타임머신이나 시간 여행 얘기를 좋아해. 〈점프 오버 더 월〉도 다섯 번은 봤다. 이건 들어 봤겠지?"

내가 애매한 웃음을 지으며 고개를 갸우뚱하자, 이슬은 '너한테 뭘 바라겠니'라며 손사래를 쳤다.

"그럼 좋아하는 음식은 뭔데?"

"하, 어떻게 하나만 고르나. 일단 떡볶이 좋아하고, 즉석 떡볶이 말고 분식 떡볶이. 스파게티도 좋아해, 미트볼 많이 들어간 거. 그리고⋯ 아, 맞다! 참치 많이 넣고 끓인 김치찌개도 완전 내 취향이야."

물어보기만 하면 좋아하는 것이 자판기처럼 척척 나오는 이슬의 모습이 신기하기도 하고, 한편으로는 부럽기도 했다. 좋아하는 게 저렇게 많았다면 사는 게 조금이라도 재밌었을 테지. 그런데 결국 이슬이도 제2한강 주민이잖아? 나는 아직도 귓가 어딘가에서 맴돌고 있는 매점 노인의 질문을 끄집어 내 이슬에게 던졌다.

"이슬아, 넌 좋아하는 게 엄청 많잖아. 그럼 혹시 죽은 걸 후회하진 않아?"

"후회하냐고? 뒈진 걸? 음, 후회하지 않기 위해 노력 중이지."

"후회한다는 거야, 안 한다는 거야?"

이슬은 내 말에 대꾸하지 않고 다시 몸을 돌려 앞을 보고 앉았다. 내가 어깨를 툭툭 두드렸지만, 이슬은 내가 두드렸던 자리를 손으로 탁탁탁 털어 냈다.

"아니⋯ 아까 매점 직원분이 나한테 물어보시더라고.

죽은 걸 후회하냐고. 나는 잘 모르겠다고 답했어. 이게 후회되는 건지 아닌 건지 애매해서. 그래서 너는 어떤가 해서 물어본 거야."

나는 혹시 무례한 질문을 했나 하여 조심스러운 목소리로 말했다. 이슬은 그 말에도 아무런 대꾸를 하지 않고 고개만 살짝 틀어 강물을 바라보았다. 이슬은 좋지도, 그렇다고 나쁘지도 않은 표정을 짓고 있었다. 다리를 건너올 때보다 살짝 서쪽으로 기운 태양은 파르께한 빛으로 이슬의 얼굴을 훑었다.

"난 후회하지 않기 위해 노력 중이야. 후회하는 것도 아니고, 후회하지 않는 것도 아니야. 딱 그 중간에 서 있어. 후회한다고 말하면 그날부터 후회하는 날들이 이어지겠지? 자살한 걸 후회하는 사람, 너무 불쌍하지 않아? 다시 돌아갈 수 없는 삶을 그리워해야 하잖아. 맨날맨날 잘못한 기분일 거고. 나는 나 자신을 그런 사람으로 만들고 싶지 않아. 근데 그렇다고 후회하지 않는 것도 불쌍해. 얼마나 별볼 일 없는 인생이었으면 죽어 놓고 후회도 안 해."

'후회가 적은 편'인 나는 이슬의 마지막 말에 인중이 콕 찔린 것처럼 찌르르했다. 그 이상한 느낌을 지우기 위해 입술을 안으로 말아 힘을 줬다.

"그래서 나는 후회하지 않기 위해 열심히 노력 중인 거라고. 둘 중 어느 쪽으로든 기울게 되는 날이 아마 내가 '다시 자살'하게 되는 날일 거야."

이슬은 그 말을 끝으로 입을 닫고 차창 밖만 바라보았다. 나도 이슬처럼 고개를 돌려 햇볕을 받으며 강물을 바라보았다.

순환열차는 5분쯤 가다가 정류장에 서고, 또 5분쯤 가다가 정류장에 서는 것을 반복하며 앞으로 느릿느릿 나아갔다. 해는 점점 더 기울어 갔지만, 우리는 해가 뜨는 방향인 아침대교로 향하고 있었다.

민철, 15:45

오 과장은 관리사무소 옥상 벤치에 앉아 고개를 푹 숙였다. 이번 달만 벌써 세 번째 실수다. 서류만 꼼꼼하게 확인하고 클릭 몇 번만 하면 되는 일인데, 그 쉬운 일조차 제대로 해내지 못하는 자신이 징그럽게 한심스러웠다.

'에휴, 내가 하는 일이 그렇지 뭐.'

오 과장은 손에 들고 있던 종이컵을 구겨 쓰레기통에 던졌다. 틱, 툭, 데구르르. 그가 던진 종이컵은 쓰레기통의 문턱을 넘지 못하고 튕겨져 나가 바닥에 나뒹굴었다.

'이것도 안 들어가네, 참.'

오 과장은 방금 마신 에스프레소 쓰리 샷만큼이나 씁

쓸한 표정으로 종이컵을 주워 쓰레기통에 넣고는 난간 쪽으로 다가갔다.

"날씨 좋네. 내 인생이 거지 같든 말든 날씨는 참 좋아."

그는 두 팔을 난간에 올리고 먼 곳을 바라보았다. 강건너에는 순환열차가 한껏 햇볕을 받으며 느릿느릿 지나가고 있었다. 오 과장이 이곳에 온 지도 벌써 1년이 넘었지만, 살아 있을 때와 마찬가지로 집과 일터만 왔다 갔다 하느라 순환열차니, 수상택시니 하는 것을 타고 제2한강을 둘러볼 여유가 없었다. 오 과장은 그런 자신의 처지가 딱하게 느껴졌지만, 언젠가는 떠나야 할 이곳에 구태여 정을 붙일 게 뭐 있냐며 고개를 저었다.

"다 부질없지 뭐. 열차를 타든 택시를 타든 뜀박질을 하든, 결말은 다리에서 뛰어내려 소멸하는 것뿐인 걸. 그냥 이대로 확 뛰어내려?"

오 과장은 혼잣말을 내뱉고는 난간 아래를 내려다보았다. 그가 첫 번째 자살 때 뛰어내렸던 고층 빌딩만큼은 아니었지만, 충분히 아찔한 높이였다.

＊

자살하기 반년 전부터 오 과장은 극심한 스트레스에

시달렸다. 아니, 그건 '극심한 스트레스'라는 상투적인 표현만으로는 설명할 수 없는 파괴적인 고통이었다. 오 과장이 속한 앱 개발팀은 대규모 퇴사가 발생하면서 인원수가 급격히 줄었고, 그 후폭풍은 온전히 남겨진 사람들의 몫이 되었다. 팀장과 오 과장을 제외하면 모두 사원, 인턴 직원이었기 때문에, 오 과장이 짊어져야 할 책임과 업무량은 순식간에 엑스 라지 사이즈의 팝콘만큼 뻥 튀겨졌다. 게다가 우울증과 공황장애도 악화되었던 터라, 오 과장은 하루도 아닌 한 시간 단위로 과연 본인이 이 모든 것을 견뎌 낼 수 있을지 가늠해야 했다.

회사에서는 빠른 시일 내에 충원을 약속했지만, 한 달은 두 달이 되고, 두 달은 반년이 되었다. 그 사이 앱 개발팀의 인력은 오히려 한 명 더 줄었을 뿐이었다.

오 과장은 온전한 상태에서도 처리가 불가능할 만큼의 업무를 한참 약해진 상태에서 떠안다 보니, 완료한 작업마다 군데군데 오류를 내기 일쑤였다. 철야 근무가 밥 먹듯이 반복되었고, 며칠 만에 퇴근하는 날에도 보람은커녕 팀장의 욕지거리만 한가득 안고 집으로 돌아가야 했다.

그렇게 반년을 죽을 동 살 동 버틴 오 과장은 모니터의 검은 공간과 하얀 글자마저 구별하기 어려운 지경이 되어서야 팀장에게 면담을 요청했다.

"민철아, 시간도 없는데 꼭 이래야겠냐? 아까 오류 낸 건 처리나 하고 이러는 거야? 도대체 뭔데? 빨리 말해, 시간 없으니까."

팀장은 귀찮아 죽겠다는 표정으로 회의실에 들어오더니, 오 과장의 얘기가 시작되기도 전에 짜증을 냈다.

"저… 팀장님. 제가… 사실은… 병원에 오래 다니고 있어요. 정신과 쪽에… 우울증 증세가 좀 있어서요."

오 과장은 그 한마디를 어렵게 마치고 나서, 조심스럽게 팀장을 바라봤다.

"민철아, 민철아. 요즘 현대인 중에서 우울증 없는 사람 찾기가 더 어려워, 알지? 너 야근 몇 달 했다고 투정 부리는 것 같은데, 우울증이라면 내가 더 심해. 근데 어떻게 버티고 있을까? 그냥 하는 거야. 우울할 틈도 없이 바쁘게 일을 하면 돼. 그렇게 바쁘게 일했는데도 우울증이 있다? 그러면 날 찾아와. 내가 의사야. 내가 고쳐 줄게. 그니까 빨리 가서 아까 말한 오류나 잡자고. 오케이?"

팀장은 괜한 일에 시간을 낭비했다는 듯이 불쾌한 표정으로 오 과장에게 말했다.

"팀장님, 그냥 드리는 말씀이 아니라요… 정말 심해서 그래요. 이대로라면 하루도 못 버티고 그만둘 수도 있어요. 며칠이라도 쉬면 괜찮아질 것 같…"

"야, 씨팔! 뭐 너만 힘들어? 민철아, 일이라도 잘 처리

하고 그렇게 말하면 모르겠는데, 염치는 있어야 할 거 아니
냐? 졸라 뻔뻔해 너 지금. 씻팔 진짜… 네가 지금, 쉬어? 그
따위로 해 놓고, 쉬어? 퍼질러 쉬든 씻팔 회사를 때려치든
다 좋은데, 갈 때 가더라도 싼 똥은 다 치워 놓고 가야지. 일
단 네가 싸질러 놓은 똥 다 치우면 불러라, 그 전에 또 이딴
걸로 부르지 말고. 씻팔 진짜."

팀장은 테이블 위에 올려 두었던 담배와 휴대폰을 챙
겨 회의실을 박차고 나갔다. 문을 어찌나 쾅 닫았던지, 거구
의 오 과장이 앉은 자리에서 그대로 자빠질 뻔했다. 회의실
에 혼자 남게 된 오 과장의 심장은 조금씩 거칠게 뛰기 시작
했는데, 그는 자신의 심장이 우리를 막 탈출하려는 맹수라
도 되는 듯이 워- 워- 소리를 내며 가슴팍을 쓸어내렸다. 식
은땀까지 줄줄 흘렸지만, 5분쯤 차분하게 다스린 끝에 진정
을 찾을 수 있었다.

그는 심장이 다시 요란을 떨기 전에 회의실 문을 열고
나와 자신의 자리로 이동했다. 오 과장은 목에 건 사원증을
벗고, 바지 뒷주머니에서 휴대폰을 꺼내 책상 위에 올려 두
었다. 책상 한쪽에는 3년 전에 찍은 가족 사진이 작은 액자
로 세워져 있었다. 오 과장은 액자의 받침 다리를 접어 사진
이 보이지 않도록 책상에 눕혔다. 그리고는 의자에 걸어 뒀
던 재킷을 걸치고 사무실 출입구 쪽으로 향했다. 팀장이 지
금 어딜 가느냐는 표정으로 쏘아봤지만, 오 과장은 눈길도

주지 않은 채 엘리베이터로 가 버튼을 눌렀다.

시계를 보니 5시 52분이었다. 옥상에 도착한 오 과장은 벤치 근처에서 담배를 피우고 있는 무리를 피해 반대쪽 구석으로 걸어갔다. 미세 먼지 없이 훤한 하늘과 달리 지상은 퇴근길 정체로 꽉 막혀 있었다. 반대편 건물의 대형 전광판 상단에 표시된 17:54란 숫자가 현재 시각을 알려 주었다.

정규 퇴근 시간까지 남은 시간은 이제 6분. 오 과장은 머리를 한 번 쓸어 넘기고 난간 아래를 내려다보았다. 심장이 철렁 가라앉고 손발에서 땀이 터져 나오는 아찔함이었다. 그는 고개를 쳐들고 숨을 들이마셨다. 하늘은 끝이 어딘지 짐작이 가지 않을 정도로 광활했다. 사람과 건물, 차로 빼곡히 들어차 1센티미터의 여유도 없는 지상과는 달리, 하늘은 금방이라도 구름과 같은 포근한 손길로 자신을 품어 줄 것만 같았다.

'저곳에 닿으려면 우선 떨어져야 해.'

오 과장이 다시 한번 아래를 본다. 여전히 심장이 움찔거렸지만, 아까보다는 한결 버틸 만했다. 전광판은 이제 5시 59분을 알려 주고 있었다. 우물쭈물하다가는 시간을 놓치고 말 것이다. 오 과장은 몸을 난간에 걸친 뒤 인사를 하듯 머리부터 앞으로 깊게 숙였다.

'오늘은 먼저 퇴근해 보겠습니다.'

바닥과 맞닿아 있던 두 발이 하늘을 향해 펼쳐졌다. 그는 그렇게 몇 년 만에 처음으로, 그리고 인생 마지막으로 정시 퇴근 도장을 찍었다.

✳

오 과장은 그때 일을 떠올릴 때면, 특히 오늘처럼 업무 실수를 한 날이면 스스로에게 이런 질문을 던졌다.

'우울증을 떠나서, 난 진짜 무능한 사람이 아니었을까?'

그런 의심은 죽기 전부터도 계속 머릿속을 맴돌았다.

'간단한 업무가 전부인 제2한강에서도 자주 실수하는 걸 보면, 우울증은 그저 핑계였을 뿐 내가 진짜 무능했던 것일지도 모르지. 누구한테도 도움이 되지 않고, 걸리적거리기만 하는 사람.'

지우려 해도 계속 팀장의 얼굴이 떠올랐다. 짜증, 탄식, 분노, 무시, 경멸, 혐오 같은 것을 잔뜩 두른 그 얼굴. 그는 다른 팀원에게는 거의 보이지 않는 그 표정들을 유독 오 과장에게만 자주 보였었다.

'혹시 내가 자살한 것까지도 무능함에 포함되는 것은 아닐까?'

능력도 없으면서 돈만 꼬박꼬박 받아 가다가, 자살까

지 해 버려서 회사에 끝까지 피해만 주고 간 사람. 어쩌면 자신은 지금 그렇게 기억되고 있을지도 모르는 일이었다. 그런 인간이 여기서도 꼬박꼬박 공짜 밥을 먹으며 편안한 자리에 앉아 있다니…. 오 과장은 스스로가 아주 혐오스럽게 느껴졌다. 자신을 지금 당장 죽이고 싶을 만큼.

그는 관리사무소 옥상의 난간을 짚고 그 위로 올라섰다. '다시 자살'이 아닌 다른 방법으로는 죽을 수 없다는 사실을 알고 있었지만, 죽는 시늉이라도 안 하면 답답해서 미쳐 버릴 것 같았다. 오 과장은 한 번 더 높이를 가늠해 보기 위해 난간 아래를 내려다보았는데, 그때 누군가 자신을 부르는 소리에 화들짝 놀라 그만 아래로 떨어질 뻔했다.

"민철 씨… 맞으시죠? 거기서 뭐 하세요, 떨어져도 안 죽는다는 거 알고 계시면서."

그녀는 몇 개월 전 자신을 관리사무소에 배정해 주었던 공공근로과 직원이었다.

"아, 안녕하세요. 정말 오랜만에 뵙습니다. 사망확인과 일 시작하고 나서 언젠가 한번 찾아뵈어야지, 뵈어야지 마음만 먹고 아직까지 찾아뵙질 못했었네요. 이렇게 가까이 있었는데…."

오 과장이 두 손을 공손하게 모으고 말했다.

"바쁘신데 그러실 수도 있죠. 근데 거기 계속 서 있으

실 게 아니라면, 잠깐 저쪽에 가서 이야기나 할까요? 마침
쉬는 시간이라서요."

오 과장은 그제서야 아직까지도 자신이 난간 위에 서
있다는 사실을 깨달았다. 민망한 표정으로 난간을 내려온
그는 고개를 끄덕이며 벤치 쪽으로 향했다.

"멀리서 보고 민철 씨 맞나 했는데, 맞더라고요. 제가
기억력이 좀 좋은 편입니다. 민철 씨처럼 눈에 띄게 건장하
신 분이라면 잊어버리기도 쉽지 않죠. 맞다, 제 이름을 모르
시겠구나. 저는 예선이에요, 김예선."

"아, 예. 예선 씨. 그때 친절하게 도와주셨는데 제가 아
직까지 이름도 모르고 있었네요. 죄송합니다."

오 과장은 멋쩍게 웃으며 머리를 쓸어 넘겼다.

"아니에요. 일은 좀 어떠세요? 어려운 건 없으시죠?"

예선은 그때와 똑같이 다정한 목소리로 안부를 물었다.

"예, 일은 어렵지 않습니다. 근데 제가 계속 실수를 해
요. 옆에 계신 선희 쌤은 한 번도 안 틀리고 척척 잘하시는
데, 제가 아무래도 좀 멍청한가 봅니다."

"무슨 그런 말씀을. 사람이 일을 하다 보면 실수할 수
도 있는 거죠."

"아니에요. 죽기 전부터 쭉 생각했었는데, 이제서야 좀
확실해지는 기분이에요. 제가 무능하다는 것이요. 이런 일

도 제대로 처리하지 못하는데, 앱 개발 일 할 때, 팀장 눈에 제가 얼마나 답답해 보였을까 싶어요."

오 과장의 말을 들은 예선은 생전 그의 직장 생활이 어땠는지 차근차근 물었다. 오 과장은 2, 3년 차 즈음 우울증이 처음 생겼던 이야기, 어느 순간부터 겪게 된 후배들의 은근한 무시와 팀장의 폭력적인 언행, 대규모 업데이트에서 저지른 큰 실수, 팀원들이 우르르 퇴사해 반년 넘게 야근했던 일, 그리고 자살하던 날의 이야기까지 모두 말했다. 예선은 아무런 대꾸도 하지 않고, 그저 과하지도 부족하지도 않은 웃음만 띤 채 이야기를 들었다.

"별 볼 일 없는 이야기죠."

오 과장이 깍지를 끼고 시선을 바닥에 깐 채로 말했다.

"잘 들었어요. 민철 씨에게 그런 일이 있었구나 쭉 듣고 나니, 어떤 부분은 제 얘기 같기도 하고 그래요. 안쓰러운 부분도 있고, 안타까운 부분도 있고요."

예선은 엉덩이를 살짝 들어 오 과장 옆으로 20센티미터쯤 더 다가갔다.

"예선 씨가 워낙 잘 들어 주시니까 얘기하는 내내 재미있었어요. 재미있는 이야기는 하나도 없었지만요."

오 과장이 고개를 들어 예선을 쳐다보았다. 그녀는 여전히 과하지도 부족하지도 않은 웃음을 띠고 있었다. 오 과장은 속 이야기를 다 털어놓은 것이 어딘가 부끄러워, 괜히 발로 바닥을 슥슥 문질러댔다.

"저는 컴퓨터 관련된 일은 하나도 몰라서, 민철 씨가 유능한 직원이었는지 부족한 직원이었는지 알 수는 없어요. 민철 씨 말대로 정말 실력이 조금은 부족한 편이었을 수도 있겠죠. 근데 민철 씨가 얼마만큼의 능력을 가졌든 간에, 그 회사에서는 능력 밖의 일을 떠안고 있었던 거예요."

"제 능력이 원체 작아서요…."

민철이 기어들어 가는 목소리로 중얼거렸다.

"그런 뜻이 아니에요. 민철 씨는 우울증을 앓고 있었잖아요. 저도 앓아 봐서 알아요. 우울 증상이 심하면 쉬운 일상생활을 하기도 어려운데, 일을 해요? 몸살만 걸려도 하기 어려운 게 일인 걸요. 저는 우울증 때문에 회사를 육 개월이나 쉬었었어요. 그래도 나아지지 않아서 결국 그만두기까지 했고요."

"많이 힘드셨겠네요."

오 과장이 살짝 놀란 표정으로 어색한 위로를 건넸다.

"다 지난 일인 걸요. 어쨌든 우울증이 있는 상태에서 일을 한다는 건 엄청 어려운 일이에요. 그런 상태에서 심지어 일을 잘.하.려.고까지 하는 건 지나친 욕심이죠. 민철 씨 상황에서는 어떻게든 꾸역꾸역 다니면서 주어진 일을 처리했다는 것만으로도 충분히 능력 밖의 일을 해 낸 거예요. 어쭙잖게 하려는 위로가 아니에요. 진짜 그러니까요."

민철은 부끄러운 마음에 다시 고개를 숙이고 바닥을 바라보며 "그렇게 봐 주시니 고맙습니다" 하는 말을 얼버무렸다.

"그리고요."

"네, 어떤?"

"민철 씨네 팀원이 우르르 퇴사했다고 하셨잖아요."

"맞습니다. 그때 이후로 얼마나 고생이었는지 참…."

"그 사람들이 왜 그만두었을까요?"

예선은 '도전! 골든벨' 50번 문제를 출제하는 교장 선생님처럼 비장한 말투로 물었다.

"글쎄요. 구체적으로는 잘…."

오 과장은 문제의 답을 전혀 모르는 학생의 표정을 지었다.

"저도 몰라요."

예선이 방긋 웃으면서 말하자, 그제서야 오 과장도 미간의 주름을 풀고 미소를 지었다.

"각자 무슨 사연이 있었는지 모르겠지만, 이 회사는 더이상 못 다니겠다고 느껴서 그만둔 거겠죠. 경력에 도움이 안 되겠다 싶었거나, 급여가 적었거나, 업무가 많았거나, 혹은 셋 다였거나. 저는 그런 사람들이 부러워요. 내게 득보다 실이 많은 일을 정확하게 알아차리고 선을 긋는 사람들이요. 전 평생 그렇게 살아 본 적이 없거든요. 딱 보니까 민철 씨도 그렇네요. 비슷한 사람끼리는 귀신같이 알아보잖아요."

예선이 턱을 살짝 치켜들며 장난스럽게 거들먹거렸다.

"절 벌써 다 파악하신 것 같아요. 괜히 부끄럽네요. 그때 저도 그만둘까 말까 백 번도 더 고민했어요. 그런데 당장 새로운 곳을 구하자니 막막하고, 구할 수 있을지도 모르겠고, 나마저 나가면 팀이 어떻게 되나 싶고…. 창피하지만 그만둔다고 말하는 게 떨리고 무서워서 말을 못 한 것도 있어요. 바보 같죠."

"민철 씨를 바보라고 하면 저도 바보가 되는 거니까 그렇게는 말하지 않을래요."

예선과 민철은 서로를 바라보며 웃었다. 그것은 동족간의 유대감 같은 것이었다.

"우리는 생각이 너무 많았어요. 물론 나 자신을 지키기 위함이었죠. 내가 아프기 싫어서, 내게 더 안 좋은 일이 일어날까 봐…. 그걸 피하려고 그렇게 열심히 고민했던 거예요. 근데 돌아보면 그게 나 자신에게 한 가장 못된 짓이었어요. 혼자 끙끙대는 사이에 결국 나 자신이 멍들게 만들었잖아요. 민철 씨를 제외한 다른 팀원들, 그러니까 우리랑 정반대인 그 사람들은 그렇게 되기 전에 적절하게 발을 뺀 거고요."

"그러려나요…. 참, 예선 씨는 어쩜 그렇게 말씀을 잘하세요?"

"입만 살았다는 게 이런 건가 봐요. 죽어서도 말만 잘

하는 거."

예선이 양손을 들어 볼 옆에 대고 뻐끔뻐끔 하는 손동작을 만들어 보였다. 민철은 껄껄 웃으며 두툼한 손바닥으로 두툼한 허벅다리를 둔탁하게 두드렸다.

"그러니까 민철 씨는 정신적으로 견디기 어려운 상태였던 데다가, 그런 자신을 지킬 수 있는 적절한 방법을 몰랐을 뿐이에요. 능력이 있고 없고의 문제가 아니라요. 그럼, 아니고말고요."

예선이 오 과장의 머릿속에 자신의 말을 새기려는 듯 또박또박 눌러서 말했다.

"고마워요, 예선 씨. '나는 0.5인분짜리, 아니 0.1인분짜리 인간이야…' 살아 있을 때부터 그렇게 생각한 적이 엄청 많았어요. 그럴 때마다 제 인생은 유지할 가치가 없다고 느꼈고요. 그런 게 계속 쌓이다 보니 결국 스스로 목숨을 끊는 지경까지 갔죠. 이미 버린 목숨은 다시 주워 담을 수 없겠지만, 지금이라도 '난 한 톨만큼은 살아 볼 가치가 있었던 사람이었구나' 하고 느끼게 되었어요. 예선 씨 덕분에요. 정말 고마워요."

오 과장의 눈시울이 직무 배정을 받던 그날처럼 붉어졌다.

"저도 민철 씨한테 고마워요. 제 자신이 누군가에게 도움이 될 수 있다는 걸 정말 오랜만에 느끼네요. 뿌듯하고 막 기분 좋은데요?"

예선이 활짝 웃었다. 오 과장도 소리 없이 눈물을 주르
륵 흘리며 입꼬리를 씰룩씰룩 올렸다.

그렇게 15분쯤 더 이야기를 나누다가, 예선은 휴식 시
간이 끝났다며 사무실로 돌아갔다. 오늘 근무를 모두 마친
오 과장은 그대로 옥상에 남아 잠시 휴식을 취했다. 손목시
계를 보니 시간은 5시 55분을 가리키고 있었다.

"곧 있으면 여섯시네. 해가 다 지기 전에 나도 순환열
차라는 걸 타 볼까. 완전히 소멸하고 나면 이 푸르뎅뎅한 풍
경도 더 이상 볼 수 없을 테니까."

오 과장이 재킷을 챙겨 일어나며 기지개를 쭉 켰다. 제
2한강에 오고 나서도 관절 곳곳에 쌓여 있던 피로가 조금은
풀어지는 것 같았다.

이슬, 15:55

"이번 정류장은 아침대교 남단, 아침대교 남단입니다.
내리실 승객께서는 준비해 주시길 바랍니다."

기사 아저씨의 육성 안내와 함께 열차는 아침대교를
향해 미끄러져 나아갔다. 이슬은 문득 오랜만에 아침대교

위를 걷고 싶어졌다.

"야, 형록아. 난 여기서 내려서 걸어갈 거야. 넌 마저 타고 가. 점심대교 북단쯤에서 내리면 얼추 다 구역이랑 가까울 거야."

그녀는 강물에서 시선을 거둬들여, 뒤에 앉은 형록을 보며 말했다.

"내린다고? 나도 같이 가."

형록은 당장에라도 일어날 기세로 의자에서 엉덩이를 반쯤 들어 올렸다.

"너 애냐? 가만히 앉아 있으면 열차가 다 데려다 줘요. 그리고 나 혼자 걷고 싶거든? 방해하지 말아 줘. 안녕, 나 간다. 다음에 또 봐!"

이슬은 엄마 손을 놓친 아이처럼 당황하는 형록을 눌러 앉힌 뒤, 훌쩍 순환열차에서 내렸다.

"잘 가! 피곤하면 좀 자면서 가고. 나중에 봐!"

그녀는 열차 안에서 자신을 빤히 바라보고 있는 형록에게 손을 흔들었다.

형록도 열차 안에서 무어라 말을 했지만, 그저 뻐끔거리는 입 모양만 보일 뿐이었다.

"하, 여기도 오랜만이네? 역시 아무 변함이 없구만. 좋아."

이슬은 아침대교 주변을 빙글빙글 둘러보고는 깊게 숨을 들이마셨다. 아침대교 다시 자살 센터는 새벽 3시부터 아침 7시까지만 접수를 받기 때문에 이 시간대에는 한산했다.

연지가 '다시 자살'로 떠나가기 전, 이슬은 그녀와 함께 하루에 한 번씩은 아침대교를 찾곤 했다. 아침대교는 세 개의 대교 중 높이는 중간이었지만, 길이로 치면 첫 번째였다. 길이가 3킬로미터쯤 되었으니 왕복으로 거닐면 그 자체로 제법 긴 산책 코스가 되었다.

또한 가장 동쪽에 위치해 있었기 때문에, 일출을 즐길 수 있는 최적의 장소였다. 대부분의 사람들은 떠오르는 태양을 봤지만, 이슬과 연지는 오히려 등을 지고 반대쪽 먼 지점을 바라보곤 했다. 그렇게 하면 태양과 같은 시점에서 세상이 밝아지는 것을 목격할 수 있기 때문이었다. 그 풍경은 생전에 보았던 어느 일출에도 뒤지지 않을 만큼 아름답고 신비로웠다.

*

이슬과 연지는 3년에 가까운 시간 동안 제2한강에서 단짝으로 지냈다. 연지는 동갑 친구를 갈구하던 이슬이 오랜만에 찾은 열아홉 살짜리 여자애였다. 생년으로 치면 이슬이 91년생, 연지는 96년생이었지만, 둘 다 열아홉에 죽었으니 제2한강의 나이로는 동갑인 셈이었다.

둘은 이것저것 통하는 게 많아 금세 친구가 되었다. 할 일이 딱히 없는 제2한강의 삶이었지만, 같이 밥을 먹고, 거리를 거닐고, 순환열차나 수상택시를 타고 돌아다니며 시간을 보냈다. 둘이 함께하는 시간 동안 숱한 대화가 쏟아졌는데, 그렇게 많은 이야기를 나누고도 다음 날이면 또 많은 말들을 쏟아 냈다.

이슬은 특히 연지와 '신문물'에 대해 이야기하는 걸 좋아했다. 이슬은 2009년, 연지는 2014년에 자살했기 때문에 둘 사이에는 5년의 간격이 있었고, 이슬에게 그 5년 사이에 생겨난 세상 모든 물건이 '신문물'이었던 셈이다.

"에? 진짜? 이거랑 비슷한 크기인데 MP3도 되고, 전화도 되고, 인터넷으로 동영상도 보고, 게임도 되고, 사진도 찍을 수 있다고?"

이슬은 자신의 터치형 MP3 플레이어를 가리키며 연지에게 물었다. 그 MP3 플레이어는 이슬에게 있어 가장 최첨단 물건이었다.

"그럼. 내가 뭐 하러 너한테 거짓말하겠냐? 그게 바로 스마트폰이라는 거야. 에스, 엠, 에이, 알, 티. 똑똑하다. 음악은 다운받지 않고도 들을 수 있어서 무제한으로 저장할 수 있고, 사진도 웬만한 카메라보다 잘 나와. 요즘 아무도 디카 안 들고 다녀."

이슬이 죽기 전에도 스마트폰은 존재했지만, 국내에 본격적으로 보급되기 전이라 구경조차 해 본 적 없었다.

"그럼 요즘 이거 들고 다니면 꼰대라고 하겠네?"

이슬이 조금은 시무룩해진 표정으로 MP3 플레이어를 흔들었다.

"들고 다니는 사람이 적긴 하지만, 그렇다고 꼰대랄 것 까지야. 나도 옛날에 이거 처음 나왔을 때 엄청 사고 싶었어."

"그래? 그치? 이거 16기가라서 노래도 진짜 많이 들어 가. 한번 들어 볼래?"

이슬은 반색하며 이어폰 한쪽을 연지에게 내밀었다. 연지는 이어폰을 살짝 후- 하고 불고는 오른쪽 귀에 꽂았다. 이슬은 자신이 가장 좋아하는 노래를 당당하게 틀어 주었다.

"대박, 이 노래 진짜 오랜만이다. 어렸을 때 많이 들었었는데!"

"어렸을 때? 하긴, 너는 중학교 1학년 때 들었겠구나. 나는 고3 때 들었거든. 이 노래 하루에 열 번씩은 꼭 들었어."

"너도 에잇블랙 좋아해? 크, 3집이 진짜 대박인데."

"3집도 나왔어?"

이슬이 놀란 눈으로 연지에게 물었다.

"응. 2013년에 3집 나왔는데 핵좋아. 나 시디까지 샀잖아."

"시디 있어? 그럼 유실물 센터에서 찾아보자!"

이슬의 놀란 눈에 한껏 기대감이 차올랐다.

"근데 나 시디 돌릴 수 있는 컴퓨터나 플레이어가 없는데…."

"유령장터 가면 다 구할 수 있어. 그럼 내일이 마침 금요일이니까, 유실물 센터 갔다가 유령장터 가는 거다?"

이슬의 말에 연지가 웃으며 고개를 끄덕였다. 이슬도 따라 웃으며 연지를 부둥켜안았다.

둘이 한날한시에 '다시 자살'을 하기로 약속한 것은 연지가 제2한강에 온 지 1년째 되는 날이었다. 둘은 여느 때처럼 해 뜨는 시간에 맞춰 아침대교를 걷고 있었다.

"나는 '다시 자살'을 한다면 꼭 여기서 할 거야. 세상이 막 밝아지는 풍경이 너무 예쁘잖아. 내 속에 있는 나쁜 기분들이 햇볕에 타서 싹 날아가는 그런 느낌이야."

연지가 떠오르는 해를 등진 채 강물 쪽을 바라보며 말했다.

"넌 '다시 자살'할 준비가 됐어?"

이슬도 똑같이 강물 쪽을 바라보며 연지에게 물었다.

"글쎄, 아직은 모르겠어. 그치만 언젠가는 해야지. 그래서 차근차근 준비하는 거야. 시작이 반이라잖아. 이렇게 장소를 정했으니, 반은 준비한 거겠지?"

"그렇다고 치자. 근데 있잖아, 내가 너한테 꼭 부탁하고 싶은 게 있어."

이슬이 난간에 기댄 채로 연지를 올려다보며 말했다. 연지도 이슬 쪽을 쳐다보았다.

"응, 뭔데?"

"너 '다시 자살'할 때 꼭 나랑 같이하자."

사실 이슬은 연지를 만난 첫날부터 그 말을 하고 싶었다. 하지만 연지랑 보내는 시간이 너무 즐거워서, 또 연지가 너무 좋아서 미뤄 왔던 것이다. 이슬은 쑥스러운 듯 시선을 다시 강물로 옮겼다.

"같이…. 넌 왜 나랑 같이 죽고 싶은데?"

연지가 이슬의 옆얼굴을 바라보며 물었다. 이슬은 아무런 대답을 하지 않았다. 연지가 '뭔데, 뭔데' 하며 어깨를 흔들어대도 묵묵부답이었다.

"치, 됐다. 말 안 해 주면 너랑 같이 '다시 자살' 안 할 거야."

연지도 다시 난간에 기대 먼 곳을 바라보았다.

"혼자 죽으면 무섭잖아."

한참을 말없이 강물만 바라보던 이슬이 입을 열었다.

"나 안 무서운데? 나 여기보다 더 높은 곳에서 뛰어내려서 죽었어. 놀이 기구도 잘 타."

"너 말고. 내가 무섭다고."

이슬은 고개를 숙이고 다리 아래쪽을 쳐다봤다. 심장이 울렁거리고 정신이 아득해, 오래 버티지 못하고 난간에서 멀찌감치 떨어졌다.

"류이슬, 뭐가 무섭냐? 이거 봐 봐. 나는 지금도 뛸 수 있지롱!"

연지가 별안간 난간 위에 올라서서 이슬에게 으스댔다.

"됐거든? 지금 떨어져도 안 죽을 거 아니까 객기 부리는 거잖아."

"들켰어? 크크."

연지가 조심스럽게 난간에서 내려와 이슬 곁으로 다가왔다.

"이슬아, 생각보다 무섭지 않아. 정 무서우면 눈을 질끈 감아. 내가 뒤에서 밀어 줄게."

"높은 것도 물론 무섭지만, 그게 다가 아니야. 내가 무슨 바이킹도 못 타는 애인 줄 아냐."

"그럼 뭐가 또 무서운데?"

"혼자 죽는 건 너무 외로워. 외로워서 무서워. 난 평생 혼자로 살다가 죽을 때도 혼자였는데, 그걸 또 겪는다고 생각하면 너무 무서워."

이슬은 그대로 주저앉아 고개를 푹 숙였다. 긴 머리에

가려 얼굴이 보이지 않았지만, 투둑투둑 눈물이 떨어져 바지를 적시고 있었다. 연지는 옆으로 다가가 앉아 이슬의 등을 두드려 주었다.

"류이슬, 걱정하지 마. 내가 너 외롭지 않게, 무섭지 않게 해 줄게. 다시 자살 센터에 손 잡고 같이 뛰어내려도 되냐고 물어보자! 같은 날 죽는 게 무슨 소용이야. 같이 뛰어내리기까지 해야 진짜 같이 죽는 거지. 알겠지?"

이슬이 고개를 파묻은 채로 위아래로 끄덕였다. 연지는 손을 뻗어 이슬의 손을 잡았다. 이슬은 그 손을 절대 놓치지 않으려는 듯 세차게 쥐었다.

*

"나쁜 년."

이슬은 아침대교를 올려다보며 말했다. 그렇게 같이 죽자고 약속했던 연지는, 제2한강 전입 3년째 되던 해 이슬에게 말도 없이 혼자 '다시 자살'했다. 왜 연지가 자신을 혼자 두고 떠나갔는지 이슬은 알 길이 없었다. 이슬은 그 이후로 다른 열아홉 살짜리 동갑 친구를 찾으려 노력했지만, 번번이 오늘처럼 오자마자 떠나가거나, 한 달도 채우지 못하고 떠나가는 경우가 대부분이었다.

연지에게 말했던 것처럼, 이슬은 다시는 혼자 무섭고 외롭게 죽고 싶지 않았다. 그녀의 삶은 철저하게 혼자였고, 그것을 견뎌내는 것이 이슬의 19년 인생 내내 가장 큰 고역이었다.

＊

이슬의 엄마는 이슬이 두 살도 되기 전에 병으로 세상을 떠났다. 유치원에 들어갈 나이까지는 할머니가 보살펴주었으나, 할머니마저 병으로 세상을 떠나고 난 뒤로는 온전히 아빠와 단둘의 시간이 시작되었다. 이슬의 아빠는 영화나 드라마에 나오는 전형적인 싱글 대디였다. 자상하고 잘생기고 능력 좋은 쪽 말고, 허구한 날 술에 취해 난동을 부리는 쪽으로 말이다.

이슬의 아빠는 술에 취해 집에 들어오면 항상 짜증을 내거나 신세를 한탄했다. 일곱 살 이슬은 아빠가 무슨 이야기를 하는지 다 이해할 순 없었지만, 한 가지만큼은 확실하게 알아들을 수 있었다.

"너만 없었으면 내 인생이 이렇게까지 망가지진 않았을 텐데."

그는 술만 마시면 그 말을 하루에 열 번도 넘게 반복했다. 이슬은 스스로를 '존재하지 말아야 할 존재'로 인식하게 되었고, 항상 아빠의 눈치를 살펴야 했다.

일곱 살 때부터는 밥도 스스로 챙겨 먹었다. 아빠는 집안일은 물론이고 학예회나 소풍, 현장 학습에도 아무런 관심을 기울이지 않았다. 그런 행사가 있을 때면 이슬은 늘 선생님 옆에 붙어 있거나, 마음씨 좋은 아줌마의 손에 곁가지로 끌려다녔다. 누가 물어보지 않아도 "엄마는 미국에 있고, 아빠는 맨날맨날 일하느라 바빠서 그래…" 하는 변명은 이슬의 입버릇이 되었다.

그래도 돌이켜 보면 그때가 이슬에게는 가장 평화로운 시기였다. 적어도 맞는 일은 없었으니까. 시간이 흘러 중학생이 되었을 때, 아빠의 술버릇은 손찌검까지 동반하게 되었다. 눈치만 보면 됐던 이슬은 이제 아예 쥐 죽은 듯이 숨는 방법을 익혀야 했다.

팔다리에 멍이 든 채 학교에 가면 친구들이 무슨 일이 있었냐며 물어댔는데, 이슬은 그 질문을 피하기 위해 하나둘씩 친구를 줄이기 시작했다.

대답하기 난처하기도 했지만, 이슬은 자신이 누군가의 친구가 될 자격이 없다고 생각했다. 엄마도 없는 데다가 아빠는 알코올 중독에 가정 폭력까지. 그런 가정에서 자란 아이는 혼자여야 마땅했다. 화목한 가정에서 행복하게 자란 아이와 어울리다가 자칫 자신의 치부가 모두 들통나는 날에는, 그 아이들의 부모가 찾아와 파리 쫓듯이 쫓아낼 것이 뻔했으니까. 앵- 앵- 요란스럽게 쏘다니다가 파리채에 맞아 죽는 것보다, 어둠 속에서 홀로 손이나 비벼대다가 소리 소문 없이 죽는 쪽이 나았다. 그렇게 중학교를 졸업할 즈음에는 그녀 곁에 친구가 거의 남지 않았다.

고등학교 입학 하루 전날, 이슬은 스스로 목숨을 끊으려 했다. 하지만 목숨이란 건 길을 걷다가 눈에 거슬리는 나뭇가지를 꺾어 버리듯 가볍게 해치울 수 있는 게 아니었다. 시험을 잘 보려면 공부를 열심히 해야 하는 것처럼, 자살에도 학습이 필요했다. 그것을 깨달은 열일곱 이슬은 스무 살이 되기 전에는 꼭 죽겠다는 계획을 세우고, 꾸준한 자해와 자살 시도를 통해 기초를 다져 갔다.

하지만 이슬은 19.9세가 될 때까지도 목표를 달성하지 못했는데, 그것은 결국 원초적인 두려움 때문이었다. 그녀는 죽는 것이 두려웠다. 죽기까지 감내해야 할 고통이 두려웠다. 그리고 무엇보다 숨이 끊어지는 순간까지도 혼자여야 한다는 점이 두려웠다.

이슬은 초인적인 의지로 19.9999세가 되었을 때 간신히 목숨을 끊어 내는 데 성공했지만, 눈이 감기는 그 순간까지도 혼자라는 두려움에 몸을 떨었다.

*

　"나도 데려가지. 그게 뭐 어렵다고, 나쁜 년. 내가 먼저 죽어 버려서 깜짝 놀래켰어야 했는데. 죽어서도 이렇게 혼자일 팔자였으면 괜히 죽었어 아주."

　사실 이슬이 아침대교 앞에서 내린 건 연지 생각이 나서였지만, 곱씹을수록 연지가 얄미워져 괜히 바닥에 있는 돌을 걷어찼다. 돌에 잘못 맞았는지 발가락 끝이 욱신거려 더욱 열이 뻗쳤다.

　"아이씨, 진짜!"

　이슬은 씩씩대며 아침대교를 향해 걸어갔다. 그녀는 연지 없이도 아침대교를 즐겁게 활보하는 모습을 보이겠다고 다짐하며 두 팔을 힘껏 휘저었다. 이슬이 아침대교 남부 다시 자살 센터를 지나 계단으로 올라가려는 찰나, 누군가 그녀를 불러 세웠다.

　"이슬 씨 맞네! 어쩐지 그런 것 같더라고. 오랜만이에요. 잘 지냈어요?"

　목소리의 주인공은 아침대교 남부 다시 자살 센터 직원인 지원이었다.

　"아, 언니시구나! 안녕하세요, 정말 오랜만에 뵙네요."

　이슬은 가까이 다가가 인사를 나눴다. 지원도 건물 밖으로 나와 이슬의 손을 잡았다.

"정말 반가워요. 얼굴 본 지 몇 년은 된 것 같은데요? 예전에 연지 씨 있을 땐 매일같이 봤었는데, 그 이후로는 통 안 오셔서."

"네, 맞아요. 어쩌다 보니 그렇게 됐네요."

이슬과 지원은 자리에 서서 몇 년간 묻지 못한 안부를 살갑게 주고받았다. 요즘 아픈 데는 없는지, 재미있는 일은 없는지, 혹시 '다시 자살'할 계획은 없는지…. 제2한강에서 나눌 수 있는 가장 뻔한 얘기들이었지만, 오랜만에 만난 지원과의 대화는 삼십 분이 훌쩍 넘도록 이어졌다. 이슬은 지원과의 수다 후 조금은 누그러진 마음으로 아침대교 계단을 올랐다.

아침대교를 걷는 것은 꼬박 2년 만이었다. 해가 막 떠오르는 시간은 아니었지만, 이슬은 아침대교 위에서 바라보는 풍경이 여전히 아름답다고 느꼈다. 그녀는 오랜만에 마주한 이 아름다움을 음미하며 아주 느릿느릿 앞으로 나아갔다.

그러던 중 5미터쯤 앞에 눈에 익은 얼굴이 나타났는데, 조금 더 가까이 다가가자 유실물 센터에서 일하는 성혁임을 알아볼 수 있었다. 그는 난간에 기대 멍하니 먼 지점을 바라보느라, 이슬이 가까이 다가오는 것도 눈치채지 못했다. 이슬은 슬금슬금 다가가 등짝을 탁 하고 때리며 경쾌한 목소리로 인사했다.

"성혁 오빠, 안녕하세요!"

얼마나 놀랐는지 성혁의 다리 힘이 툭 하고 풀렸다.

"아, 아. 이슬이구나. 나 너무 놀랐어! 거의 떨어질 뻔했
잖아."

"미안해요. 그치만 그래도 안 죽잖아요."

"그건 그렇네. 오랜만이다. 그동안 잘 지냈어?"

성혁이 놀란 가슴을 가라앉히고는 나긋나긋한 목소리
로 안부를 물었다.

"똑같죠 뭐. 요즘엔 딱히 찾을 물건도 없어서 유실물
센터에 갈 일이 없었네요. 십 년 동안 야금야금 다 찾아갔더
니, 이젠 뭐가 더 남았는지 기억도 나질 않아요."

"그럴 만하지. 한창 찾아갈 때는 박스 가득 들고 갔잖
아. 십구 년 살았으면서 어떻게 나보다 물건이 많아? 너에
비하면 난 미니멀리스트인 것 같아."

뭐래요, 라며 이슬이 표정을 살짝 찡그려 웃었다. 성혁
도 옅은 미소를 띠었다.

"산책 마저 잘 하시고요. 혹시 조만간 '다시 자살'할 예
정이라면, 그전에 꼭 저한테 말씀해 주세요. 누구처럼 말도
없이 휙 가 버리지 말고."

"응, 그래. 너도 꼭 말해 줘."

이슬은 성혁에게 손을 흔들고는 다시 앞으로 나아갔다.

그 사이 해는 어느덧 저녁대교 쪽으로 기울어졌고, 이슬의
이마는 저물어 가는 햇빛을 받으며 푸르스름하게 빛났다.

　　부우우우우우우웅- 부우우우우우우웅-

　　이슬은 수상택시 애용자답게 저 멀리서 다가오고 있는
소리가 수상택시 모터 소리라는 걸 단박에 알아챘다. 소리
가 점점 가까워지자 이슬은 난간 쪽으로 가 다리 아래를 내
려다봤다. 그녀는 수십 미터 떨어진 거리에서도 그 택시의
운전수를 구분해 낼 수 있었다.
　　"아줌마! 영선 씨! 여기요!"
　　이슬이 큰 소리로 영선을 불렀지만, 영선의 귀에는 들
리지 않는 것 같았다.
　　"영선 아줌마! 안전 운전하세요오!"
　　영선의 택시는 이슬의 손 인사를 지나쳐 다리 아래를
통과했다. 이슬은 허겁지겁 반대편으로 달려가, 영선이 만
들고 지나간 물결을 바라보았다.

　　"그렇게 작은 소리로 불러서 들리겠어?"
　　이슬이 돌아보자 웃으며 다가오는 남자의 모습이 보였다.
　　"어머, 아저씨. 여긴 어쩐 일이세요?"
　　"어쩐 일은. 밥 먹고 남부에 교대하러 가는 길이다."

그는 이슬에게 열아홉 살 여자 신규 입주민 소식을 처음 알려 주었던 수습대 경원 아저씨였다. 나이는 예순에 가까웠지만 건장한 체격을 가진 그는 목소리가 아주 우렁찬 편이었다.

"나름 열심히 불렀는데 영선 아줌마가 못 듣고 그냥 지나가더라고요. 귀지 좀 파 줘야겠어요."

"귀지는 무슨. 그런 목소리로 부르면 코앞에 있어도 못 듣고 지나갈 걸?"

"아저씨도 참, 오버가 심하셔."

이슬과 경원 아저씨는 서로를 보며 웃음 지었다.

"맞다, 너 어제 내가 건졌던 또래 여자애 찾으러 간댔었지? 어떻게, 찾았냐?"

"아저씨, 제 얼굴을 보세요. 어땠겠어요? 그 애가 오자마자 '다시 자살'로 떠나가는 바람에 헛걸음만 했어요."

"그래? 내가 괜히 미안하네."

"아저씨가 미안하실 게 뭐 있어요. 도대체 열아홉 살짜리 여자애는 언제 오는 걸까요? 언제 또 친구가 생길까요…."

이슬은 풀이 죽은 표정으로 말했다.

"네 또래 애 찾는다는 게 친구를 만들려고 그랬던 거야?"

"그럼요. 그게 아니면 뭐 하러 열아홉 살짜리를 그렇게 열심히 찾겠어요."

이슬이 새침하게 대꾸했다.

"여기서 너만큼 친구 많은 사람이 어딨다고."

"친구요? 연지가 떠난 이후로는 친구가 한 명도 없는걸요."

"그럼 네 앞에 있는 나는 친구가 아니고 뭐냐?"

경원 아저씨는 손바닥으로 자신의 가슴팍을 두드리며 말했다.

"아저씨는… 아저씨는… 아는 아저씨죠! 제가 잘 아는 아저씨."

이슬은 머뭇거리다가 입에서 나오는 대로 뱉어 버렸다.

"이슬이가 아저씨를 친구로 생각하지 않았다니…. 서운하구만, 서운해."

경원 아저씨가 입을 삐죽 내밀어 보였다.

"에이, 아저씨. 누가 안 친하댔나요. 친구는 나이가 같아야 친구죠."

이슬은 팔짱을 낀 경원 아저씨의 팔을 흔들며 멋쩍은 웃음을 지었다.

"허허, 아저씨 기분 상했을까 걱정은 되나 봐? 농담이다, 농담. 아저씨가 이슬이 마음을 왜 모르겠니."

경원 아저씨는 너털웃음을 지으며 이슬의 어깨를 두드렸다.

"뭐예요, 됐어요. 아저씨랑 친구 절대 안 해요."

이번에는 이슬이 토라진 얼굴로 경원 아저씨를 흘겨봤다.

"나이가 같아야만 친구가 될 수 있는 건 아니지. 그랬으면 학교 다닐 때 전교생이 친구였게? 통해야 친구지."

"통해요? 뭐가요?"

이슬이 심각한 표정으로 물었다.

"녀석, 인상 쓰지 마. 아저씨처럼 주름 생겨. 얘기가 통하고, 마음이 통해야 한다는 말이야. 만나면 편하고, 얘기하면 즐거운 사람 있잖냐. 친구가 별거야? 잠깐… 벌써 다섯시 반이 다 됐네. 아저씨 이러다 교대 시간 늦겠다. 나중에 또 얘기하자꾸나. 조심히 들어가라."

경원 아저씨는 이슬이 건너왔던 남부 방향으로 서둘러 발걸음을 옮겼다. 이슬은 그에게 천천히 손을 흔들었다.

'만나면 편하고, 얘기하면 즐거운 사람….'

이슬은 경원 아저씨가 남기고 간 말을 되뇌었다.

'영선 아줌마도 그렇고, 경옥 아줌마도 그렇지.'

그녀는 제2한강에서 가깝게 지낸 사람들의 얼굴을 하나씩 떠올려 보았다. 한 발 한 발 옮길 때마다 이름을 대면서.

'왼발에 경원 아저씨, 오른발에 지원 언니. 왼발에 성혁 오빠, 오른발에 홍석 아저씨. 왼발에 영훈이, 오른발에 민영 언니. 왼발에 두선 오빠, 오른발에 말순 할머니. 왼발에 미선 아줌마, 오른발에 희나 언니….'

"인심 썼다. 형록이도 껴 주자."

이슬은 제2한강에서 10년을 살면서 꽤 많은 사람들을 알고 지냈다. 식당을 가도, 산책을 하다가도 아는 얼굴을 꼭 하나씩은 마주칠 정도였다. 그들 중 대부분은 열아홉 살짜리 여자애가 아니었을 뿐더러, 성격도, 생전 직업도, 좋아하는 것도 모두 달랐지만, 자연스럽게 어울려 지낼 수 있었다. 제2한강에서 만나는 사람들은 왜인지 하나같이 친근하고 편안했다.

그들과 얘기하는 것은 이슬에게 항상 큰 즐거움이었다. 잘 아는 내용이면 신나게 맞장구를 쳤고, 모르는 내용이면 귀를 쫑긋 세우고 열심히 배웠다. 자신이 태어나기도 전에 죽은 사람들의 이야기와 자신이 죽고 난 후에 죽은 사람들의 이야기를 번갈아 들을 때면, 그녀는 마치 시간 여행자가 된 기분이었다. 지독할 만큼 잔잔하게 고여 있는 제2한강의 시간이었지만, 매일 새로운 이야기가 있었기에 10년이란 세월을 버틸 수 있었다.

이슬은 어느덧 아침대교 북단에 다다랐지만, 바로 내려가지 않고 다리 난간에 기대 제2한강의 동쪽 끝, 즉 '재수 없는 물줄기' 쪽을 바라보았다.

구름이 미끄러져 수면에 닿은 것 같은 그 안개에서는 마침 사람이 하나 흘러나오고 있었다. 이슬이 줄곧 찾던 열아홉 살짜리 여자애와는 한참 거리가 먼 흰머리의 할아버지였다.

'아이고, 할아버지. 또 어떤 사연으로 흘러오셨나요. 불쌍하시기도 하지.'

할아버지의 몸이 천천히 떠내려가는 것을 바라보며, 이슬은 강물에 대고 영혼의 평화를 빌어 주었다.

"에효, 누가 누굴 불쌍히 여겨. 그래 봤자 똑같이 자살한 처지에."

이슬은 쓸데없는 오지랖이었다는 듯 손으로 머리를 헝클어뜨리고는 다시 계단을 향해 발을 옮겼다.

퉁-

이슬이 아침대교 북부로 내려가는 첫 번째 철제 계단을 밟았을 때, 그 소리는 머릿속에 종이 되어 울렸다.

'아…. 그래서 그런가? 다 같은 불쌍한 인간들이라서?'

이슬은 살아생전 세상에 자기와 같은 처지는 자기 자신뿐이라고 생각했다. 주변에 자신과 똑같은 표정을 한 사람이 한 명도 없었으니까. 그런 별종은 남들과 어울릴 수 없다고, 아니 어울려서는 안 된다고 생각했다.

하지만 이곳은 달랐다. 누구나 그녀와 똑같은 표정을 가지고 있었다. 그래서 감출 필요도, 창피해할 필요도 없었다. 이슬은, 어딜 가든, 별종이 아닐 수 있었다.

'그래서 편했던 거였어. 나이가 달라도, 좋아하는 게 달

라도.'

영선 아줌마는 딸이 자살했고, 경옥 아줌마는 남편이 자살했다. 성혁 오빠는 대출까지 받아 시작한 사업이 쫄딱 망했고, 경원 아저씨는 친구에게 돈을 빌려 줬다가 집안을 말아먹었다. 그뿐만이 아니었다. 매일 같이 회사에서 치욕과 냉대를 겪은 오 과장님, 양부모에게 13년 동안 두들겨 맞으면서 자란 영훈이, 그리고 집 앞 골목에서 성폭행을 당한 지원 언니…. 이슬이 친하게 지낸 사람들은 모두 가슴에 무참하게 찢어발겨진 상처를 한 뭉텅이씩 지니고 있었다. 꼭 알고 지낸 사람들이 아니더라도, 제2한강 주민 — 방금 이사 온 할아버지도 포함해서 — 이라면 누구나 그럴 것이 뻔했다.

퉁, 퉁, 퉁, 퉁, 퉁-

이슬은 푸르뎅뎅한 철제 계단을 내려가며 그 아래에 있는 친구들, 그리고 수많은 제2한강의 입주민들을 떠올렸다.

'혼자가 아니었어. 나 같은 사람이 이렇게 많았잖아. 외계에서 온 사람들도 아니고, 여기서 태어난 사람들도 아니야. 한때 내가 살았던 세상에서 내 눈에 띄지 않았었을 뿐이지.'

오늘의 마지막 햇볕이 이슬의 뒤통수를 뜨뜻하게 비췄고, 바람은 목덜미를 선선하게 스쳐 지나갔다.

2019년 4월 21일 - 홍형록 사망 5일차

현진, 02:43

　화짜는 푸른 빛깔의 피가 줄줄 흐르고 있는 자신의 오른손을 바라보았다. 손은 제법 많이 찢어져 있었다.

　"나는 내가 죽인 게 아니고 세상이 죽인 거야. 차라리 전부 나 때문이었으면 이렇게 화가 나지도 않았을 텐데…"

　그녀가 거울을 깨뜨린 것도 벌써 세 번째다. 며칠 전 유령장터에 다녀온 이후로 감정이 잠시 잔잔한 듯하더니, 얼마 가지 못하고 또다시 폭발해 버렸다.

　화짜는 옷장에서 아무 옷이나 꺼내 오른손에 칭칭 감고는 침대에 벌렁 누웠다. 옷으로 감은 손을 이마에 얹고, 지긋이 눈을 감았다. 제2한강에서 보낸 지난 8개월간, 화짜는 그 악몽 같은 기억이 떠오를 때면 뭐라도 하나 부수고 난 후에야 진정할 수 있었다. 이번 일로 거울이 세 개째, 틴트 두 개, 파운데이션 두 개, 노트북 한 대, 플라스틱 수저통 한 개….

화짜를 그토록 괴롭히는 기억 속의 사건은 2018년 여름, 그녀가 자살하기 한 달 전에 일어났다.

*

광고 논란 이후 첫 영상을 올린 화짜는 숨 죽이고 실시간 반응을 지켜보고 있었다. 손가락 마디 하나 주체할 수 없었던 그녀는 휴대폰을 꺼내 서영에게 메시지를 보냈다.

– 으, 드디어 영상 올렸어!

　　　　　　– 드디어 올렸구만. 반응 어때?

– 아직 몰라. 기다려 봐야지. 조회수 조금씩 오르고 있어. 왜 이렇게 떨리냐.

　　　　　– 너무 걱정하지 마. 팬들도 많이 기다렸을 거야.

– 오, 첫 댓글 달렸다. 뭐라고 써 있을까….

– 뭐래? 뭐라고 달렸어?

– 응, '언니 오랜만이에요! 왜 이제 온 거예요, 엉엉' 하고 달렸네. 다행이다!

                    – 거봐. 별일 없을 거라고 했잖아.

– 이제 댓글 더 달리고 있어.

                    – 나도 가서 봐야겠다.

– 아직까진 괜찮은 것 같아. 괜히 걱정했나?

                    – 내가 뭐랬어.

– 어….

                    – 왜 그래?

– 아, 이따 다시 톡 할게.

이년 광고논란 있지않았음? 벌써영상 처올리는걸보니
아직도 정신못차림? 대가리도 얼굴처럼존나빠개진듯ㅋ
ㅋㅋ ㅅㅂ.

열두 번째 댓글은 정확히 그렇게 적혀 있었다. 닉네임은 '삐리리뽕'. 유치하기 짝이 없는 그 닉네임이 화짜의 신경을 더욱 날카롭게 긁었다. '삐리리뽕'의 댓글에는 금세 '좋아요'가 쌓였고, 비난에 동조하는 답글까지 하나둘 달리기 시작했다.

내말이 ㅋㅋㅋ 요즘 유튜버들 낯짝 ㅈㄴ 두꺼움 ㄹㅇ. 망치로 ㅈㄴ 두들겨도 기스도 안 날듯 ㅇㅇ.

돈 벌라면 또 영상 올려야지 어쩌겠냐. 이번엔 또 어디 돈 받고 영상 찍었으려나.

애 부모님도 이 영상 보면 피꺼솟일걸 ㅋㅋㅋㅋ 씹.

"아니, 이렇게까지 말할 일이야? 이 새끼들이…. 미친 새끼들 아니야 진짜?"

화짜는 혼잣말이라고 하기엔 큰 목소리로 욕을 뱉었다. 하지만 거친 말과 달리 그녀의 몸은 바들바들 떨리고 있었다. 뇌의 한쪽이 찌그러지는 것처럼 심한 두통이 몰려왔고, 숨은 점점 가빠졌다. 화짜는 악플을 삭제하려고 마우스로 손을 뻗었으나, 그 작은 마우스조차도 쉽게 움직일 수 없었다. 그녀는 다시 손을 거둬 가슴팍을 두드렸다.

가슴이 아플 정도로 두드려도 증상이 가라앉질 않자,

화짜는 정신이라도 차려야겠다는 생각에 자리에서 일어나 비틀비틀 식탁으로 향했다. 그녀는 한 손으로 식탁을 짚고 나머지 손으로 컵을 들어 물을 벌컥 들이켰다. 손이 바들바들 떨리는 통에 미처 입으로 집어넣지 못한 물이 턱을 타고 흘러내렸다. 식도를 통과한 물보다 오히려 피부에 닿은 그 차가운 촉감이 화짜의 정신을 깨웠다. 그때 마침 휴대폰 알림이 울렸다. 서영의 메시지였다.

－ 오현진, 괜찮냐?

화짜는 두 손으로 휴대폰을 조심스럽게 집어 한 글자 한 글자씩 천천히 눌렀다.

－ 응. 괜찮아.

－ 안 괜찮은 것 같은데? 내가 너네 집으로 갈까?

－ 아니야. 진짜 괜찮아.

－ 내가 쭉 보니까 좋은 댓글이 훨씬 더 많은 것 같거든. 악플 달리면 삭제하고 무시해.

－ 응. 그럴게. 고마워.

화짜는 복귀를 결심했을 때 가졌던 바위 같은 마음가

짐을 다시 떠올리려고 노력했다. 악플은 계속해서 심장을 콕콕콕 찔러댔지만, 그녀는 지지 않으려고 악플을 일부러 두세 번씩 소리 내서 읽었다.

"영상도 좆나 재미없고, 광고인 거 티 개 많이 남. 믿고 거릅니다. 영상도 좆나 재미없고, 광고인 거 티 개 많이 남. 믿고 거릅니다. 후-우. 이거 광고 아니거든?"

원색적인 비난이 담긴 악플은 맵고 뜨거웠지만, 참고 씹어 삼킬수록 조금씩 적응이 되어 갔다.

"하, 진짜 별것도 아닌 것들이. 그래, 악플 계속 달아 봐라. 내가 상처 하나 받을 것 같아?"

화짜는 계속해서 악플을 읽어 가며 무른 마음을 단단하게 다졌다. 그것은 마치 뜨거운 모래에 주먹을 반복해서 찔러 넣는 수련자의 모습과도 같았다. 그렇게 화짜가 악플과의 싸움을 통해 맷집을 키워 가고 있을 때, 어딘가 다른 기운을 풍기는 악플이 눈에 턱 하고 걸렸다.

광고 하든 말든 별 관심 없음. 다른 유튜버들도 다 돈 받고 하는 건데 니들이 모르는 거임. 광고 타령하려면 니들이 구독하고 있는 다른 유튜버들한테도 똑같이 지랄하시고. 어쨌든 화짜 이 년의 제일 큰 논란은 그냥 상판떼기가 끔찍하다는 거임. 진짜, 진짜 못생겨서 보고 있을 수가 없음. 유튜브에 썸네일 걸릴 때마다 역겨워서 앱 닫은 게 한두 번이 아님. 뷰티 유튜버다 뭐다 요즘 개나 소나 화장으로 사기치는데, 제발 그 뷰티라는 단어는 양심이 있으면 빼길 바라겠음. 초심으로 돌아간 기초 메이크업? 너 안 그래도 초심 잘 지키고 있음. 처음부터 지금까지 그냥 존나 똑같이 못생겼으니까. 제발 주제 좀 알고 영상 찍길. 혐오 영상 잘 봤습니다.

화짜는 그 댓글을 두 번째 줄까지 소리 내서 읽다가, 그 이후부터는 도무지 입에 담아 낼 수 없었다. 그녀는 노트북을 쾅 소리가 날 만큼 거칠게 닫은 후 눈을 질끈 감았다. 악플의 주인은 화짜의 약점을 정확하게 알고 있었다. 다른 악플이 주먹질이었다면, 이번 악플은 총질이었다.

악플을 견뎌 내기 위해 마음의 근육을 단단하게 키워 봤자, 총알 앞에선 속수무책으로 찢어질 수밖에 없다. 총알은 화짜의 가슴팍을 관통해 장기들을 헤집고 등을 찢었다. 단발이 아니었다. 산탄총처럼 동시다발적으로, 기관총처럼 매서운 속도로 날아들었다. 그녀는 비명 한번 질러 볼 틈도 없이 총알받이가 되어 살점이 모두 뜯겼다.

화짜는 그 자리에 그대로 쓰러져 차가운 바닥에 얼굴을 대고 엎어졌다. 눈물이라도 짜내고 싶어 힘을 줬는데, 눈물이 아닌 온몸의 피가 쏟아질 것처럼 혈관의 압력만 높아지는 기분이었다. 그녀는 순간 온몸의 핏줄이 터져서 죽어

버리는 자신의 모습을 상상했다.

'그래, 차라리 죽었으면.'

하지만 그런 바람과는 달리 지금 이 순간 화짜는 너무도 생생하게 살아 있었다.

그 댓글의 주인은 아주 익숙한 사람이었다. '물방울뱀'이란 닉네임은 낯설었지만, 말투로 보아 꾸준하게 화짜를 괴롭혀 왔던 그 임에 틀림없었다. 그가 화짜의 인생에 등장한 것은 구독자가 1만 명쯤 되었을 때, 'vks77677'이란 닉네임으로 첫 댓글을 남기면서부터였다. 그의 댓글은 1차원적인 비난을 넘어 자존감을 갉아먹는 능력이 있었다.

자신이 예뻐 보일 거라는 착각을 혹시라도 하고 있다면 당장 뇌를 세척하길 바람. 호박에 줄 긋는다고 수박 되는 거 아닌데, 너는 호박도 아니고 그냥 곰팡이 피어서 버린 호박 음식물 쓰레기쯤 된다고 보면 됨. 물론 너 같은 년이 대한민국 외모 평균을 하향시켜서 고맙긴 하지만, 길 가다 마주치면 불쾌한 바닥에 눌린 개똥 같은 거니까 비위 상하게 유튜브 같은 곳에는 안 올렸으면 좋겠음.

화짜는 그 댓글에 심장이 철렁 가라앉고 손이 떨렸지만, '무시하면 되겠지' 하며 애서 신경을 끊어 냈다. 하지만 'vks77677'은 잊을만 하면 나타나 화짜의 감정을 니퍼처럼 뚝뚝 절단해 버렸다.

이런 애가 좋아한다고 고백하면 남자들은 창피해하면서 술자리에서 안주로 잘근잘근 씹음. 제발 용기 내지 말고 짝사랑만 하길 바람. 그리고 남자들이 자기한테 집적댄다고 착각 좀 하지 말고. 이런 애들이 자기 얼굴 생각 안 하고 남자들이 인사만 몇 번 해 주면 어머, 나 좋아하는 거 아니야? 이 지랄하고 앉아 있음. 차라리 그 모습을 동영상으로 찍어서 올리는 게 낫겠네. 훨씬 조회수 잘 나올 듯.

댓글을 삭제하고 계정을 차단했더니, 'vks77677'은 보란 듯이 다른 계정으로 찾아와 활동을 이어 나갔다.

이딴 채널이 구독자 30만인 건, 동물원에서 개코원숭이 구경하는 그런 느낌인 거 맞지? 아니면 비위 단련이라도 하려고 오는 게 확실함. 17:26 여기서 예쁜 척하는 거 진짜 오바 아님? 19:18 에서 또 그러는데 그냥 욕 나옴. 이런 애들 내가 아는데, 현실에서도 사진 찍을 때 이딴 표정 지음. 착각은 자유인 거 인정해 줄 테니까, 제발 자유를 현관문 밖으로 표출하진 말길. 혼자 거울 보고 처말하세요, 씨발. 주제를 알자. 주제만 알아도 중간은 감.

부탁하겠는데, 구독자 좀 늘었다고 뭐라도 된 것처럼 행동하지 마세요. 제발. 사람의 본판이랑 본질은 바뀌지 않음. 그냥 못생긴 주제를 잘 알고, 평범하게 찌그러져 있는 게 그쪽에게 더 잘 어울림. 자신감 있는 척 금지.

유튜브를 쉬면서 잠시 잊을 수 있었던 'vks77677'은 순식간에 화짜의 머릿속을 장악했다. 그는 그녀의 뇌를 찌르고, 할퀴고, 꼬집고, 뭉개고, 짓이겼다. 화짜는 그를 통제하지 않으면 자신의 온 정신이 무너지고 말 것을 알았지만, 도무지 혼자서는 힘을 써 볼 도리가 없었다. 결국 그녀는 휴대폰을 꺼내 구조 요청을 보냈다.

– 서영아, 지금 우리 집 올 수 있어?

– 지금? 응, 시간 될 것 같아. 괜찮은 거야?

– 모르겠어. 별로 안 괜찮은 것 같아. 만나서 얘기하자.

세 시간 후쯤 서영이 화짜의 집에 도착했을 때, 화짜는 몇 개월 전과 비슷한 몰골을 하고 있었다. 서영은 이럴 때일수록 잘 먹어야 한다며 삼계탕을 포장해 왔지만, 화짜는 국물만 몇 숟가락 넘기고 더 이상 먹질 못했다.

"야, 이거 아까워서 어떡하냐. 나처럼 좀 뜯어 봐. 으음! 진짜 맛있어, 미쳤어! 너도 좀 먹어 봐."

"아니야, 지금은 생각이 없어…. 이따 먹을게."

화짜는 쓰라린 위장 때문에 배를 움켜쥐며 말했다.

"댓글 때문에 그래?"

"으응, 그렇지 뭐."

"누구 댓글이 그렇게 널 힘들게 하디?"

서영이 닭다리를 크게 한입 뜯으며 물었다.

"있어. 닉네임이 매번 바뀌는데, 차단을 해도 어떻게든
새 계정을 파는지 꼭 찾아와서 댓글을 달아."

"세상에 이상한 놈들 많잖아. 그냥 그러려니 해."

서영이 삼계탕 국물을 한술 떠서 꿀꺽 삼키며 말했다.

"야, 이게 그러려니 할 문제야? 네가 이런 댓글 안 받아
봐서 그렇지, 알기나 해?"

화짜는 별안간 신경질을 내며 서영을 노려보았다.

"갑자기 왜 소리를 지르고 그래! 미안하다, 미안해. 그
냥 너 신경 쓰지 말라고 한 말이지."

서영이 닭뼈를 거칠게 내려놓으며 화짜의 짜증에 응수
했다.

"미안. 내가 지금 좀 예민해서 그런가 봐. 너한테 짜증
낼 일도 아닌데…."

화짜는 방금 전 일이 미안해 서영의 어깨를 쓰다듬었다.

"그래, 그럴 수 있지. 너무 많이 먹었나? 아오 배 아파.
나 화장실 좀 쓴다?"

"으응, 휴지 없으면 변기 위에 선반 열어 보고."

띠링-

알림 소리가 울렸다. 화짜는 자신의 휴대폰인가 해서 살펴봤지만 아무런 알림도 없었다.

띠링-

다시 소리가 울렸다. 그 소리는 서영의 휴대폰에서 나는 것이었다.

"얘는 얼마나 마려우면 휴대폰도 두고 들어가. 똥 싸는데 심심하게."

띠링-

알림이 계속해서 울리자, 화짜는 무슨 일인가 싶어 서영의 휴대폰을 뒤집어 보았다. 수많은 알림은 모두 유튜브로부터 온 것이었다.

'맞음ㅋㅋㅋ 나도 역겨워서 ㄹㅇ 토할 뻔.' 원지 님이 답글을 남겼습니다.

화짜는 서영의 휴대폰 화면에 새겨진 알림을 보고는 순간 머리가 아득해졌다.

"이게… 뭐지?"

알림을 몇 번이고 다시 읽었지만, 처음 읽은 내용 그대로였다. 화짜는 반대쪽 손을 들어 덜덜 떨리는 검지로 그 알림을 콕 눌렀다. 휴대폰 화면이 유튜브로 전환되더니, '원지'라는 사용자가 작성한 답글로 이동했다. 그것은 '물방울뱀'의 댓글 아래에 달린 답글이었다.

'물방울뱀.' 지난 2년간 화짜를 지독하게 괴롭혀 온 'vks77677'와 동일인. 그것이 바로 지금 서영의 휴대폰에 로그인 되어 있는 계정이었다.

화짜는 황급히 유튜브 앱을 닫고, 아까와 똑같은 자리에 서영의 휴대폰을 뒤집어 놓았다. 심장이 너무 빨리 뛰어서 화장실에 있는 서영에게까지 들릴 것만 같았다. 심장이 빠르게 뛰는 만큼 손도 달달달 떨렸다. 머리가 찌릿찌릿하더니 이내 구토할 것처럼 울렁거리기 시작했다. 화짜는 쓰러지지 않기 위해 안간힘을 쓰며 호흡을 가다듬었다.

변기 물 내리는 소리, 세면대에서 손 씻는 소리가 차례로 나더니 화장실 문이 벌컥 열렸다. 화짜는 최대한 아무 일도 없다는 듯 정신을 휘어잡고 자리를 지켰다.

"야, 오현진. 너 안색이 좀 더 안 좋아진 것 같다? 괜찮아?"

서영은 걱정된다는 표정으로 화짜에게 물었다.

"어, 어… 으응. 그냥 계속 몸이 좀 안 좋아서 그래. 오늘은 이제 혼자 좀 쉬어야 할 것 같아. 미안해."

화짜는 서영의 눈을 바라보지 못하고 답했다.

"미안하긴. 내가 이것만 치우고 갈게 그럼."

"아니야! 괜찮아. 내가 치울게."

서영이 그릇에 손을 대려고 하자, 화짜는 더 이상 그녀가 자신의 영역에 들어오지 못하도록 막아섰다.

"뭐 그렇게까지…. 그래, 상태를 보니 너 좀 쉬어야겠다. 힘들어도 밥은 꼭 먹고. 그럼 나 먼저 들어가 본다?"

"으, 으응. 들어가. 멀리 안 나갈게."

서영이 현관문을 나서자 화짜는 황급히 문을 닫았다. 그녀는 문에 등을 기댄 채 그대로 미끄러져 주저앉았다. 빠르게 뛰던 심장은 가라앉았지만, 심장을 포함한 모든 장기가 땅으로 축 늘어지는 느낌이었다. 몸이 물에 흠뻑 젖은 것처럼 무거워져 손가락이나 발가락조차도 움직일 수 없었다. 거의 마비 상태가 되어 버린 화짜는 'vks77677', 아니 서영이 남겼던 지난 댓글들을 돌이켜 보았다.

'왜 그랬을까? 도대체 왜?'

현관에 널브러져 한참을 고민했지만, 화짜는 답을 찾을 수 없었다. 자신을 응원해 주고, 집까지 찾아와서 기운을 북돋아 주었던 십년지기 절친이 악플의 주인공이었다니.

화짜는 당장 서영을 붙잡고 따지고 싶었지만, 서영이 자신의 입으로 인정하는 모습을 떠올리니 덜컥 겁이 났다.

　화짜는 생각했다. 자신이 존재하지 않길 바라는 사람들이 세상에는 너무나도, 감당할 수 없을 만큼 많다고. 그런 사람들을 하나하나 찾아가 '저는 존재할 가치가 있는 사람입니다' 하고 설득할 수는 없으니, 그럴 바엔 차라리 자신의 존재를 지우는 것이 가장 최선이겠다고.

＊

　화짜의 오른손에선 조금씩 통증이 느껴지기 시작했다. 하지만 그 욱신거림도 그날의 악몽을 떨치게 하는 데는 아무런 도움이 되지 않았다. 이곳에서 지내다 보면 그 기억을 조금씩 잊게 될 줄 알았는데, 잊혀지긴커녕 점점 더 선명하게 떠올라 목을 조였다.

　'차라리 살아 있기라도 했으면 그년을 찾아가 주먹으로 때리든, 칼로 찌르든 뭐라도 했을 텐데….'

　화짜는 제2한강에 처박혀 있는 지금의 상황을 원망했다. 여기서 몇 달을, 몇 년을 더 지낸대도 서영은 영원한 승자, 자신은 영원한 패자라는 사실은 뒤바뀔 수 없을 테니까.

　과연 서영이는 내 자살 소식을 듣고 어떤 반응을 보였

을까, 화짜는 오른손에 칭칭 감았던 옷을 풀어 내며 생각했다. 서영은 장례식장에 찾아와 침울한 표정을 지었을 것이다. 어쩌면 친구들과 부둥키고 눈물을 와락 쏟았을지도 모른다. 허나 집으로 돌아가는 길에는 이렇게 생각했을지도. '영정 사진이라고 제일 예쁘게 나온 걸 갖다 놨을 텐데, 그것도 참 못 봐줄 수준이구나'라고.

화짜는 몸을 일으켜 깨진 거울 쪽으로 다가갔다. 화장대를 잠시 살펴보고는 그 위에 떨어진 거울 조각 중 가장 크고 날카로운 것을 집어 목 근처에 갖다 댔다. 지긋이 힘을 주어 긋자 검푸른 피가 주륵 새어 나왔다. 화짜는 날카롭게 베이는 느낌이 섬뜩하고 아파 거울 조각을 내던지고 목을 슥 닦았다. 깨진 거울에 비친 자신의 모습은 목덜미에 얼룩덜룩한 핏자국까지 더해져 더욱 볼품없었다. 화짜는 그 모습이 너무나 끔찍해 눈물을 쏟았다.

"최악이야. 최악 중에서도 최악이잖아."

눈물이 목덜미를 타고 흐르면서 피와 만나 걸쭉하게 흘러내렸다.

"최악은 없어지는 게 나아. 진작 사라졌어야 했어."

화짜는 화장실로 가 얼굴과 목덜미를 닦은 뒤, 다시 화장대로 돌아와 어질러진 화장품과 유리 파편들을 슥 쓸어 냈다. 그리고는 그 위에 3단 메이크업 박스를 펼쳤다.

"후- 몽미들 안녕. 이건 인사가 아니라 작별 인사예요. 오늘은 화짜 채널 마지막 콘텐츠입니다. 아쉽다고요? 거짓말. 뒤에 숨어서 얼굴이 어쨌네 저쨌네 악플 달 거 다 알아요. 오늘 할 메이크업은 '자살하기 전 추한 모습 커버하기'입니다."

화짜는 깨진 거울을 바라보며 빠른 손놀림으로 화장을 한 겹, 두 겹 쌓아 나갔다.

민철, 06:25

오 과장은 '다시 자살'을 접수하기 위해 아침대교를 찾았다. 오늘은 '다시 자살'을 하려는 사람이 별로 없는지, 접수 센터 앞에는 오 과장 혼자뿐이었다.

"안녕하세요. 오늘 첫 접수시네요. '다시 자살' 접수하러 오신 것 맞으시죠?"

"네, 맞습니다."

"그럼 서류 먼저 작성해 주시고, 다 되시면 저한테 제출해 주세요. 일곱시가 접수 마감이니까, 그 전까지 내 주셔야만 오늘 '다시 자살'이 가능합니다. 그럼 이따 뵐게요."

오 과장은 서류를 받아 근처 벤치에 앉았다. 이미 예전에 한 번 접수해 봤던 터라, 서류가 낯설지는 않았다. 그는 서류에 이름과 '다시 자살' 날짜를 적어 넣은 뒤, 마지막 항목에서 잠시 고민했다. 하지만 금세 결심이 섰는지, 무어라 휘휙 갈겨 적고는 접수 센터에 서류를 제출했다.

"금방 쓰셨네요. 오늘 날짜로 신청하셨으니까, 늦어도 여덟시 이십분까지는 다리 위에 있는 대기소로 와 주셔야 합니다. 그동안 고생 많으셨어요."

"네… 감사합니다."

아직 '다시 자살'까지는 2시간쯤 여유가 있었지만, 특별한 계획이랄 게 없었던 오 과장은 그대로 계단을 올랐다.

새벽의 희푸른 공기가 막 걷힌 아침대교의 공기는 맑고 상쾌했다. 눈앞에 펼쳐진 풍경이 실제가 아니라, 영화관에서 스크린을 바라보고 있는 것 같았다. 손을 뻗어 잡아당기면 그 풍경을 주욱 찢어 낼 수도 있을 것 같았다. 하지만 손을 뻗었을 때 느껴지는 것은 공기의 흐름뿐이었다.

또각, 또각, 또각, 또각-

그때 갑자기 고요한 아침을 두드려 깨우는 소리가 울렸다. 그 소리는 계단 쪽에서 들려오고 있었는데, 오 과장이 고개를 돌리자 계단을 올라오는 한껏 꾸민 여자가 보였다.

그녀는 계단을 다 올라와 잠시 다리 아래쪽을 보더니, 가볍게 몸서리를 치고 대기소로 걸어가 앉았다. 오 과장은 그렇잖아도 혼자 '다시 자살'하기엔 어딘가 쓸쓸했는데, 길동무가 생겼다는 반가움에 대기소로 가서 인사를 건넸다.

"안녕하세요. 혹시 오늘 '다시 자살'하시는…?"

"네, 오늘 '다시 자살' 신청했어요. 혹시 담당자분이신가요?"

"아니요, 저도 오늘 '다시 자살'합니다. 혼자인 줄 알고 조금 걱정했었는데, 다행이네요."

두 사람은 날씨에 대해 짤막한 대화를 나눴지만, 얼마 가지 못해 침묵이 흘렀다. 그녀는 화려한 화장과는 달리 어두운 분위기를 풍기고 있었다. 목덜미에는 날카로운 물체로 그은 듯한 흉터가 나 있었고, 눈가에는 그렁그렁 눈물이 맺히고 있었다.

"저… 괜찮으세요? 휴지라도 가져다 드릴까요?"

오 과장은 안절부절못하다가 수줍게 한마디를 꺼냈다.

"아니요, 괜찮아요. 그냥 좀 일이 있었어서요."

"아, 네. 혹시 필요하신 거 있으시면 말씀해 주세요. '다시 자살' 동기끼리라도 챙겨야죠, 허허."

오 과장은 괜히 오지랖을 부렸나 싶어 머리를 쓸어 넘기며 말했다.

"동기라… 재밌네요. 그럼 동기끼리 이름이라도 알아

야겠네요. 그쪽은 이름이 어떻게 되세요?"

그녀는 동기라는 말이 퍽 우습게 느껴졌는지, 쓸쓸한 웃음을 띠면서 물었다.

"아, 예예. 저는 관리사무소에서 일했던 오민철 과장입니다. 반갑습니다."

오 과장은 이름을 대며 습관적으로 손을 뻗었다. 여자가 공중에 뜬 그 손을 빤히 쳐다만 보자, 오 과장은 호들갑을 떨었나 싶어 손을 서서히 거두어들였다. 여자는 그 동작의 의미를 그제서야 이해했다는 듯, 자신의 오른손을 뻗어 오 과장의 손을 잡고 가볍게 흔들었다.

"죄송해요. 괜히 민망하시게…. 잠을 제대로 못 잤더니 정신이 없네요. 저는 그냥 화짜라고 불러 주세요. 반갑습니다."

화짜는 여전히 조금 쓸쓸하게 웃으며 말했다.

"화짜…? 이름이 좀 특이하시네요. 화 씨도 있나요?"

"이름은 아니에요. 유튜브 채널명입니다."

"유튜브요? 제가 아는 그 유튜브 맞죠? 동영상 보는 사이트. 이야, 유튜버셨어요?"

오 과장은 호기심 어린 눈빛으로 물었다.

"네. 근데 오 과장님은 보신 적 없으실 거예요. 화장법 알려 주고, 화장품 추천해 주는 뷰티 채널이었거든요."

"아, 그러시구나. 그쪽은 제가 전혀 모르죠. 이런 질문을 드려도 되나 모르겠는데… 많이 유명하셨어요?"

"그렇다고 해야 하나? 구독자가 육십 만 명쯤 있었어요. 지금은 세상을 떠 버려서 조금 줄었을지도 모르겠네요."

"이야, 육십 만 명이요? 육십 만이면 완전 연예인이시네요. 이렇게 유명인 동기와 '다시 자살'하게 되어 영광입니다. 허허, 이것 참."

오 과장은 너털웃음을 터뜨렸다.

"에이, 무슨요. 그리고 육십 만이면 뭐 해요. 악플만 지겹게받다가 친구 년한테까지 악플을 받은 쓰레기 인생인 걸요."

화짜는 턱을 괴고 깊은 한숨을 내쉬었다.

"악플을요? 사람들은 밥 먹은 게 아깝지도 않나, 허구한 날 무슨 악플을 그렇게 단답니까. 세상에 그런 이상한 놈들이 바글바글하다고 생각하면, 차라리 여기가 나은 것 같아요."

오 과장은 미간에 힘을 주고 허공에 삿대질을 해대며 말했다. 화짜는 여전히 턱을 괸 채로 바닥만 쳐다보았다.

"그래도 팬이 육십 만 명이나 되시면, 좋은 댓글이 훨씬 더 많지 않았어요?"

"좋은 댓글, 많았죠. 하지만 그중에 몇 명이나 진심이었을까요? 칭찬하던 사람도 제가 뭐만 조금 잘못하면 금방 돌아서는 게 유튜브예요. 어제 '화짜 님 너무 멋져요' 하던 사람이 오늘은 '미친년, 쌍년' 하죠."

오 과장이 분위기를 바꿔 보려 했지만, 화짜는 이제 아예 두 손으로 턱을 괴고 더 깊은 한숨을 내쉬었다.

"참, 별놈들 때문에 고생이 많으셨네요. 이제 '완전한 무'로 소멸하는 것도 두 시간 채 남지 않았는데, 괜히 그런 놈들 이야기에 시간 쏟지 말고 다리 위라도 좀 걸어요. 어떠세요?"

오 과장은 자리를 박차고 일어나 화짜를 바라보며 말했다. 그는 겉으로는 무덤덤한 표정을 지었지만, 속으로는 화짜가 "괜찮습니다. 혼자 잘 다녀오세요"라고 딱 잘라 거절할까 봐 심장이 조금은 콩닥거렸다.

"네, 그래요. 그게 낫겠어요. 이제 저를 싫어하는 사람들 때문에 고통받는 것도 지겨우니까요."

다행히도 화짜는 오 과장의 제안을 단박에 수락했다. 오 과장은 그녀에게 보이지 않도록 고개를 돌려 안도의 한숨을 내쉬고, 앞장서 대기소를 나섰다.

현진, 07:55

"오 과장님, 저 뭐 하나 물어봐도 돼요?"

말없이 아침대교를 거닐던 화짜가 긴 침묵을 깨고 말했다.

"네, 뭐든지요. 지금 와서 대답 못할 게 뭐 있겠어요, 허허."

"오 과장님은 신청서 마지막 칸에 뭐라고 적으셨어요? '어떤 감정을 느끼고 싶나요?' 칸에요."

화짜는 '다시 자살' 동기의 마음이 궁금했다.

"저요? 저는 '누군가가 미소 지으며 그 정도면 잘했어, 하고 말해 주는 느낌'이라고 적었어요. 시시하죠?"

"왜 그렇게 적으셨는지 여쭤봐도 돼요?"

"어제 인생 처음으로 그 기분을 느꼈는데 엄청 좋더라고요. 그래서 마지막으로 한 번 더 느끼려고요."

오 과장이 조금 쑥스러운 듯 일부러 과장해서 미소를 지었다. 화짜는 '나를 괴롭혔던 사람의 사지를 갈기갈기 찢는 느낌'이라고 쓴 자신의 신청서가 문득 천박하게 느껴졌다.

"화짜 씨는 뭐라고 쓰셨는데요?"

"저는… 비밀이에요. 죄송해요."

화짜는 장난스럽게 빙긋 웃어 보였지만, 죽는 순간까지도 나쁜 기억에 사로잡혀 있는 자신이 한심스러웠다.

"화짜 씨는 제가 죽고 나서야 처음 느낀 감정을 살면서도 꽤 많이 느껴보셨을 것 같아요. 팬이 육십 만 명이시잖아요."

"글쎄요…. 괜히 유튜브를 시작해서 먹지 않아도 될 욕만 실컷 얻어먹은 것 같은 걸요."

화짜는 씁쓸함을 꼴깍 삼켰다.

"그런 일을 겪어 보지 못한 사람으로서 괜히 주제넘은 말씀인가 싶지만, 오늘만큼은 좋은 얘기만 기억하셨으면 좋겠어요. 육십 만 중에 악플러가 절반이나 된다고 해도 삼십 만 명이 남잖아요. 그분들이 하셨던 좋은 얘기들만 모아도 몇 트럭은 나올 것 같은데요?"

"그럴 거예요. 근데 그게 왜 이렇게 어려운지…."

"근데 오히려 몇 십만이나 되는 사람들의 이야기를 다 떠올리려면 더 어려우실 거예요. 그냥 딱 한 명한테만 집중해 보세요. 제일 기억에 남는 팬, 그런 거 없으세요?"

화짜는 발걸음을 멈추고 곰곰이 떠올려 보았다. 하지만 머릿속에는 악플에 대한 생각이 크고 두꺼운 먹구름처럼 가득 끼어 있어, 좀처럼 그 안을 들여다보기 어려웠다.

"생각이 잘 안 나요…."

"음… 제가 입은 티셔츠 보이시죠?"

오 과장은 불쑥 티셔츠의 그래픽 부분을 들어 올리며 말했다. 그 티셔츠에는 도무지 알 수 없는 콘셉트의 의상을 입은 남자 넷이 각자 악기를 들고, 사막을 배경으로 서 있는 모습이 새겨져 있었다.

"제가 진짜 좋아하는 록 밴드인 '플라잉 캑터스' 티셔츠예요. 죽을 때 제일 좋아하는 옷이라도 입고 죽자 싶어서 입고 왔어요. '플라잉 캑터스' 아세요?"

화짜가 금시초문이라는 표정을 짓자, 오 과장은 좀 더

열정적으로 설명을 이어 나갔다.

"아… 화짜 씨 나이면 모를 수도 있겠네요. 아무튼 전설적인 밴드예요. 2012년 8월 21일에 첫 내한 공연을 왔는데, 거의 맨 앞 자리에서 봤어요. 공연 시작 전에 몇 명만 추첨해서 하는 팬 사인회에도 뽑혀서 사인까지 받았고요. 그러니까 이 얘기를 왜 하냐면, 진짜 팬은 자신의 스타를 만났을 때 짓는 표정이 있어요. 잘 보세요."

그러고는 오 과장이 다소 우스꽝스러운 표정을 지어 보였다. 놀란 듯이 입을 살짝 벌리고, 미간은 살짝 찌푸렸지만 눈은 오묘하게 웃음을 지었다. 게다가 살짝 촉촉해져서는 초롱초롱 빛났다. 화짜는 거구의 오 과장이 누군가의 앞에서 진심으로 그런 표정을 지었을 생각을 하니 피식 웃음이 났다.

"웃긴가요? 허허. 이 표정이 제가 그 팬 사인회에서 지었던 표정이에요. 그리고 서서는 아무 말도 안 하고 있으니, 수상하게 본 경호원이 끌어내리려고까지 했죠. 팬을 떠올리기 어렵다면, 화짜 씨 앞에서 이런 표정을 지었던 사람이 있나 기억해 보세요. 어쩌면 한두 명이 아닐 수도 있겠네요."

오 과장이 방금 전의 표정을 한 번 더 지어 보였다. 화짜는 잠시 웃고는, 오 과장의 표정을 진지하게 뜯어봤다. 이상하게도 누군가의 표정이 조금씩 스쳐 지나갔다. 그 사람의 얼굴부터 몸집까지 어디 하나 오 과장과 닮은 곳이 없었지만, 신기하게도 표정은 많이 비슷했다.

'맞다, 도희. 도희가 있었구나.'

화짜가 기억해 낸 사람은 회사 후배 도희였다.

＊

도희는 2년 동안 팀 막내였던 화짜가 처음으로 맞이하는 후배였다. 팀장이 "현진 씨 축하해. 다음 주면 현진 씨 막내 생활도 끝이네" 하며 신입사원의 입사 소식을 알렸을 때, 화짜는 입사 이래 가장 밝은 표정을 지었다.

일주일 후, 팀장이 인사팀과의 오리엔테이션을 마친 도희를 자리로 데려와 소개했다. 이력서에 적힌 그녀의 나이는 스물여섯이었지만, 또래보다 앳되어 보이는 얼굴에 작은 키, 호리호리한 몸 때문에 대학생 새내기처럼 보였다. 입사 첫날이라 잔뜩 긴장한 그 모습도 병아리처럼 보이는 데 한몫했을 테고.

"자, 이쪽은 오늘부터 우리 팀에서 일하게 될 김도희 씨. 모두들 잘 챙겨 주세요. 도희 씨, 이쪽은 여민선 차장. 그 옆은 박한용 대리, 그 옆에는 양소영 대리. 그리고 마지막은 오현진 사원. 다들 인사 나눠요."

도희는 직급 순으로 한 명씩 인사를 나눈 뒤, 마지막으로 화짜를 향해 돌아섰다. 화짜는 이미 활짝 웃는 표정으로 기다리고 있었다.

'드디어 왔구나, 나의 사랑스런 후배여. 나의 잡무를 모두 너에게 하사하노라.'

화짜가 도희를 바라보며 살짝 고개를 숙이자, 도희도 꾸벅 고개를 숙였다.

"도희 씨, 반가워요. 오현진 사원입니다."

"아, 안녕하세요! 저는 김도… 헉."

인사를 하던 도희는 화짜와 눈이 마주치자 오 과장과 꼭 닮은 표정을 지어 보였다.

"왜 그래요, 도희 씨? 너무 긴장하지 않으셔도 돼요. 오 사원이 도희 씨 안 잡아먹어."

팀장이 도희의 등을 두드리며 상황을 수습했다. 화짜는 조금 이상하다 싶었지만, 팀장 말대로 긴장을 많이 해서 그랬겠거니, 대수롭지 않게 여겼다.

그 표정의 비밀은 점심을 먹고 나서 단둘이 업무 인수인계를 할 때가 되어서야 밝혀졌다.

"저… 오현진 사원님. 혹시… 유튜버 화짜 아니세요?"

"어? 도희 씨, 어떻게 아셨어요?"

도희는 입을 틀어막았지만, 눈 위로는 아까와 똑같은 표정임을 알 수 있었다.

"아, 언니! 아니, 죄송해요. 오현진 사원님. 어떻게 몰라보겠어요. 제가 얼마나 팬인데요! 저 구독자 삼백 명일 때부터 쭉 봤단 말이에요.”

“정말요? 이렇게 진성 구독자를 회사에서 만나다니, 기분 좋으면서도 엄청 쑥스럽네요. 다 발가벗겨진 느낌이랄까.”

화짜가 겸연쩍게, 그러면서도 뿌듯함이 잔뜩 묻은 웃음을 지었다.

“오현진 사원님, 진짜 너무 존경해요. 화장법도 너무 뛰어나시고, 말씀은 또 어떻게 그렇게 재미있게 하시는지! 이런 말씀드려도 될지 모르겠는데… 사람 자체가 그냥 매력 덩어리예요. 맨날맨날 새 콘텐츠 올라왔나 확인하고, 잘 때도 틀어 놔요. 아, 진짜 대박이에요. 이 회사 오길 너무 잘했어요. 성덕의 기분이 이런 건가 봐요!”

도희는 갖고 싶었던 선물을 한꺼번에 받은 어린 아이처럼 흥분을 감추지 못했다. 화짜는 그런 도희의 모습이 귀여우면서도, 자신이 누군가에게 이렇게까지 대단한 사람이라는 사실에 아주 간지러웠다. 60만 구독자까지 채널을 키우면서 팬들과 만날 일도 제법 있었지만, 도희 같은 에너지를 주는 사람은 처음이었다.

“도희 씨, 둘이 있을 때는 언니라고 불러요. 저한테는 회사 후배이기 전에, 소중한 몽미니까요.”

“정말요? 아, 언니, 저 죽을 것 같아요! 저 맨날 구박하셔도 퇴사 안 할게요, 헤.”

도희는 화짜가 영상을 올린 다음 날이면 자리로 슬며시 다가와 쪽지와 함께 초콜릿이며 사탕 같은 걸 전해 주었다. 여름에는 휴대용 선풍기를, 겨울에는 손난로를 사다 주기도 했다.

언니, 어제 영상도 너무 잘 봤어요. 좀 이따 제 코 좀 봐 주세요. 언니가 알려 준 대로 발라 봤는데, 좀 부족하긴 해도 훨씬 나아진 것 같아요. 항상 감사해요, 언니.

어제 콘텐츠 너무 대박적인 것 아닌가요? 화장법 말고 이런 브이로그도 자주자주 올려 주세요. 언니가 필요하시다면 언제든 저는 준비가 되어 있습니다. 쫄래쫄래 따라 다니면서 영상 찍어 드릴 수 있어요. 그리고 요건 손난로예요. 언니 추위 잘 탄다고 하셨잖아요. 집에 갈 때 주머니에 꼭 넣어 가세요. 이따 꼭 밥 같이 먹어요♥

언니가 어제 콘텐츠에서 말씀하신 사탕 저도 엄청 좋아해요! 반갑기도 하고 신기하기도 한 마음에 집에 있던 걸 한 움큼 집어 왔어요. 당 떨어질 때 드세요!

서영의 악플 사건 이후 두 번째 휴직계를 냈을 때도 도희는 화짜에게 꾸준히 연락을 남겨 주었다. 하지만 화짜는 대꾸할 힘이 없다는 핑계로 대부분은 읽지도 않고 그대로 남겨 두었다.

그러던 어느 날, 도희에게 처음으로 전화가 걸려 왔다.

"어, 받으셨네요! 언니, 안녕하세요. 저 도희예요. 불쑥 전화 걸어서 죄송해요. 그동안 신경 쓰이실까 봐 일부러 전화는 안 했는데, 큰맘 먹고 걸어 봤어요. 언니는 대답 안 하셔도 돼요. 언니, 말도 안 되는 댓글에는 눈길도 주지 마세요. 언니같이 귀한 사람이 그런 것 때문에 힘들어 하시는 모습을 상상하면 마음이 찢어질 것 같아요. 저 같은 구독자 하나의 말이 큰 힘이 될 수 없다는 건 알지만, 저처럼 언니를 응원하는 사람이 수십만 명이나 된다는 사실을 기억해 주세요. 그리고 죄송하지만… 제가 인사팀에 물어서 언니 주소를 받았어요. 죄송해요. 그래도 너무 걱정 되어서요. 문 앞에 영양제랑 아이스크림이랑 사탕 놓아 두었어요. 아이스크림은 언니가 예전에 영상에서 좋아한다고 했던 맛으로만 골라 왔어요. 말이 너무 길었죠? 죄송해요. 이제 끊을게요. 곧 회사에서, 유튜브에서 만날 때까지 기다릴게요. 쉬세요, 언니. 언니는 정말 아름다운 사람이에요."

화짜는 전화가 끊어질 때까지 한 마디 대꾸도 하지 못했다. 도희가 아직 근처에 있을 수도 있겠다는 생각에 현관문을 열고 나갔지만, 문 앞에 노란 쇼핑백만 놓여 있을 뿐 도희의 모습은 보이지 않았다.

화짜는 그 쇼핑백을 가지고 들어와 식탁 위에 내용물을 펼쳤다. 도희가 사왔다는 그 아이스크림은 혼자 먹기엔 과한 사이즈였다. 뚜껑을 열어 보니 콘텐츠에서 스쳐가며 말했던 '최애맛 다섯 가지'가 도희의 마음처럼 가득 채워져 있었다. 어찌나 눌러 담았는지 뚜껑이 간신히 닫힐 정도로.

화짜는 차마 그 아이스크림을 먹을 수 없어, 식탁에 올려놓고 가만히 쳐다봤다. 아이스크림은 시간이 지날수록 녹아 갔지만, 도희의 마음을 꿀꺽 삼키는 대신 최대한 오래 보고 싶어, 완전히 녹을 때까지 그대로 두었다.

허나 그런 도희의 마음도 화짜의 자살은 막을 수 없었다. 화짜는 서영의 악플 사건이 터진 뒤로는 우울하고 절망적인 것 외에는 볼 수 없었고, 죽을 때까지 도희를 한 번도 떠올리지 못했다. 그건 죽어서도 마찬가지였다. 생전의 악몽에 사로잡혀 지내느라, 도희가 있었다는 사실조차 제대로 떠올려 본 적 없었다.

*

화짜는 한 번이라도 도희의 얼굴을, 도희의 목소리를 돌아보지 못한 자신의 모습이 후회스러웠다. '그랬더라면 자살하지 않았을 텐데' 하는 이유 때문이 아니었다. 그저 그렇게 소중한 마음을 받고도 제대로 꺼내 보지도 못했다는 사실이 미안했다.

화짜는 녹아내린 아이스크림처럼 끈적한 눈물을 쏟기 시작했고, 그 모습을 본 오 과장은 안절부절못하고 발을 굴렸다.

"아이고, 제가 괜한 소리를 했나…. 괜찮으세요? 제 옷으로라도 닦으실래요?"

오 과장이 '플라잉 캑터스' 티셔츠를 들이밀었다.

"괜찮아요. 제 옷으로 닦으면 돼요."

화짜는 소매로 스윽스윽 눈물을 닦아 냈다.

"기억나신 거예요? 진짜 팬이요."

"네, 덕분에요. 잊고 있었어요. 도희도 그렇고, 제가 아프지 않기를 진심으로 바랐던 모든 사람들의 마음을요."

화짜의 눈에선 계속 눈물이 흘렀지만, 목소리만큼은 떨림 없이 깨끗했다. 게다가 입꼬리는 좋은 일이라도 있는 사람처럼 움찔움찔 올라가고 있었다.

"다행이에요. 전 그럴 줄 알았어요. 팬이 육 만 명도 아니고 육십 만 명이나 되시는데, 어떻게 감히 악플 따위가 화짜 씨 마음을 잡고 흔들겠어요."

"그러게요. 육십 만 명이나."

화짜는 소매로 눈가를 꾹꾹 눌러 마지막 눈물을 닦아 냈다.

"아이고, 벌써 여덟시네요. 이제 슬슬 돌아가서 준비를 해야겠어요."

"네…. 근데 혹시 과장님, 아까 써 냈던 '마지막으로 느끼고 싶은 감정'을 수정할 수도 있나요?"

화짜는 마지막까지 자신을 싫어하는 사람들에게 마음을 쏟을 뻔했던 그 신청서를 당장에라도 찢어 버리고 싶었다.

"음, 될 거예요. 관리사무소 근무할 때 얼핏 들었었는데, '다시 자살' 오 분 전까지는 자유롭게 수정할 수 있다고 하더라고요."

"그래요?"

화짜는 그 말을 듣더니 신고 있던 힐을 벗어 던지고 헐레벌떡 아침대교 북단으로 달려갔다.

"과장님, 고마워요! 시간이 없으니까 먼저 가서 확인해 볼게요. 이따 다시 만나요!"

화짜는 다시 자살 접수 센터 창을 다급하게 두드리고 자초지종을 설명했다. 직원은 이제 '다시 자살' 시간이 10분도 채 남지 않아, 수정하지 않는 게 좋겠다고 했다. 시간 내에 다시 서류를 제출하지 못할 경우, 오늘 '다시 자살'은 취소되기 때문이었다.

"바로, 허억, 허억. 바로 쓸 수 있어요. 허억, 헉, 빨리 주세요."

화짜는 아직도 헐떡이는 숨을 간신히 누르며 말했다.

그녀는 서류와 펜을 받자마자 무언가를 휘갈겨 쓰고는 의기양양한 표정으로 직원에게 서류를 내밀었다.

"이렇게 글씨를 빨리 쓰는 사람은 생전, 아니 죽어서도 처음 보네요."

직원은 빙긋 웃고는 '다시 자살' 확인 도장을 찍어 주었다.

"바꾸셨어요?"

오 과장이 숨을 헐떡이며 대기소로 걸어 들어오는 화짜를 보며 물었다.

"네, 다행히 늦지 않고 바꿨네요. 오 과장님 덕분이에요, 고마워요."

"이야, 저도 바꿀 걸 그랬나? 어제 만났던 분이 누군가에게 도움된다는 느낌이 엄청 좋다고 했는데, 그 말이 뭔지 알 것 같네요. 저한테도 좋은 감정을 하나 더 알려 주셔서 감사합니다."

오 과장은 흐뭇한 미소와 함께 화짜에게 살짝 고개를 숙여 인사했다.

"아, 벌써 여덟시 이십사분이네요. 이제 슬슬 준비합시다."

오 과장은 마지막으로 머리카락을 다듬으며 매무새를 정리했고, 옷에 어디 구멍이라도 나지 않았는지 자세히 살폈다. 8시 25분이 되자 '다시 자살' 안내 직원이 들어와 두 사람을 아침대교 중앙으로 인도했다.

"오늘 아침대교 '다시 자살'은 딱 두 분뿐이시네요. 평소에는 적어도 다섯 명은 되는데, 오늘 아주 고요하게 가시겠어요. 그것도 나쁘지 않죠. 앞에 서 있는 번호 순서로 뛰어내리게 되니까, 두 분이 상의하셔서 각자 원하시는 번호에 서 주세요."

안내 직원은 손을 뻗어 바닥에 새겨진 번호를 가리켰다.

"오 과장님, 제가 먼저 뛰어도 괜찮을까요?"

준비선에 선 화짜가 오 과장을 바라보며 물었다.

"예, 뭐 상관없죠. 그래 봤자 일 번 아니면 이 번인 걸요."

오 과장은 미소와 함께 '2번' 자리로 가서 섰다.

"자, 이제 시간이 됐습니다. 일 번 서신 분부터 뛰어내려 주시면 됩니다. 시간 제한은 없지만, 너무 오래 고민하시면 뒤에 서 계신 분도 힘들어지니까 긴장 푸시고 몸을 가볍게 고꾸라뜨리세요. 물론 마음이 바뀌셨다면 언제든 제게 말씀해 주시면 됩니다."

화짜는 직원의 마지막 안내를 듣고, '안녕히 가세요'라고 써진 발판으로 이동했다. 고개를 살짝 숙여 아래를 바라보자, 손바닥이 서늘하게 땀이 맺혔다.

"오 과장님!"

화짜가 난간을 꼭 붙잡고, 고개만 뒤로 돌려 오 과장을 바라보았다.

"예?"

"저… 혹시… 아까 그 표정 한 번만 더 보여 주실 수 있으세요?"

"예? 표정이요?"

"네, 진짜 팬이 짓는 표정이요!"

오 과장은 쑥스럽다는 듯이 뒷머리를 긁더니, 아까보다 더욱 생생하게 표정을 지어 보였다.

"고마워요, 과장님. 이제 진짜 가 봐야겠어요."

화짜는 활짝 웃고는 다시 앞을 쳐다봤다.

"화짜 씨, 마지막 감정 뭐라고 적었는지 여쭤봐도 돼요?"

"그럼요. 이제 더 이상 비밀이 아니에요. 창피하지 않은 걸로 바꿨거든요."

화짜는 시선을 여전히 앞에다 둔 채 대답했다.

"뭔데요?"

"제일 좋아하는 맛만 담긴 아이스크림을 한 통 다 퍼먹는 기분이요."

"좋겠네요, 그 기분. 저도 아이스크림 좋아하…."

오 과장이 말을 미처 다 끝내기도 전에 화짜는 난간을 잡고 있던 손을 놓고 아래로 뛰어내렸다. 그녀는 눈을 질끈 감았지만, 자신의 몸이 아주 빠르게 낙하하고 있다는 것을 느낄 수 있었다.

입 안에는 달콤하면서도 새콤한 맛이, 이가 시릴 만

큼 차가우면서도 보드라운 감촉이 퍼졌다.

민철, 08:35

"선생님, 관리사무소 공공근로과에 김예선이라는 분이 계시거든요? 죄송하지만, 그분께 오민철 과장이 정말 고맙다는 말을 남겼다고 전해 주실 수 있을까요?"

안내 직원은 꼭 전해 주겠다며 걱정하지 말라고 답했다. 오 과장은 감사하다고 고개를 숙여 인사한 뒤, 37년 동안 자신이 감당하기엔 조금 컸던 그 몸을 잔잔한 수면으로 힘껏 던졌다.

예선은 다음 날 오 과장의 '다시 자살' 소식을 들었다. 공공근로과 직원들은 자신이 직무를 배정해 주었던 민원인이 '다시 자살'을 하면, 기존 기록을 정리하고 전산 시스템에 해당 직무를 '배정 가능' 상태로 재등록했다.

오 과장의 컴퓨터와 자리는 이미 깔끔하게 정리되어 있었기에, 예선은 일사천리로 일을 진행할 수 있었다.

"깔끔도 하셔라. 자, 이제 전산 처리를 하러 가 볼까."

예선은 자기 자리로 돌아가 컴퓨터를 깨웠다. 전산 시스템에 관리사무소 사망확인과의 부서 코드를 입력하고, 직원 목록에서 오 과장의 이름을 삭제 요청했다.

　　삭제 사유를 입력해 주십시오.

　　예선은 '다시 자ㅅ'까지 적다가, 백스페이스를 꾹꾹꾹 눌러 모두 지웠다. 그리고는 '명예퇴직'이라고 입력한 뒤 확인 버튼을 클릭했다.

　　정상 처리되었습니다.

2019년 4월 27일 - 홍형록 사망 11일차

나, 09:26

　나는 2식당에서 푸르죽죽한 된장국으로 대충 아침을 때웠다. 오늘도 이슬의 모습은 보이지 않았다. 순환열차에서 훌쩍 사라져 버린 게 벌써 일주일 전이었다. 혹시 그 사이에 '다시 자살'을 하기라도 한 걸까? 뭐, 걔가 꼭 나한테 말하고 떠나가야 할 이유는 없으니…. 나는 고개를 가볍게 젓고는 식당 문을 나섰다.

　오늘 하늘은 아침임에도 불구하고 꽤나 어두컴컴했다. 먹구름이 잔뜩 껴 있는 것을 보니, 아무래도 비가 한바탕 쏟아질 모양이다. 우산을 준비하지 못했지만, 죽은 마당에 비좀 맞는 게 대수냐는 마음으로 터덜터덜 한강 쪽을 향해 걷기 시작했다.

이슬이 자취를 감춘 후로는 누군가와 이야기를 나누는 일도 없이 그저 식사와 산책으로 시간을 보냈다. 그 외의 시간에는 가만히 앉아 물을 바라보거나, 1204호에서 잠을 자는 것이 전부였다.

'부질없어, 정말로 부질없어.'

요즘 들어 부쩍 그런 생각이 늘었다. 아무런 의미도 없이 그저 예정된 죽음을 미루고만 있는 이 시간이 점점 불필요하게 느껴졌다. 그렇다고 살아생전 내 삶에 대단한 의미가 있는 건 아니었지만, 제2한강에서의 삶은 그 이하였다.

'얘는 도대체 어떻게 여기서 십 년을 버틴 거지?'

나는 한강과 맞닿은 경사로 잔디에 앉으며 이슬을 떠올렸다. 고작 열흘쯤 지낸 나도 완전히 질려 버렸는데, 10년이란 세월을 무슨 수로 채운 것인지…. 확실히 평범한 편은 아니야, 그렇게 중얼거리며 시선을 강물 쪽으로 던졌다.

강물은 동에서 서쪽으로 아주 느릿느릿 흐르고 있었다. 물은 어떤 의미가 있어서 어느 한쪽에서 다른 한쪽으로 흐르는 것일까? 아니, 애초에 흐르고 싶어서 흐르는 것도 아닐 테지. 그저 더 높은 곳에서 흘러나오는 물에 밀리고 밀려나고 있을 뿐. 그렇다면 강물도 내 삶처럼 아무 의미 없다.

저 먼 곳에서 누군가 작은 배를 타고 물에서 몸뚱아리를 건져 내고 있다. 배를 탄 사람은 예전에 죽은 사람, 건져 올려지는 사람은 방금 죽은 사람이다. 죽은 사람이 죽은 사람을 건진다. 그 풍경은 아주 기괴했지만, 며칠 새 수십 번 봤더니 마치 세상에 원래부터 존재했던 장면처럼 익숙하게 느껴졌다. 여기서 1년을 버틴다면 저 모습을 만 번도 넘게 보게 되겠지. 양치도 1년에 고작 천 번 할 뿐인데.

나는 초점을 다시 강물로 옮겼다. 내가 바라보고 있던 물은 이미 저 아래로 떠밀려 갔고, 이제 새 물이 내 눈앞에서 흐르고 있었다. 한때 아주 높은 곳에서 강력한 힘으로 휘몰아쳤을 물이 출근 시간처럼 꽉 막힌 한강 물에 끼어 슬금슬금 기어간다. 물은 그때를 그리워 할까, 아니면 지금에 만족할까.

태어난 이후로 줄곧 낮은 곳으로만 흘러가는 내 삶도 저 물과 닮아 있었다. 그렇다면 나는 과거를 그리워하고 있을까? 글쎄, 돌아가 봤자 어차피 다시 이곳에 닿을 텐데. 이 모든 것을 다시 한번 겪을 바에는 과거를 몽땅 지워 버리는 편을 택할 것이다.

"어?"

그때 작은 물방울 하나가 광대를 때렸다. 아직은 이게 비라는 것을 확신할 수는 없었다. 나는 다음 물방울을 차분하게 기다렸다.

"아."

두 번째, 세 번째 물방울이 차례대로 턱과 이마를 때

렸고, 그제서야 나는 비가 내린다는 사실을 인정할 수 있었다. 빗방울은 순식간에 굵은 빗줄기가 되어 사방을 가득 메웠다. 나는 재빠르게 두 손으로 머리를 가렸지만, 비는 나의 애처로운 손짓을 가볍게 무시하고는 순식간에 몸을 홀딱 적셨다.

비에 젖은 몸은 아주 축축하고 무거워졌다. 가능하다면 이 몸뚱아리를 포기하고, 둥실둥실 떠다니는 유령이 되고 싶었다. 하지만 몸은 자신의 존재를 결코 잊지 말라는 듯 더 축축하고 무겁게 나를 아래로 잡아당겼다. 이대로 서 있다가는 내 발로 옮길 수 없을 만큼 무거워질지도 모른다. 나는 어떻게든 내 몸을 옮겨야 했다.

주변을 둘러보니 큰 건물이 하나 보였다. 어디서 많이 본 건물인데…. 그렇지, 유실물 센터. 나는 축축하고 무거운 몸을 이끌고 건물로 달려갔다. 철퍽, 철퍽. 빗물이 흥건히 고인 바닥을 밟을 때마다 신발 속으로 물이 들어왔다. '죽은 마당에 비 좀 맞는 게 대수냐' 하고 쿨한 척을 하던 내 모습은 아마도 비에 씻겨져 버린 것 같았다.

유실물 센터 입구에 도착한 나는 축축한 숨을 거칠게 몰아쉬었다. 허억, 허억 입을 벌리고 숨을 쉬다가 머리카락에서 흐른 물이 입으로 들어가는 바람에 캑, 캑 기침을 했다.

비는 여전히 수압이 센 샤워기를 틀어 놓은 듯 맹렬하

게 퍼붓고 있었다. 우산 없이 뛰어들었다가는 선 채로 익사
할 판이었다.

'아, 유실물 센터에서 우산을 찾으면 되잖아?'

내 머리가 오랜만에 쓸 만한 방향으로 작동했다. 나는
물기를 대충 털어 내고, 센터 안으로 들어가 우산을 찾아 달
라고 신청했다. 하지만 직원은 이것저것 클릭하고 자판을
두들기더니 난처하다는 표정을 지었다. 그는 찝찝한 표정
으로 물품 보관 선반까지 다녀왔지만 결국 빈손이었다.

"이거 어쩌죠? 우산은 '미보유 물품'이라고 표시되네요."

"미보유 물품이요?"

"네, 말 그대로 홍형록 님 사망 시점을 기준으로 해당
물품을 보유하고 있지 않으셨다는 뜻이에요. 아마도 생전
에 우산을 잃어버리셨던 것 같네요."

"아…."

나는 창구 직원에게 꾸벅 인사를 하고 대기석으로 가
서 앉았다. 우산 하나 제대로 간수하지 못했다니, 멍청하기
도 하지. 우산을 찾아가겠다는 계획은 보기 좋게 물거품이
되어 버렸다.

"저기, 괜찮으시면 이거라도 쓰고 가세요. 전 하나 더
있거든요."

쫄딱 젖은 채로 멍하게 앉아 있는 내가 불쌍해 보였는
지, 창구 직원이 대기석까지 와서 비닐우산 하나를 건네 주

었다.

"아, 괜찮은데…. 감사합니다. 제가 꼭 돌려 드릴게요."

"아니에요. 그냥 가지셔도 돼요. 지금은 비가 너무 많이 오니까, 비 그칠 때까지 계시다 가세요."

"예…. 감사합니다."

창구부터 내가 앉아 있는 자리까지 흙탕물 자국이 길게 이어져 있었다. 내가 남긴 흔적으로 퍽 잘 어울린다는 생각이 들었다.

대기석 소파는 폭신했지만, 이곳에서 영원히 앉아 있을 수도 없는 노릇이었다. 소파에서 몸을 일으키려는데, 물을 가득 머금은 탓인지 쉽게 되지 않았다. 나는 내 몸을 자유롭게 가눌 능력조차 없었다. 서너 번 더 반동을 준 후에야 간신히 몸을 세울 수 있었고, 창구 직원이 유실물을 찾으러 선반 쪽으로 사라진 틈을 타 슬금슬금 유실물 센터를 빠져나왔다.

"벌써?"

밖에 나오니 비가 그쳐 있었다. 나는 손에 든 비닐우산을 허망한 눈빛으로 바라보았다. 이제 우산도 나처럼 쓸모가 없어져 버렸다. 흠뻑 젖은 나의 몰골과 기다란 쇠막대기는 징그러운 한 쌍이 되어 건물 앞에 덩그러니 서 있었다.

항상 이런 식이었다. 우산을 깜빡해 비를 쫄딱 맞고, 그러다가 편의점에라도 들러 급하게 비닐우산을 사고 나면 비가 그쳤다. 비에 대한 것만이 아니라, 내 인생 전체가 그랬다. 문제가 닥칠 때마다 쩔쩔 매다가, 뒤늦게 해결책이라고 준비한 건 오히려 짐이 되었다.

비가 그쳤으니 여기 멍하니 서 있을 핑계도 사라졌다. 가야겠지, 어디든. 이제부터 나는 무얼 해야 할까? 그리고 내일은 또 무얼 해야 할까? 내 손에는 물감도 붓도 없는데, 미래라는 크고 하얀 캔버스가 내 앞에 수백, 수천 장 까마득하게 펼쳐졌다.

구름의 틈새로 햇빛이 터져 나오기 시작했지만, 나는 갈피를 잡지 못하고 멍청하게 서 있을 뿐이었다. 부질없이, 의미 없이.

이슬, 17:12

"드디어 나도 이걸 받는구나."

영선 아줌마는 이슬이 건넨 봉투를 받아 들고 한숨을 쉬었다.

"아줌마, 이거 뭔지 아세요? 어떻게요?"

이슬은 토끼 눈이 되어 물었다.

"요즘 이 동네에서 이거 모르는 사람이 있겠니? 골목 대장 이슬이가 곧 '다시 자살'을 하는데, 초대장까지 만들어서 사람들을 초대하고 다닌다고 소문 다 났지."

"아… 그래요? 히…."

이슬은 아랫입술을 살짝 깨물고 멋쩍은 웃음을 지었다.

"웃긴 뭘 웃어. 지금 웃음이 나와? 기어이 가는구나, 이 아줌마를 두고 말이야."

영선 아줌마는 에휴, 하고 깊은 한숨을 쉬고는 홀연히 수상택시 쪽으로 걸어갔다.

"어, 영선 아줌마! 어디 가세요!"

"잔말 말고 따라오기나 해. 드라이브 좀 가자."

영선 아줌마가 손짓을 하자 이슬이 헤헤 웃으며 달려 갔다. 축 처진 영선 아줌마의 어깨처럼 수상택시의 시동 소리도 오늘따라 맥이 없었다.

"류이슬 씨, 탑승하셨습니까? 오늘 목적지는 운전수가 정합니다. 목적지는… 없습니다. 강물따라 크게 한 바퀴 돌게요. 준비되셨죠?"

"네, 선장님!"

이슬이 분위기를 바꿔 보려고 평소보다 더 활기찬 목소리로 대답했다.

"선장님은 무슨… 출발할게, 꽉 잡아."

영선 아줌마는 한동안 말없이 수상택시를 몰았다. 이슬은 힐끗힐끗 그녀의 얼굴을 살폈지만, 입술은 꽉 닫혀 있었다.

"아줌마… 계속 말씀 안 하실 거예요? 화나셨어요?"

"…"

"아줌마한테 일 번으로 안 줘서 미안해요. 근데 일부러 그런 거예요. 아줌마한테는 꼭 마지막쯤에 주고 싶었거든요. 그만큼 아줌마를 좋아하니까요."

이슬은 애처로운 눈빛을 하고 얼굴을 영선 아줌마 쪽으로 들이밀었다.

"아이고, 얘가 왜 이런대? 사고 나겠다, 붙지 마."

"아아아아, 아줌마아. 화 푸세요, 네?"

영선 아줌마는 이슬과의 거리를 벌리려 했지만, 이슬은 되레 더 가까이 붙더니 그녀의 팔뚝에 볼을 포갰다.

"으휴, 정말. 내가 초대장을 일 번으로 못 받았다고 삐쳤겠니? 네 마음 내가 잘 알지. 나도 우리 이슬이가 좋아, 아주 좋아. 그래서 마음이 찌릿찌릿해. 눈물 날 것 같애."

눈물이 날 것 같다던 영선 아줌마의 볼에는 이미 눈물이 흐르고 있었다.

"아줌마가 우니까 저도 울 것 같잖아요. 왜 그래요."

울 것 같다던 이슬도 이미 눈물로 영선 아줌마의 셔츠를 적시고 있었다.

영선 아줌마는 눈물이 마를 수 있도록 속도를 더 올렸다.

"그래서 이 초대장은 뭐야?"

10분쯤 더 달려 저녁대교에 가까워졌을 때, 영선 아줌마가 턱으로 초대장을 가리키며 물었다.

"저 내일 '다시 자살'하려고요. 그때 와 달라고 초대하는 거예요. 일주일 동안 남부랑 북부를 왔다 갔다 하면서 초대장을 돌렸더니, 다리가 아플 정도예요."

"다 두고 떠날 건데, 뭣 하러 초대는 해."

영선 아줌마의 표정은 조금 누그러졌지만, 말투는 여전히 퉁명스러웠다.

"아줌마 아직도 삐치셨구나."

여전히 눈가가 붉은 이슬이 팔꿈치로 영선 아줌마의 옆구리를 푹 찌르며 놀려댔다.

"얘가, 얘가. 어른을 놀려 먹어? 아주 강물에 빠뜨릴 거야."

"안 그러실 거 알거든요?"

이슬이 두어 번 더 영선 아줌마의 옆구리를 찔렀다. 그녀는 그제서야 못 당하겠다는 듯이 웃어 보였다.

"우리 영선 씨는 웃을 때가 제일로 예뻐요. 아, 보기 좋다!"

"됐다, 얘. 아휴, 이렇게 귀여운 이슬이가 떠나면 무슨 재미로 사나…. 그나저나 어떻게 갑자기 결정하게 된 거야? 십 년이나 미뤘으면서."

수상택시는 이제 저녁대교 밑을 지나가고 있었다.

"이제 무섭지 않아서요. 십 년이면 미루기도 오래 미뤘죠. 이렇게 딱 무섭지 않을 때 가면 좋을 것 같아요."

"무서웠어? 뭐가? 다리에서 뛰어내리는 게?"

"그것도 그렇지만, 십 년 전처럼 혼자인 채로 죽을까 봐 무서웠어요. 근데 이제 괜찮아요. 그때랑은 다르게 제 곁에 친구들이 많거든요."

"친구? 누구?"

"바로 제 옆에도 있잖아요. 운전대 잡은 영선 씨."

이슬이 손을 총 모양으로 하고 윙크를 발사했다.

"예전엔 동갑내기만 뻔질나게 찾더니, 웬일이야?"

영선 아줌마는 이슬의 귀여운 모습에 미소가 번졌지만, 이슬에게 보이지 않으려고 일부러 고개를 돌리며 말했다.

"나이가 같아야만 친구인가요, 통하면 친구죠."

"이슬이 요즘 책 읽니? 그동안 한 글자도 읽는 걸 못 봤는데… 갑자기 철이 들어서 왔네."

뭐예요, 하면서 이슬이 영선 아줌마의 옆구리를 콕 꼬집었다. 영선 아줌마가 화들짝 놀라 핸들을 좌우로 크게 흔들자, 물살이 튀어 둘의 머리 위로 후두둑 떨어졌다.

"아! 시원하다. 아줌마, 한 번 더 꼬집을까요?"

이슬이 젖은 앞머리를 쓸어 넘기며 활짝 웃었다. 영선 아줌마는 이슬의 머리를 한 번 쓰다듬더니, 부드럽게 어깨를 끌어안아 자기에게 기대게 했다.

"이슬이 덕분에 지난 오 년이 살만 했어. 아줌마한테는 딸이나 다름없었어. 윤희도 널 봤으면 아주 예뻐했을 거야."

윤희는 영선 아줌마의 딸이었다. 그녀는 8년 전에 자살했고, 제2한강에서 3개월을 살다 떠났다.

"그러게요. 저도 언니가 궁금해요. 만났으면 친언니처럼 지냈을 텐데⋯."

"맞아. 윤희가 너랑 참 닮은 구석이 많았어. 우리 윤희는 어떻게 지내고 있으려나⋯."

영선의 눈동자에는 윤희와 함께 보낸 시간들이 스쳐 지나갔다.

"어떻게 지내긴요, 모든 걸 다 놓고 '완전한 무'로 소멸했죠. 다 알면서 왜 그러셔."

이슬은 영선 아줌마가 슬픔에 폭 하고 잠겨 버릴까 빠르게 대꾸했다.

"그렇지? 벌써 팔 년이나 됐는데, 아직도 실감이 나지 않을 때가 있어서⋯. 우리 이슬이가 가고 난 다음에도 그런 느낌이겠지?"

"그럼 아줌마도 빨리 따라오시면 되죠. 괜히 그런 생각 안 하게."

"난 갈려면 아직 멀었다."

"왜요? 아줌마도 무서워요?"

이슬이 어깨에 기댄 채로 영선 아줌마의 얼굴을 올려다보며 물었다.

"내가 애니? 우리 남편이 오나 안 오나 확인해야 하니까 그렇지."

"아저씨는 오시면 안 되잖아요?"

"응, 맞아. 오지 않는 걸 확인해야 해서 그래. 한 삼십 년 기다렸는데도 소식이 없으면 여기 안 왔다는 거잖아? 그때가 되면 나도 떠날 수 있을 것 같아. 관리사무소에 말해 뒀어, 62년생 박광택이 오면 나한테 꼭 말해 달라고. 우리 윤희한테도 미안하지만, 남편을 혼자 두고 온 게 평생 짐이야. 미안해, 참."

영선 아줌마도 고개를 기울여 이슬의 정수리에 기댔다.

"저도 아저씨가 오지 않길 꼭 기도할게요."

"고맙다, 이슬아."

수상택시는 부우우우웅 소리를 내며 제2한강을 두 바퀴 더 돌았다. 이슬은 익숙해질 대로 익숙해져 버린 풍경을 마치 처음 보는 것처럼 세심하게 눈에 담았다.

"4월 28일, 점심대교라. 점심대교면 세시지?"

영선 아줌마는 3정류장에 수상택시를 세우고는 초대장을 한 번 더 훑어보았다.

"맞아요. 늦지 마세요, 꼭."

"근데 왜 점심대교로 골랐어?"

"거기가 제일 낮잖아요. 높으면 무서워요."

"너도 참…. 그래, 그럼 내일 보자. 아줌마가 늦지 않게 갈게."

이슬은 수상택시에서 폴짝 뛰어내려 영선 아줌마에게 손을 흔들었다. 둘은 서로 먼저 들어가라며 실랑이를 벌였는데, 이슬이 끝끝내 버티는 바람에 영선 아줌마가 양보하고 먼저 떠날 수밖에 없었다.

이슬은 영선 아줌마가 시야에서 완전히 사라질 때까지 가만히 서서 쳐다보았다. 끔찍한 외로움도 털어 낸 이슬이었지만, 내일부터 수상택시를 타지 못한다는 사실은 못내 아쉬웠다.

나, 07:02

아침부터 누가 문을 쿵쿵 두드려대는 탓에 잠에서 일찍 깼다. 문을 여니 이슬이 서 있었다.

"어…?"

꼬박 여드레 만에 모습을 드러낸 이슬에게 나는 어떤 인삿말을 건네야 할지 몰랐다.

"그 반응 뭐냐?"

이슬이 양볼 가득 심술 찬 표정으로 노려봤다.

"어쩐 일로…?"

나는 아직 꿈에서 덜 깼나 싶어 눈을 비볐다. 그때 이슬이 갑자기 나의 코를 콱 꼬집었다.

"아! 뭐야? 아프잖아! 아… 내 코…."

"꿈 아니고, 환상 아니고, 신기루 아니야. 빨리 옷 입고 나와, 시간 없으니까."

그러더니 이슬이 밖에서 문을 쑥 밀어 닫아 버렸다. 내가 다시 문을 열려고 했으나, 이슬이 밖에서 온몸으로 누르고 있는지 잘 열리질 않았다.

"꾸물거리지 말고 빨리 준비해!"

소리를 빽 지르는 바람에 나는 움찔 놀라 현관문에서 떨어졌다. 옷장에서 후드 티를 꺼내 걸치고 아무 양말이나 집어 신은 뒤 허겁지겁 밖으로 나갔다.

"자, 받아."

이슬이 내게 불쑥 봉투를 하나 내밀었다.

"이게 뭐야?"

"열어 보면 알잖아."

나는 머리를 긁으며 봉투를 열었다. 봉투에는 종이 한 장이 들어 있었고, 무어라 글씨가 적혀 있었다.

"형록이에게. 안녕, 나 류이슬이야. 너는 내가 마지막으로 사귄 친구니까 특별히 마지막으로 초대한다. 나 오늘 점심대교에서 '다시 자살'해. 늦지 말…."

"야, 그걸 뭘 소리내서 읽어. 몇 줄 되지도 않는 거 눈으로 훑으면 되지. 다 읽었지?"

그러더니 이슬은 내 손에서 봉투를 낚아챘다.

"그동안 어디 갔었어? 일주일 넘게 안 보이길래 난 네가 벌써 '다시 자살'한 줄 알았어."

"뭐래, 내가 너한테 말도 안 하고 가겠어? 누구처럼?"

"누구?"

"넌 알 필요 없어. 어쨌든 난 그런 싸가지 없는 년은 아니야. 일주일 동안 사람들한테 이 초대장을 돌리고 다니느라 바빴어. 이 바쁜 몸이 여기까지 오신 걸 고맙게 여기라고. 밥 안 먹었지? 밥 먹으러 가자."

내가 대답하기도 전에 이미 이슬은 몸을 돌려 저 앞으로 성큼성큼 걸어가고 있었다. 나는 운동화에 발을 다 넣지도 못한 채로 쫄래쫄래 따라붙었다.

우리는 갈비찜을 한 대접 뜨고, 밥도 각자 두 그릇씩 비우고 나서야 식사를 마쳤다. 아침으로는 부담스러운 양이었지만, 경옥 아주머니와 이슬이 양옆에서 보채는 바람에 배가 터지기 직전까지 음식을 밀어 넣었다.

"아줌마, 진짜 잘 먹었어요! 감사해요."

경옥 아주머니에게 인사를 건네는 이슬 옆에서 나도 주뼛주뼛 고개를 숙였다. 배가 한껏 부풀어 올라, 고개도 제대로 숙이기 어려웠다.

"이슬이 가는 마지막 날이라고 새벽부터 열심히 준비했는데, 이렇게 맛있게 먹어 주니까 기분이 좋네. 옆에 형록

총각도 잘 먹고 말이야."

경옥 아주머니가 허리춤에 손을 얹고 뿌듯한 표정으로 말했다.

"아줌마 요리가 제2한강에서 제일 맛있어요. 이따 점심 때 한 번 더 먹으러 올 거니까, 마지막으로 부탁드려요."

곧 배가 터질 것 같아 식당 바닥에라도 눕고 싶었지만, 이슬은 이럴 때일수록 걸어서 소화를 시켜야 한다며 나를 반강제로 식당에서 끌고 나갔다.

이슬은 쉬지도 않고 한 시간을 걸은 뒤에야 '이제 좀 배가 꺼지네'라며 잔디밭에 앉았다.

"형록아, 너 나 떠나면 심심해서 어떡해?"

이슬은 대뜸 내게 물었다.

"그러게…."

당장 내일부터 이슬이 없다고 생각하니 기분이 이상했다.

"뭐야, 장난으로 한 말인데."

"여기서 아는 사람이라고는 너밖에 없으니까…."

"친구 좀 사귀어. 내가 소개시켜 줄게."

이슬이 내 등을 두드리며 말했다.

"진짜로 할 거야? '다시 자살' 말이야."

나는 이슬의 눈을 바라보며 물었다.

"그럼. 이렇게까지 호들갑을 떨었는데, 창피해서라도

가야지."

"어느 쪽으로 결론이 났는데?"

"뭐가?"

이슬의 눈이 동그래졌다.

"저번에 순환열차에서 그랬잖아. 자살한 걸 후회하지
않기 위해 노력 중이라고. 후회하거나 후회하지 않거나 어
느 한쪽으로 기울게 되는 날이 '다시 자살'하게 되는 날이라
고."

"난 또 뭐라고, 기억력도 좋네. 둘 다야."

이슬은 거의 보이지 않을 만큼의 옅은 미소를 띠며 답
했다.

"둘 다?"

이번에는 내 눈이 동그래졌다.

"응. 첫 번째 자살은 후회해. 보잘것없는 인생이었지만
내가 좋아하는 것들을 잔뜩 두고 왔으니까. 근데 지금은 후
회 안 해. 여기서는 내가 가장 필요했던 걸 얻은 데다가, 그
걸 마지막까지 가져갈 수 있으니까."

"그게 뭔데?"

이슬은 대답을 하지 않고 강물을 쳐다봤다. 나도 별수
없이 강물로 시선을 옮겼다.

"이슬아, 여기서 보낸 십 년은 어땠어?"

나는 오늘이면 떠나갈 이슬에게 묻고 싶은 것이 많았기에, 침묵을 오래 참지 못했다.

　"너 오늘 질문이 좀 많다?"

　이슬이 퉁명스럽게 대꾸했지만, 나는 질문을 철회할 마음이 없다는 눈빛으로 그녀를 응시했다.

　"참 나, 뭐가 그렇게 궁금한지. 제2한강에서 보낸 십 년이라… 슬픈 일도 많았고, 좋은 일도 많았지. 가끔은 짜증도 났고, 미치도록 심심하기도 했고."

　"의미가 있었어?"

　"의미? 어떤 의미?"

　"그냥, 인생의 의미 같은 거 있잖아. 여기 오자마자 떠나갈 수도 있었고, 일 년만 있다가 떠나갈 수도 있었는데, 십 년이나 산 거잖아. 십 년이나 살게 만들었던 의미가 무엇이었을까 궁금해서."

　이 질문이야말로 내가 가장 묻고 싶은 것이었다.

　"너 요즘 여기서 지내는 게 의미가 없다고 생각하고 있지?"

　이슬은 내 질문을 가만히 듣더니, 생글생글 웃으며 내게 되물었다.

　"응… 조금. 아니, 조금 많이."

　"그럴 줄 알았어. 그러니까 나한테 그런 거나 묻지. 십 년 동안 대단한 의미가 있어서 여기 죽치고 있었던 건 아니야. 말했잖아, 친구를 찾으려 했다고. 나는 혼자 죽는 게 무서웠고, 그래서 친구를 찾으려고 노력했어. 어쩌다 보니 그게 십 년이나 걸린 거지."

이슬은 어깨를 한 번 으쓱했다.

"그럼, 십 년 동안 살아야 할 특별한 의미가 있었던 건 아니야?"

"야, 우리가 무슨 대단한 사람이라고 매일매일 의미를 찾으며 사냐? 나는 적어도 여기 온 첫날보다 마지막 날이 될 오늘이 좀 더 기분 좋아. 그럼 된 거 아니야? 몇 년이 지났든, 몇십 년이 지났든 예전보다 1센티미터라도 나아갔다는 게 의미 있잖아."

"몇십 년이 지났을 때 오히려 수백 미터 뒤처져 있으면 어떡하지? 그럼 지난 시간이 아무런 의미도 없잖아."

"그다음 날에는 수백 미터를 따라잡을지도 모르지."

"그럼 그다음 날에는 또…."

"야! 그럼 그다음 날도 있고, 그다음 다음 날도 있고, 그다음 다음 다음 날도 있잖아. 내가 친구로서 너한테 한 마디 할게. 너무 먼 미래를 보지 마. 아니, 가까운 미래도 보지 마. 넌 미래를 생각하면 걱정밖에 안 하잖아. 내가 저번에 말했지? 걱정을 미리 사서 한다고 미래의 걱정이 줄어드는 거 아니라고. 모든 사람이 미래지향적일 필요는 없어. 특히 너 같은 사람은 말이야. 그리고 나 같은 사람도. 너 살아 있을 때 당장 오늘 하루도 힘들지 않았어? 그런 사람이 뭐 하러 미래까지 봐. 오늘만 생각하자, 오늘만."

내 질문 세례를 받아치던 이슬이 결국 폭발했다. 혼쭐이 난 나는 몸을 찌그러뜨리고 괜히 한강 쪽으로 고개를 돌렸다.

"야, 너 한강 보면서 미래 걱정하는 거 아니지? 응?"

이슬이 내 어깨를 잡고 흔들며 말했다.

"나도 모르게 그렇게 되는 걸…."

나는 몸을 더 구겨 넣으며 말했다.

그때 이슬이 갑자기 양손으로 내 턱을 잡고 자기 쪽으로 힘껏 돌렸다.

"형록아, 내가 지난 십 년간 열심히 연구한 결과를 말해 줄게. 진짜 너 복 받은 줄 알아. 십 년짜리 지혜를 공짜로 얻는 거니까."

나는 눈을 껌뻑이며 이슬을 쳐다봤다.

"너 제2한강에 왜 환생이 없는 줄 알아?"

이슬이 팔짱을 끼고 근엄한 표정으로 물었다.

"환생?"

"응. 사후 세계를 다룬 영화나 드라마에서는 주인공이 꼭 환생을 하잖아. 근데 여기는 무한대로 처박혀 있거나, 소멸하거나 둘 중 하나지."

"그러게…."

"왜 그럴 것 같아?"

이슬은 마치 수수께끼를 내는 스핑크스 같았다.

"음… 자살한 사람은 환생할 자격도 없어서?"

내 대답에 이슬이 고개를 저었다.

"그럼… 어차피 또 자살할까 봐?"

이슬은 이번에도 말없이 고개를 저었다.

"잘 모르겠어. 혹시 제2한강을 만든 사람이 사이코패 스라?"

"내가 생각한 답은 아니지만, 재밌는 오답 정도로 쳐 줄게."

이슬이 마침내 입을 열었다.

"내 생각엔 말이야, 아마도 여기로 이사 온 사람들이 온전히 과거에만 집중하길 바라는 마음인 것 같아."

"그게 무슨 뜻이야?"

"만약 여기에 '다시 자살' 대신 환생이 있다고 생각해 봐. 그럼 그날부터 사람들은 다시 얻게 될 삶, 즉 미래를 생 각하게 될 거야. 환생하면 이건 꼭 고쳐야지, 예전에 이런이 런 잘못을 했었는데 앞으로는 그러지 말아야지, 실수를 또 반복하지 말아야지…. 온통 그런 생각뿐일 거야. 자신의 과 거에서는 단점, 실수, 잘못된 선택 같은 것만 보이겠지. 하 지만 환생이 아닌 '다시 자살'이라면 상황이 달라져."

"어떻게 다른데? 뭐가 다른데?"

나는 옛날 얘기의 다음 장면을 조르는 아이처럼 콧구멍이 커져서는 이슬을 보챘다.

"진정 좀 하고 들어 줄래? 선택지가 환생이 아니라 소멸뿐이라면, 사람들은 미래 대신 과거를 쳐다볼 거야. 미래랄 것도 없잖아, 없어지는 것뿐이니까. 물론 처음에는 역시 과거를 자책하겠지. 살기 힘들어서 세상을 등진 사람에게 좋은 기억이 얼마나 남아 있겠어? 그치만 계속계속 보다 보면 다른 면을 보게 돼. '아, 그래도 내 삶에 좋은 구석도 있었어!' 같은 행복한 상상 말고. 내 삶에서 내 잘못이 아니었던 것들이 보이게 된다는 거야. 내가 이 지경까지 오게 된 게 꼭 내가 못나서, 내가 멍청해서, 내가 바보같이 생각하고 행동해서만은 아니란 걸 깨닫는 거지. 남들처럼 살려고 했는데 남들처럼 안 되는 것들이 있었고, 그중에서 몇몇은 따지고 보면 남들보다 훨씬 불리하기도 했고 말이야."

"그걸 알게 되면 무슨 의미가 있는데?"

잠시 꺼져 있던 내 질문 센서가 다시 작동하기 시작했다.

"하, 그 '의미'라는 말은 좀 그만 쓰면 안 될까? 너 무슨 학교에서 '의미'라는 단어를 처음 배워 온 초등학생 같아."

"미안…."

나는 다시 쪼그라들었다.

"너 죽을 때 유서 썼었어?"

"응."

"거기에 뭐라고 썼는데?"

"멀쩡하게 살지 못해서 죄송하다고."

"그런 비슷한 걸 줄 알았어. 제2한강에 환생이 있었다면, 너는 지금쯤 '다시 태어나면 멀쩡하게 살아야지' 하고 생각했을 거야. 하지만 환생이 없으니까 이제 너한테 주어진 선택지는 두 가지뿐이지. 이번에도 멀쩡하게 살지 못해서 죄송한 마음으로 죽느냐, 아니면 '내가 꼭 멀쩡하지 못해서 그랬던 건 아니었구나' 깨닫고 죽거나. 어떤 쪽을 선택하고 싶어?"

이슬은 이제 스핑크스에서 빨간 약, 파란 약을 내미는 모피어스가 된 것 같았다.

"내가… 선택하고 싶다고 선택할 수 있는 문제일까?"

"그럼, 선택은 네 몫이지. 제2한강이 너 대신 선택을 해주진 않아. 단지 더 좋은 선택을 할 수 있는 가능성을 던져줄 뿐이지."

"너처럼 십 년을 지내면 의미를 찾을 수… 아니, 더 좋은 선택을 할 수 있을까?"

"글쎄, 꼴을 보아 하니 나보다 더 걸릴 수도 있겠어. 그래도 너에게는 시간이 있잖아. 근데 나는 이제 남은 시간이 얼마 없거든? 그니까 먼저 일어나 봐야겠어. 점심 약속이 있어서 말이야. 이따 다리 위에서 봐. 늦으면 죽어."

"응, 이따 꼭 갈게."

이슬은 경사로를 넘어 어디론가 사라졌다. 나는 여전히 그 자리에 앉아서 강물을 바라보았다.

나도 이슬처럼 '다시 자살'을 하는 날에 첫날보다 조금이라도 더 좋은 기분일 수 있을까? 그러기 위해서는 도대체얼마의 시간이 필요할까. 10년을 넘어 20년, 30년이 지났는데도 첫 번째 자살보다 더 나쁜 기분으로 떠나면 어떡하지?

나는 그대로 벌렁 드러누웠다. 이슬에게 그렇게 혼쭐이 나 놓고, 올지도 안 올지도 모르는 앞을 가늠해 보고 있는 모습이 한심스러웠다.

적어도 오늘은 좋은 선택지를 잡을 수 없을 것 같다. 그치만 오늘은 여기까지, 오늘은 여기까지. 이슬의 빽 소리 지르는 표정을 생각하며, 내일로 옮겨 붙으려는 내 생각을 계속해서 잘라 냈다.

이슬, 14:10

이슬은 '다시 자살' 신청서를 제출한 뒤, 영선 아줌마, 경옥 아줌마와 2식당에서의 마지막 식사를 마쳤다. 시계는 어느덧 2시 10분을 가리키고 있었다.

"갈까요?"

이슬은 두 아줌마에게 말했다. 셋은 식당을 빠져나와 점심대교로 발걸음을 옮겼다.

"하, 여기도 진짜 안녕이네요. 푸르뎅뎅하긴 해도 나름 예쁜 풍경도 많았어요, 그죠?"

"글쎄다. 난 그냥 우리 이슬이가 제일 예뻐. 다른 건 눈에도 안 들어오네."

영선 아줌마의 눈은 실로 연결해 놓은 듯 이슬의 움직임만 따라가고 있었다.

"아이고, 우리 영선 씨. 평소에는 그렇게 구박하더니, 갈 때 되니까 예뻐 죽겠어요?"

"영선 언니가 널 얼마나 예뻐했는지 모른다. 나는 딸인 줄 알았잖아, 처음에."

"경옥아, 네가 할 말은 아닌 것 같다. 맨날 이슬이 밥 먹여야 한다고, 한다고 열성으로 챙긴 게 누구니?"

"두 분 다 너무 고마워요. 살아서는 엄마 없이 자랐는데, 여기 와서 엄마가 생긴 기분이었어요. 그것도 아주 멋진 엄마로 둘이나."

이슬이 양옆에서 걷고 있는 영선 아줌마와 경옥 아줌마에게 한 팔씩 팔짱을 끼며 말했다.

"무슨, 더 잘 챙겨 주지 못해서 미안한 마음뿐이지⋯. 그나저나 마지막에 왜 햄버거를 먹자고 한 거야? 아줌마가 따끈한 곰탕이라도 끓여 주려고 했더니만."

"저 평생 한 번은 해 보고 싶었거든요. 생일날 친구들 불러서 같이 햄버거 먹는 거. 아직 생일이 한참 남았지만, 그래도 오늘이 마지막 기회니까요. 이제 소원 다 풀었어요. 아까 아줌마들이랑 햄버거 먹는데, 기분이 너무너무 좋더라고요."

"너도 참…."

점심대교에 가까워지자, 다시 자살 센터 주변에 사람이 가득 모여 있는 것이 보였다.

"어, 오늘 '다시 자살'하는 사람이 이렇게 많나?"

이슬의 눈이 휘둥그레졌다. 아까 접수를 할 때만 해도 사람이 한 명도 없었기 때문이다.

그때 마침 무리에서 지원이 튀어나왔다.

"이슬 씨 안녕! 좋은 점심. 밥 잘 먹었어요?"

"언니, 와 주셨네요. 감사해요. 그럼요, 아주 배 터지게 잘 먹었어요. 근데 여기 사람들이 왜 이렇게 많아요?"

"아, 여기 '다시 자살'하려는 사람들 아니에요. 잘 봐 봐요, 다 이슬 씨가 초대한 사람들이잖아요."

자세히 보니 모두 아는 얼굴이었다. 이슬이 눈을 마주칠 때마다 사람들은 그녀에게 손을 흔들어 주었다.

"제가 힘 좀 썼죠. 오늘은 점심대교에서 '다시 자살'하는 사람 이슬 씨 빼고 한 명도 없게 해 달라고. 몇 명이 신청하러 왔었는데, 다행히 양해를 해 주셨어요. 오늘 이슬 씨가 여유 있게, 사람들이랑 충분히 인사를 나누다 갔으면 했거든요."

"언니… 감동인데요?"

이슬이 지원을 와락 껴안고는, 어깨 너머로 다른 사람들을 보며 손을 흔들었다.

"이슬 씨, 시간 거의 다 됐겠어요. 이제 슬슬 올라가야죠."

"네, 언니. 저 오늘은 진짜 떠날 수 있는 거겠죠?"

이슬이 떨리는 눈으로 지원을 바라보며 물었다.

"이슬 씨가 신청서에 무얼 적었는지 모르겠지만, 거기 적은 마지막 감정에만 집중해요. 그게 인생의 마지막 숙제라고 생각하는 거예요. 빨리 올라가서 풀어야죠."

이번에는 지원이 이슬을 꼭 안았다. 이슬은 지원의 품에서 고개를 끄덕였다. 주변을 둘러보니 제2한강의 친구들도 자신을 향해 고개를 끄덕여 주고 있었다.

이슬은 지원의 품에서 빠져나와 계단 쪽으로 발걸음을 옮겼다.

퉁-

이슬이 첫 계단을 밟자, 그것이 신호라도 되는 듯이 다른 사람들도 계단 쪽으로 다가갔다. 이슬 뒤에 영선 아줌마, 그 뒤에 경옥 아줌마, 경원 아저씨, 지원 언니, 성혁 오빠…

그리고 저 멀리서 달려오고 있는 후드 티 남자. 형록이었다.

"야! 너 좀만 더 늦었으면 죽을 뻔했어, 아주."

이슬이 계단 위에서 주먹을 치켜들며 형록에게 표정을 찡그려 보였다. 형록은 숨을 헥헥 몰아쉬며 미안하다는 손짓을 했다.

이슬 뒤로 수십 명의 사람이 계단을 따라 오르는 풍경은 아주 오묘했다. 백 개에 가까운 발이 철제 계단을 딛어나는 퉁퉁퉁퉁퉁 소리가 아주 빠른 템포의 북처럼 울렸는데, 그 소리는 긴장감을 고조시키는 듯 하면서도, 어떠한 액운도 끼어들지 못하게 막아 내는 영적 의식 같았다.

이슬이 맨 꼭대기에 오르자, 안내 직원이 두 손을 모으고 서 있었다.

"어, 아주머니! 안녕하세요."

"아주머니 말고 그냥 선희 쌤이라고 불러 줘요. 올라오시느라 고생하셨어요."

그녀는 오 과장 옆에서 열아홉 살 여자애의 거주지 정보를 일러 주었던 관리사무소 직원 선희였다.

"히히, 네. 선희 쌤, 근데 사망확인과에서 근무하지 않으세요?"

"맞아요. 근데 오늘 이슬 양이 '다시 자살'한다는 소식을 듣고 대체 근무를 신청했어요. 오 과장이 얼마 전에 떠나가면서 이슬 양한테 인사하지 못할 것 같다고 아쉬워했거든요. 그래서 제가 꼭 인사를 전해 준다고 했어요. 이슬 양 덕분에 즐거운 일이 많았대요."

"솔직히 좀 서운했어요. 오 과장님 그렇게 말도 안 하고 가시다니… 그래도 이렇게 선희 쌤께서 인사를 전해 주시니까, 오 과장님에 대한 서운함은 놓고 갈 수 있겠네요. 감사합니다."

선희는 이슬의 손을 잡고 어깨를 두드려 주었다.

"그럼 이제 가운데로 이동해 볼까요? 뒤에 계신 분들이 계속 기다리시겠어요."

"아, 네네!"

선희가 앞장서 걸었고 이슬이 바로 뒤에 따라붙었다. 그리고 그 뒤로는 수십 명의 사람들이 적당한 거리를 두고 줄줄이 따라왔다.

"여러분, 제 앞으로 둥그렇게 둘러서 주세요."

이슬은 '다시 자살' 지점에 다다르자, 사람들을 바라보며 말했다. 이슬의 앞에 사람들이 둥그렇게 둘러서자 마치 연설 무대와 같은 모양이 되었다.

이슬은 그들의 이름을 하나씩 불렀다. 천천히, 또박또박, 거의 40명에 가까운 사람들의 이름을 어느 하나 대충 넘어가는 것 없이 정성스럽고 다정하게 불렀다.

"바쁘실 텐데 이렇게 모두 와 주셔서 정말 감사해요. 남들은 아무렇지 않게 하는 '다시 자살'인데 뭘 호들갑을 떠나 싶지만, 그래도 십 년을 있었으면 이 정도 자격은 있잖아요. 여기 저보다 제2한강 선배 있으면 돌을 던지세요."

이슬의 말에 사람들이 돌 대신 웃음을 던졌다.

"없으신 것 같네요. 여러분은 모두 제 친구들이에요. 사실 우리가 서로 처음 알게 된 순간부터 친구였던 건데, 저는 그걸 며칠 전에야 깨달았어요. 십 년 만에요. '스스로 뒈진 사람' 중 하나로서, 여러분이 얼마나 힘들었을까 자주 생각했어요. 울기도 많이 울었죠. 그리고 여러분도 저를 위해서 울어 주셨어요. 우리는 서로가 왜 힘든지, 얼마나 힘든지 물어볼 필요가 없었어요. 그래서 좋았어요. 표정만 봐도 알 수 있었고, 옷으로 꽁꽁 감싸 봤자 속이 훤히 들여다보였잖아요. 가슴이 너덜너덜하거나 뻥 뚫려 있다는 거. 서로를 보며 '그랬었구나', '그래서 힘들었겠구나', '나도 그 기분 알지…' 하는 말을 따뜻하게 건네 주었죠. 고마웠어요, 많이. 그리고 우리 항상 우울한 얘기만 한 것도 아니에요. 웃는 날도 많았어요. 내 삶이 우울하더라도 잠시 제쳐 두고 즐거워해도 된다는 걸 십 년 동안 매일매일 깨달았어요. 웃어도 되는구나, 웃어도 달라질 건 없지만 웃는 게 나쁘지만은 않구나, 하고요. 전부 여러분 덕분이었어요. 고맙다는 인사를 하려고 이렇게 여러분을 초대했어요. 아니, 솔직히… 제가 좋으려고 초대했어요. 친구들이 가득한 틈에서, 하나도 외롭지도 무섭지도 않게 떠나려고요."

이슬이 수줍은 표정을 지었다.

"잘 생각했어, 이슬아."

"이슬 씨, 마지막까지 꼭 여기 있을게요."

사람들이 하나둘 이슬에게 말을 건넸다.

"꼭이에요, 꼭. 한 명도 자릴 뜨면 안 돼요. 제가 사라지기 전까지는."

이슬은 검지를 세우고 사람들을 훑으며 말했다.

"그럼."

"걱정하지 마. 네가 가고 난 후에도 한참은 서 있을 테니까."

누군가는 말로, 누군가는 고갯짓으로, 누군가는 눈빛으로 대답했다.

"고마워요, 정말로 고마워요."

그리고는 이슬은 거의 40명에 가까운 사람들과 하나하나 악수하고 포옹했다.

"후, 선희 쌤, 이제 가야겠죠?"

"보자… 네, 그렇네요. 얼추 시간이 됐어요. 오늘은 혼자시니까 바로 난간 쪽으로 이동해 주시면 돼요. 고생 많았어요, 이슬 양."

이슬은 선희와도 가볍게 포옹을 하고는 '안녕히 가세요'라고 써진 발판으로 이동했다. 이슬이 난간에 서자, 사람들이 조금 더 가까이 다가왔다.

"이슬아, 너무 무섭게 생각하지 마. 눈 질끈 감고 뛰어내리면 돼."

영선 아줌마가 눈물을 주륵주륵 흘리면서 떨리는 목소리로 말했다.

"영선 씨, 왜 그렇게 울어요. 이거 저한테 좋은 일이잖아요. 살아서 십구 년, 죽어서 십 년 중에 오늘이 제일 기뻐요. 마지막이 기뻐서 얼마나 기쁜지 몰라요."

이슬은 주륵주륵 흐르는 눈물을 감추기 위해 시선을 계속 강물을 향해 두었다.

"시간이 됐네요. 이슬 양, 이제 언제든지 준비되면 뛰어내려요."

"네…."

이슬은 난간에서 손을 놓고 꼿꼿이 섰다. 손에 자꾸만 땀이 맺혀 주먹을 쥐었다 폈다를 반복했다.

"이슬아, 너 '마지막 감정'은 뭐라고 적었어?"

사람들 틈에서 형록의 목소리가 들려왔다.

"너 오늘 궁금한 게 너무 많아."

이슬이 여전히 강물만 바라본 채로 대답했다.

"그럼 말 안 해 줄 거야?"

"마지막이니까 봐 준다. 난 아무 생각도 들지 않게 해 달라고 적었어."

"장난치지 말고."

"마지막까지 장난만 치다 가겠어? 진짜라고."

"왜? 왜 그렇게 적었는데?"

"내가 마지막으로 느끼고픈 감정을 뛰어내리기 전에 느낄 수 있을 거라고 확신했거든. 난 더 이상 느끼고 싶은 게 없어. 지금이 제일 좋아. 예전에는 지금 느끼는 이 감정을 쓰려고 했어. 근데 이제 진짜로 느낄 수 있는데, 뭐 하러 누구한테 부탁해?"

"그렇구나…."

"대단한 게 아니라서 실망했어?"

이슬은 코를 힘껏 들이마시더니, 평소의 툴툴거리는 말투로 형록을 다그쳤다.

"실망이라기보다는…."

"그럼 너는 꼭 대단한 걸 찾길 바라. 나도 나름 열심히, 그것도 십 년이나 고민해서 내린 결론이니까. 너도 꼭 신중하게 생각해 봐. 바보처럼 이상한거나 대충 적어서 낭비하지 말고."

"응, 그래. 그렇게 해 볼게."

"말을 너무 많이 했다. 여기 서 있는 게 고문이야. 빨리

끝내야겠어. 여러분, 저 이제 진짜 갈게요. 정말 고마웠어
요.”

이슬이 말을 마치고 2초쯤 망설이더니, 무릎을 굽혔다
가 활짝 펴면서 난간 아래로 떨어졌다.

“아아아아아아악!”

그게 이슬이 마지막으로 남긴 말이었다.

사람들은 일제히 난간으로 모여들었다. 강물에는 아무
흔적도 남아 있지 않았다. 이슬은 ‘완전한 무’로 소멸했다. 이
제 그녀의 존재는 어디에서도 찾아볼 수 없게 되었다.

하지만 여기 모인 사람들의 마음에는 이슬의 모습이
선명하게 새겨졌다.

나, 13:51

"아줌마, 잘 먹었습니다. 오늘 감자채볶음이 정말 맛있었어요."

"형록이가 잘 먹었다니 뿌듯하네. 이제 어디 가니?"

"글쎄요. 그냥 소화시킬 겸 산책이나 해야죠."

"그래, 날 더운데 조심하고."

나는 경옥 아줌마와 인사를 나눈 뒤 2식당을 나섰다. 아침에 한바탕 비가 쏟아졌지만, 뜨거운 햇볕이 내리쬐는 통에 바닥은 벌써 거의 다 말라 있었다. 허나 나무들만큼은 아직 그 수분을 간직하고 있는지, 후끈한 습기를 한껏 뿜어냈다.

"하, 진짜 덥구나."

나는 혹시 또 비가 내릴까 봐 챙겼던 우산을 펼쳐 햇빛
을 막았다. 우산을 쓴 것만으로도 더위는 한층 견딜만 해졌
다. 우산을 챙겨 오길 잘했네, 괜스레 뿌듯했다.

이슬이 떠난 지도 벌써 세 달이 흘렀다. 내가 제2한강
에 온 지도 벌써 세 달이 넘었다는 뜻이다. 그날 이후로 다
시 자살 센터를 네 번이나 방문했지만, 번번이 '마지막 감
정'을 적지 못하고 발걸음을 돌렸다. 무어라도 적으려 할 때
마다 열심히 고민해 보라는 이슬의 말이 떠올랐기 때문이
다. 그럴 때마다 나는 '이게 최선일까?', '충분히 고민한 것일
까?' 하고 망설여졌다. 젠장, 지는 아무 생각 없이 떠나갔으
면서 나한테는 이런 짐을 떠안기다니.

떠나지도 못하고 발이 묶여 버린 나는 별수 없이 공공
근로과를 찾아 일자리를 배정받았고, 벌써 2주째 출근하고
있다. 오 과장님이 맡았던 사망확인과의 후임 자리다.

제2한강에는 매일 평균 30~40명의 신규 입주민이 들
어온다. 목을 맸거나 약을 삼켰거나, 가스를 들이마셨거나
몸을 불태웠거나, 혹은 나처럼 한강에 뛰어들었거나.

그들을 보고 있으면 나는 궁금해진다.

'도대체 이 사람들은 왜 자살했을까?'

그리고 제2한강을 거닐다가도 나는 궁금해진다.

'도대체 이 사람들은 왜 여기 머물러 있는 걸까?'

그러다가 결국 무슨 오지랖인가 싶어, 내 자신에게 질문을 돌린다.

'나는 왜 자살했을까? 나는 왜 다시 자살하지 않는 걸까?'

아직까지는 뚜렷한 답을 찾지 못했다. 이슬이 말했던 것처럼, 나는 그 답을 찾아내기까지 10년보다도 더 긴 시간이 필요한 사람일지도.

그래도 한 가지 깨달은 것이 있다면 자살은 내 30년 인생의 결말이 아니었다는 것이다. 그것은 그저 30년 중에 어떤 하루, 그 하루의 선택이었을 뿐이다. 그 하루를 넘겼다면 나는 아직까지 살아 있었을지도 모른다.

인생은 태어난 날부터 죽는 날까지 하나의 선으로 이어진 것 같아 보여도, 결국 하루라는 단위의 수많은 점으로 이루어진 것이다. 오늘은 오늘 하루만큼의 점만 찍을 수 있다. 오늘의 걱정이 내일의 점을 대신 찍어 주지는 못한다.

그리고, 모든 점이 의미를 지니고 있어야 할 필요는 없다. 대부분의 하루는 의미 없이 지나간다. 하지만 그 대부분의 점은 어제의 점과 내일의 점을 잇는다는 것만으로도 제 역할을 다 한 것이다. 점이 이어지는 한 선은 끊어지지 않는다. 선이 끊기지 않는 한 삶은 이어진다.

나는 길에 쓰러져 있는 자전거 한 대를 집어서 탔다.

체중을 실어 페달을 서너 바퀴 밟고 나니 가속이 붙어 부드럽게 미끄러져 나갔다.

쓸데없는 생각이 떠오르려고 할 때마다 나는 페달을 더욱 빠르게 돌렸다. 그때 마침 뒤에서 누가 따릉, 따릉 종을 울리더니 나를 앞질러 지나간다. 나는 이유도 없이 그 사람을 앞지르고 싶어졌다. 방금 전보다 세 배로 빨리 페달을 밟아 다시 그 사람을 앞지른다. 속도를 줄이려는 찰나, 그 사람이 또 한 번 나를 앞질러 간다. 그렇게 둘만의 레이스가 시작되었다.

지금 내 삶의 의미는 이 레이스에서 승리하는 것이다. 삶의 의미는, 때로는 정말 하찮은 것에 묻어 있다.

기어를 올리고 페달을 더욱 세차게 밟는다. 앞사람이 손에 닿을 만큼 가까워졌다. 귓가에는 후우욱 바람 스치는 소리만이 가득했다.

성현, 17:20

"성현 씨, 나는 딸이 자살했어요. 팔 년 전에."

영선이 갈라지는 물살을 바라보며 말했다.

"아… 저는 그러신 줄도 모르고…."

성현은 이야기를 쏟아 내며 펑펑 울었던 자신이 머쓱
했다.

"뭘요, 성현 씨나 나나 똑같은 아픔을 가지고 있는 건
데요. 성현 씨에게는 여자친구가 얼마나 소중했겠어요. 아
마 세상의 전부였겠죠."

영선은 성현을 바라보며 느릿하게 미소를 지었다.

성현의 여자친구 하연은 8개월 전에 자살했고, 성현은

지난 8개월 내내 그 사실에 괴로워하다가 결국 일주일 전에 같은 선택을 했다.

"기사님, 저는 하연이 자살을 막지 못한 제 자신이 너무 한심해요. 한심한 정도가 아니라, 쓰레기 같아요. 그렇게 맨날 붙어 있었으면서, 자살할 만큼 힘든 상황이라는 것도 알아차리지 못했잖아요. 하연이 마음이 매일같이 찢겨 나가는 것도 모르고…."

성현은 간신히 멈췄던 눈물을 다시 주르륵 쏟아 냈다.

"성현 씨 마음을 어떻게 모르겠어요. 딸아이가 팔 년 전에 그렇게 세상을 떠나고, 나도 그로부터 삼 년 뒤에 삶을 정리했어요. 그 삼 년 동안 성현 씨 같은 생각을 얼마나 많이 했는지 몰라요."

영선은 오른손을 운전대에서 떼어 성현의 등을 쓰다듬었다.

"제가 좀 더, 끄윽, 하연이한테 관심을 쏟, 끄윽, 쏟았다면, 좀 더 하연이 마음을 생각, 끄윽, 생각했다면… 적어도 하연이가 자살하는 일은, 끄윽, 일은 없었을 거예요."

성현이 두 손으로 머리를 감싸쥐며 부르르 떨었다. 그 모습을 지켜보는 영선의 눈가에도 눈물이 찰랑찰랑 차올랐다.

그녀는 성현의 등을 좀 더 크게 쓰다듬으며 앞으로 나아갔다.

"성현 씨, 성현 씨."

성현의 울음 소리가 조금 잦아들자, 영선이 다정한 목소리로 그를 불렀다.

"네…?"

"내가 얘기 하나 해 줄게요."

"무슨…?"

"우리 딸 윤희가 남긴 유서 얘기요."

영선은 '윤희', '유서'라는 단어를 떠올리기만 해도 목소리가 파르르 떨렸다. 그녀는 잠시 목을 가다듬고, 떨림이 잦아들 때쯤 말을 이었다.

"윤희 유서에는 여러 내용이 적혀 있었어요. 얼마나, 무엇이 그렇게 힘들었는지 아주 자세히요. 윤희가 떠나가고 그걸 몇 번이나 읽었는지 몰라요. 아마 천 번도 넘게 읽었을 거예요. 그렇게 많이 읽었는데도 읽을 때마다 눈물이 나고, 가슴이 저릿저릿했어요. 우리 윤희가 얼마나 힘들었을까, 엄마라는 사람이 그것도 알지 못하고…. 그 유서가 마치 윤희라도 되는 것처럼 품에 안고 오열하다가 잠들곤 했죠. 여기로 이사 와서도 유실물 센터에서 그 유서를 찾아서 방에 아주 소중히 뒀어요."

영선은 금세 또 저릿저릿해지는 가슴을 쓸어내리며 호흡을 가다듬었다. 성현은 그런 영선의 모습을 보며 말없이 귀를 기울였다.

"근데 그 유서 마지막에 뭐라고 적혀 있는 줄 알아요? '엄마, 엄마 딸인 게 정말 좋은데, 그걸 더 못해서 미안해. 엄마가 있어서 따뜻했어. 안전 운전 해'라고 써 있었어요. 천 번도 넘게 읽었으니 그 말이 있다는 건 당연히 알고 있었죠. 근데, 살아 있을 때는 그 앞에 써 있는 말들에만 신경을 썼어요. 우리 딸이 얼마나 힘들었는지, 얼마나 아팠는지. 그래서 온통 미안하기만 했어요."

"하연이는 왜 유서 한 장도 안 남기고 갔는지…."

성현은 내심 그 유서마저 부럽게 느껴졌다. 영선은 그런 성현의 마음을 알고 있다는 듯이 가볍게 등을 토닥였다.

"내가 택시 기사잖아요. 여기서도 몇 년간 운전을 하면서 참 많은 사람들과 이야기했어요. 우리처럼, 또 우리 딸이랑 성현 씨 여자친구처럼 자살한 사람들과요. 죽음을 선택해야 했을 만큼 커다란 고통을 가지고 살았다는 점도 있지만, 그것 말고도 공통점이 하나 더 있더라고요. 뭔지 알겠어요?"

"글쎄요…."

"다들 마음속에 미안한 사람이 하나씩은 있다는 거예요. 소중한 사람을 두고 온 게 너무 미안한 거죠. 떠나간 사람은 남겨진 사람에게 미안해하고, 남겨진 사람은 떠나간 사람에게 미안해하고…. 웃기죠? 자살이란 게."

영선은 씁쓸하게 웃으며 운전대를 좌우로 부드럽게 꺾

었다.

"아까 하연 씨가 멀리 여행 가서 목숨을 끊었다고 했죠?"

"예, 제가 그렇게 같이 가자고 했는데, 기어이 혼자 강원도 성창까지 갔어요. 그때 어떻게든 따라갔어야 했어요."

성현은 괴로운 듯 앞머리를 쥐어뜯었다.

"아마 어떻게든 성현 씨를 떼어 놓고 갔을 거예요. 차마 성현 씨 근처에서 죽을 수는 없었을 테니까요. 마지막 도리랄까."

"제가 귀찮아서 저를 두고 혼자 멀리 떠난 게 아닐까요?"

성현은 여전히 앞머리를 쥔 채로 말했다.

"글쎄요, 그렇게 성현 씨가 귀찮았다면 진작 떠났겠죠. 하연 씨는 성현 씨를 마지막까지 잡고 있던 거예요. 자살을 택했을 만큼 지옥 같았던 삶에서, 성현 씨는 마지막까지 버틸 수 있게 도와준 유일한 끈이었을지도 몰라요."

"그렇게 제가 유일한 끈이었다면… 도대체 왜 놓았을까요? 더 세게 잡지 않고요."

성현은 앞머리를 놓고 영선을 올려다보며 물었다.

"그건 하연 씨만 알겠죠. 끈이 끊어진 게 아니라, 본인이 끈을 놓은 거니까요. 그건 성현 씨 탓이 아니에요. 하연 씨로서는 끈을 놓을 수밖에 없었던 자신만의 이유가 있었겠죠. 하연 씨는 이미 '완전한 무'로 소멸했지만, 여기서 사는 며칠 동안 성현 씨에게 미안해하고, 또 고마워했을 거예요."

"그럴까요…."

"그럴 거예요. 나도 윤희의 목소리를 더 이상 들을 순 없지만, 유서 마지막 줄을 읽을 때마다 그런 느낌이 들어요. 그래도 내가, 매일은 아니더라도 가끔은, 윤희에게 하루를 넘길 수 있는 무언가가 되어 줬구나, 하고요."

영선은 성현의 눈을 바라보며 무슨 말인지 알겠냐는 눈빛을 보냈다. 성현은 말없이 고개를 끄덕였다.

"성현아, 나 혼자 가서 미안해. 그래도 이번에는 꼭 나혼자 가고 싶으니까, 너는 집에서 밥 잘 챙겨 먹고 있어. 마리도 잘 챙겨 주고."

성현은 하연이 떠나가던 날 기차역에서 마지막으로 남긴 말을 떠올렸다.

영선의 수상택시는 성현과 하연, 그리고 윤희를 태우고 저녁대교 밑을 능숙하게 미끄러져 나갔다.

제2한강

ⓒ 권혁일 2023

초판 1쇄 인쇄 2023년 1월 5일
초판 1쇄 발행 2023년 1월 20일

지은이 권혁일
펴낸이 정은선

펴낸곳 ㈜오렌지디
출판등록 제2020-000013호
주소 서울특별시 강남구 선릉로 428
전화 02-6196-0380 | 팩스 02-6499-0323

ISBN 979-11-92674-33-9 03810

www.oranged.co.kr